# DER SCHWAN

Thomas Hesse, Jahrgang 1953, lebt in Wesel, ist gelernter Germanist, Kommunikationswissenschaftler und Journalist. Er war bis Ende 2014 in leitender Position bei der »Rheinischen Post« am Niederrhein tätig. Heute ist er freier Autor, Journalist und Publizist. Bekannt wurde er u. a. durch Niederrhein-Krimis zusammen mit Thomas Niermann und Renate Wirth.

Renate Wirth, Jahrgang 1957, ist Gestalttherapeutin, Künstlerin und Autorin.

THOMAS HESSE/RENATE WIRTH

# DER SCHWAN

*Niederrhein Krimi*

emons:

**Bibliografische Information der Deutschen Nationalbibliothek**
Die Deutsche Nationalbibliothek verzeichnet diese Publikation
in der Deutschen Nationalbibliografie; detaillierte bibliografische
Daten sind im Internet über http://dnb.d-nb.de abrufbar.

© Emons Verlag GmbH
Alle Rechte vorbehalten
Umschlagmotiv: photocase.de/Roman Zurbrügg
Umschlaggestaltung: Nina Schäfer, nach einem Konzept
von Leonardo Magrelli und Nina Schäfer
Umsetzung: Tobias Doetsch
Gestaltung Innenteil: DÜDE Satz und Grafik, Odenthal
Lektorat: Hilla Czinczoll
Druck und Bindung: Pario Print Sp. z o.o, Kraków
Printed in Poland 2024
ISBN 978-3-7408-1808-1
Niederrhein Krimi
Originalausgabe

Unser Newsletter informiert Sie
regelmäßig über Neues von emons:
Kostenlos bestellen unter
www.emons-verlag.de

*Eine Lüge ist eine Wahrheit,*
*die ihre Umgebung*
*berücksichtigt.*

Lévi Weemoedt

Es gibt nur eine einzige Chance auf eine Traumhochzeit. Alles, was vielleicht danach kommt, hat nicht jene Magie. Dieser Tag muss unvergesslich werden.

Wie wahr.

Mit einer Tasse Kaffee in der Hand stand Marisa Tauber auf der Terrasse des Restaurants, hatte anders als sonst keinen Blick für den Rhein, der hinter der gläsernen Abgrenzung gemächlich an Wesel vorbeifloss. Sie schaute auch nicht zu den Radfahrern, die neugierig herüberlugten zu dem Ort, an dem vor Kurzem noch ihr Lieblingsausflugscafé mit Selbstgebackenem lockte. Hier hatte ein breites Weseler Publikum gern gesessen, im Außenbereich des zwar ziemlich runtergekommenen Lokals, das die rustikale Note aber mit selbst gemachten Kuchenstücken vom großen Backblech und einmaliger Aussicht verband.

Das war vorbei. Nun klotzte dort ein mächtiger Kubus, moderne Architektur, Stahl, Glas, Beton, edles Holz, die Hälfte des Gebäudes mit einer Freitreppe zur oberen Etage, die andere durchgehend mit luftiger Deckenhöhe, Blick in den Himmel und auf die Niederrheinbrücke Wesel. Überall computergesteuerte, einrollbare Sonnensegel zum Schutz vor der Hitze. Die meisten Glaselemente waren beweglich, mit diesem Trick sollten sie in geöffnetem Zustand suggerieren, es gäbe keine Barrieren zwischen drinnen und draußen. Man sollte hier genießen, verweilen, die Zeit vergessen, während Frachtschiffe vorbeituckerten.

Der Architekt des Neubaus am Beginn der Weseler Rheinpromenade zwischen Fischertorstraße und dem optisch ziemlich brachialen Übergang zum Rheinhafen mit seinem Tanklager und dem Promenadenweg vorbei an den Brückenstümpfen der alten, kriegszerstörten Eisenbahnbrücke hatte alles getan, um einen modernen, leicht verkanteten Bau mit einmaligem Blick auf den Strom, die nahe Rheinbrücke mit ihren Schrägseilen und die grüne Landschaft auf der gegenüberliegenden Seite des Flusses zu schaffen. Man hatte sich endlich durchgerungen, an einer exponierten Stelle ein architektonisches Zeichen zu setzen. Die Lage, die Lage, die Lage, hatte dazu ein Immobilienmakler angesichts der erwarteten Eröffnung der neuen Gastronomie gesagt.

Auch die Terrasse war zum Rhein und zum Parkplatz hin mit gläsernen Wänden abgeschirmt, vereinzelte Pflanzkästen mit ausgesucht bizarren Olivenbäumen durchbrachen das statische Bild, der Zutritt war nur durch das Gebäude möglich. Dabei musste man vorbei an der romantischen Bank in Form eines Schwanes, die Platz für zwei Personen bot und auf den Namen des Restaurants verwies: »Der Schwan«.

Bei der Bank stand, weit genug vor dem Entree, der schick gemachte Ständer mit der Speisekarte, damit den Radlern gleich klar wurde, dass die Zeiten, der Besitzer und das Angebot sich verändert hatten. Schluss mit der beliebten improvisierten Rheinromantik des Cafés. Hier erwartete man ab der kommenden Woche ein anderes Publikum, elegant gekleidet statt in Funktionsjacke und Shorts, mit Fahrradhelm unter dem Arm, den Akku der E-Bikes in den Händen. Architektur und Einrichtung ließen keinen Zweifel aufkommen: Ab der nächsten Woche gab es hier moderne, gehobene Gastronomie zu halbwegs moderaten Preisen.

Die Homepage versprach jahreszeitlich angepasste Angebote, Produkte aus der Region, leicht, bekömmlich, mit einer ansehnlichen Auswahl veganer Speisen, denn man musste dem Zeitgeist folgen. Das umfangreiche Angebot an Weinen lagerte für jeden Gast sichtbar hinter Glas in einem gekühlten Regal, von der Rückwand her dezent beleuchtet.

Marisa hatte darauf bestanden. Sie hatte sich auch mit der Idee durchgesetzt, Geschirr, Gläser und Besteck mit dem Logo des Restaurants, einem Schwan mit stolz gerecktem Hals, zu versehen. Ein immenser Aufwand, der Jojo erst bei der probeweise eingedeckten Tafel überzeugte. »Nobel geht die Welt zugrunde.« Dieser Spruch seines Großvaters kam ihm dabei mit einem Seufzer über die Lippen, wobei Marisa weder das Zitat noch seine sorgenvollen Stirnfalten interpretieren konnte.

Jojo Schwan – der Name war bei Gourmets in Wesel und Umgebung bereits ein Begriff, und sie würde ihn gekonnt in Szene setzen. Das angesprochene Publikum sollte sich nicht nur auf seine kreativen Variationen freuen, sondern sich in gediegener Atmosphäre wohlfühlen, an der Perfektion weiden, den Aufenthalt nie mehr vergessen, darüber reden. Mund-zu-Mund-Propaganda war ein wichtiger Werbeträger.

»Stopp!« Die Kaffeetasse wurde unsanft abgestellt, Marisa eilte zu den Tischen. Die Anordnung der Stühle, die in weiße Hussen gehüllt wurden, entsprach nicht ihrem Plan. Umgehend reagierten die Helfer.

Ansonsten lief hier alles wie am Schnürchen, tadellose Gedecke wurden in exaktem Abstand gerichtet, Blumenbuketts wie geordert angeliefert und unter dem ausgerollten Dach an den vorgesehenen Stellen drapiert. Noch ein paar Minuten, dann würde die Trauzeugin, ihre Jugendfreundin Mika, sie abholen. Visagistin, Friseurin, alle würden bei ihr zu Hause warten, um Marisa in eine Traumbraut zu verwandeln, während Jojo das Küchenpersonal einnordete, die vorbereiteten Speisen kontrollierte und noch einmal die Temperatur im überdimensionalen Weinschrank überprüfte.

Alles stand auf Start. Auch er musste sich noch umziehen, hatte seine Kleidung im hinteren Bereich des Restaurants in seinem Büro deponiert, sagte, er müsse noch eben telefonieren, um sicherzugehen, dass mit seinem Geschenk für Marisa alles klarging. Sie ahnte nicht, was er sich ausgedacht hatte, sollte es erst nachher sehen, zur standesamtlichen Trauung in Schloss Moyland, wenn sie das imposante Gebäude wieder verließen.

»Schatz, deine Freundin ist da«, sagte er jetzt.

Marisa löste sich vom Anblick der perfekt gestalteten Terrasse, während die Musiker sich mit Instrumenten und Technik auf der Bühne einrichteten. Mika stand winkend vor der Tür.

»Ich komme.« Marisa lief zu Jojo, ließ sich sanft in den Arm nehmen und küssen, während Mika am Eingang verharrte. »Du denkst an die Ringe?«

»Ja, klar.« Jojo hielt ihr den rechten Zeigefinger entgegen, an dem eine kleine Narbe zu sehen war. »Unter Einsatz meines Lebens selbst geschmiedet, die werde ich mein Leben lang nicht vergessen.«

Sie konnten sich kaum voneinander lösen. Mika tippte auf ihr Handgelenk, Marisa entwand sich Jojos Umarmung. »Wir haben noch das ganze Leben zum Knutschen.«

Niemand der Beteiligten hatte eine Ahnung davon, was in knapp drei Stunden geschehen würde, um alle Pläne, und auch diese traumhafte Hochzeitsfeier am Flussufer, wie eine Seifenblase zerplatzen zu lassen.

Der zornige Blick der Braut ließ ihren Vater, der freudig auf sie zulief, auf Abstand verharren. Trixi, die neue Gattin des Vaters, stellte sich in ihrem rosafarbenen Kleid, das eher auf einen Schützenball statt in den Hof eines Schlosses gehörte, vor ihn.

»Aber Marisa, dass der Vater die Braut zu ihrem Bräutigam bringt, das ist so üblich. Du hast es so gewollt. Und jetzt plötzlich nicht mehr?« Sie zog ihren Mann am Ärmel hinter ihrem Rücken hervor und wies ihn zur Braut, deren Strauß in ihren Händen bebte.

»Stopp, untersteh dich!«

»Töchterchen, wie kannst du …«

Im Rondell, auf dem Platz zwischen den Vorburgen, entwickelte sich unter den Augen des Fotografen, der sein Equipment für den Auftrag 221/2023, Hochzeit Tauber/Schwan, aus dem Kofferraum seines Wagens holte, ein Disput zwischen der Braut und offenbar ihren Eltern. Er wollte unsichtbar bleiben, legte mit Bedacht zwei Kameragehäuse, ein Weitwinkel-, ein Telezoom-Objektiv und einen Aufsteckblitz auf die Bank rechts von der Brücke. Bloß nicht in solch einen Konflikt involvieren lassen. Und hoffen, dass diese Hochzeit überhaupt stattfand. Selten hatte er eine öffentliche Auseinandersetzung dieser Art vor einem Standesamt erlebt, und wie sollte er das rosafarbene Kleid in diese edle Kulisse integrieren?

Marisa Tauber wollte nicht von ihrem Vater ins Schloss geführt werden, diese Frau an seiner Seite hatte ebenso wenig wie er kapiert, was sie wollte. Die junge Braut war außer sich. »Ihr habt nichts verstanden! Wie immer! Hätte ich nur nicht auf Jojo gehört, der wollte unbedingt, dass ich euch einlade. Wenn es nach mir gegangen wäre … Ach, lassen wir das.«

Mit etwas gedämpfter Stimme wandte sie sich an ihren Vater, während nicht nur der Fotograf, sondern auch die beiden Trauzeugen, ihre Freundin Mika und Jojos bester Kumpel Adrian, dezent zur Seite schauten. Jojos Eltern betrachteten die Szene aufmerksam, sahen sich an, als hätten sie nichts anderes von dieser Familie erwartet.

»Nachher im St. Viktor Dom in Xanten, da sollst du mich zum Altar bringen, bis ich neben Jojo stehe, und dann verschwindest du flott in deine Bank. Hast du das jetzt verstanden? Hier gesellt ihr euch zu seinen Eltern und bleibt im Hintergrund, bis das Shooting mit allen gemeinsam hier im Rondell stattfindet. Und, Frau meines Vaters, untersteh dich, gleich laut aufzuschluchzen! Ich will hier keine falschen Tränen, das ist mein Tag, nicht deiner.«

Sie drehte sich um, atmete ein paarmal tief ein und aus, zauberte ein Lächeln auf ihr Gesicht und lief angemessenen Schrittes los. Hinter ihr folgten die Trauzeugen, danach die beiden Elternpaare, wobei die Schwans sich selbstbewusst vor den Taubers einreihten, verdeutlichten, wer hier wen heiratete. Der Weg über die Brücke des Wasserschlosses Moyland hin zu ihrem Torbogen zum Glück war ausgelegt mit einem roten Teppich, geschmückt mit füllhornartigen Vasen, mit opulenten Buketts aus Sommerblumen, Lobelien, Rittersporn, Bauernröschen und zart gemusterten Efeuranken. Die Braut schritt voller Stolz und Eleganz daran vorbei. Genau so hatte sie den Schmuck für das Entree bestellt, alles nach ihren Wünschen.

Sie bemerkte nicht die Nutrias, die im Wassergraben nahrhafte Pflanzen frühstückten, ohne sie eines Blickes zu würdigen.

Marisa Tauber stand im Innenhof des Schlosses und sah hinauf zu der weißen Holztür mit den arabesk verzweigten, grob geschmiedeten Beschlägen. Elf Steinstufen lagen zwischen ihr und dem Einlass zu ihrer standesamtlichen Trauung, schienen plötzlich unüberbrückbar, ohne Spuren an Kleid und Schleier zu hinterlassen.

Entsetzt über ihre eigene Nachlässigkeit, diesen Aufgang nicht bedacht zu haben, verharrte sie wie versteinert vor der Treppe, die zu ihrem Ziel führte, der Teppich endete vor den Stufen. Es erwies sich als mühselig, den Brautstrauß und gleichzeitig den Saum ihres Kleides im Auge zu haben. Zum Glück bemerkten die Trauzeugen ihr Zögern und waren gleich zur Stelle, hielten Schleppe und Schleier vom Untergrund fern. Jojo Schwan, ihr Zukünftiger, wartete an der hohen Holztür und hielt sie geöffnet, aus der Ferne drang die Musik aus dem Zwirner Saal bis zu ihr. Marisa Tauber hatte es geschafft.

In einem alten Schloss, erstmals im Jahr 1339 als Burg erwähnt, in dem historischen Gemäuer, das im Jahr 1997 als Kunstmuseum zu neuem Leben erweckt wurde, zu heiraten, erforderte, sich auf die Gegebenheiten einzustellen. Alles hatte sie bedacht, war die Wege abgelaufen, wusste, wo sich ein Aufzug verbarg, nur dass es mit dem bodenlangen Kleid auf dieser Treppe noch einmal anders sein würde, das hatte Marisa übersehen und schaute ihrem Bräutigam nervös entgegen. Oben angelangt raunte sie ihm, immer noch die Contenance wahrend, perfekt lächelnd zu: »Hast du die Ringe?«

Jojo gab ihr, mit Rücksicht auf das Make-up, einen zarten Kuss auf die Wange. »Hallo, mein Schatz, du siehst bezaubernd aus. Und ja, ich habe die Ringe.« Er nahm ein samtbezogenes Kästchen aus seiner Jackentasche und hielt es hoch.

»Dann ist ja alles gut.«

Hinter ihrem Rücken hörte sie die Frau ihres Vaters über den unmöglichen Treppenaufgang schimpfen. Das Heulen hatte Marisa ihr untersagt, an Fluchen hatte sie nicht gedacht.

Jojo sah ihren Blick und flüsterte ihr zu: »Hör nicht hin, Liebes, lass dir diesen Moment nicht verderben. Du weißt doch, unangenehme Gäste bedient man höflich, und später nimmt man deren Reservierungen nicht mehr entgegen, da ist dann alles besetzt. Du hättest dir nicht verziehen, wenn dein alter Dad deine Traumhochzeit verpasst hätte. Wir zeigen es ihnen.«

*\*\**

Niemand hätte passender und emotionaler zu diesen beiden Menschen sprechen können als die Standesbeamtin, die ihre Rede mit großer Sorgfalt vorbereitet hatte. Von gemeinsamen Plänen für die Zukunft sprach sie, die schon Formen angenommen hätten. Einen Weg gemeinsam zu gehen sei eine Kunst, man müsse sich auf ein Schrittmaß einigen, ohne dass einer sich am anderen verausgabe. Von Beruf, Traum, Familie sprach sie; alles im Blick zu halten, die Balance zu finden sei eine Kunst. Von der Liebe sprach sie und den Widrigkeiten des Alltags, in denen sie nicht untergehen dürfe. Und mit einem Augenzwinkern ging sie auf den zukünftigen Nachnamen der Braut ein.

»Möge, Frau Tauber-Schwan, Ihr geliebter Schwanenmann immer ein hörendes Ohr für Sie haben.«

Der Satz sorgte für Belustigung unter den wenigen Gästen, nur die Frau in Rosa guckte fragend zu ihrem Gatten, der ihre nicht gestellte Frage ignorierte. Und alle Mütter der Welt weinen, wenn ihre frisch vermählten Kinder nach erfolgreichem Tausch der Ringe sich in den Arm nehmen und innig küssen. Dieses Mal war es Jojos Mutter, deren Schluchzen man durch die erste Etage des Schlosses hören konnte, während Frau Tauber senior sich mühsam beherrschte.

Marisa strahlte mit der Maisonne um die Wette, als sie über die Treppe hinunter zum Schlossinnenhof, dort über den roten Teppich zurück in das Rondell lief, Arm in Arm mit ihrem Jojo, dem Fotografen entgegen, der, schwer behangen mit seinen Kameras mit unterschiedlich langen Objektiven, bereits die ersten Bilder schoss. Er übernahm die Regie, führte Brautpaar und Gefolge durch ein Tor in der Vorburg in Richtung Kräutergarten, der noch mager bewachsen war, weiter zur Rückseite des Hauses, wo Licht und Schatten, Gebäude und Wasser, der hohe alte Baumbestand zur Kulisse wurden.

Marisas Vater schaute über die Wasserfläche. »Hier gibt es Gänse und Blesshühner, und da, Schildkröten, die ihre Köpfe in der Sonne wärmen. Es fehlt ein Schwan.«

Seine Augen fixierten Marisa, sie las für einen kurzen Moment seine Kritik, dass sie für den Fototermin hätte beachten müssen, ein Gewässer mit einem Schwan zu wählen. Schnell löste sie sich von dem starrenden Blick und dem Gedanken, das war ihr Tag.

Sie sah zu Jojo hoch, der knapp einen Kopf größer war als sie. »Komm, mein Schwan, das werden die perfekten Bilder, ich vertraue dem Fotografen.«

Das glückliche Paar allein, mit den Eltern, wobei der Mann hinter der Kamera stets, jedoch meist erfolglos versuchte, das rosafarbene Kleid in den Hintergrund zu rücken. Trixi verdeckte sogar teilweise ihren Gatten, zog ständig Spiegel und Lippenstift aus ihrem Täschchen, zupfte am Einstecktuch ihres Angetrauten herum, versuchte einmal, dem Fachmann für das Bild in seine Komposition hineinzureden, was er mit Missachtung strafte, während Marisa mit den Augen rollte.

»Noch eine Reihe drüben bei den Baumhäusern, ich würde euch gerne auf der runden Treppe sehen, nur das Paar, bitte.«

Marisas Blick fiel auf Schuhe und Kleidersaum, Mika sprang ihr zur Seite, das würde alles ohne Schaden funktionieren. Malerisch, das Paar auf der hölzernen Treppe, die um einen Buchenstamm gebaut nach oben führte.

Auf dem Rückweg zum Rondell hielt Jojo kurzen Abstand zur Hochzeitsgesellschaft und telefonierte. Der Fotograf nahm Marisa zur Seite. »Sind Sie mit einer Reihe von Schwarz-Weiß-Bildern einverstanden?«

Marisas strahlte zufrieden. »Sie meinen, weil sonst zu viel Rosa im Vordergrund steht?«

Er lächelte, nickte.

»Das ist eine gute Idee, gerne. Sie sind genial, kommen Sie

doch am Abend zu unserer Feier, so gegen achtzehn Uhr? Es gibt ein ausgesuchtes Vier-Gänge-Menü, sehr lecker. Und bei der Gelegenheit können Sie sich gleich das Restaurant näher anschauen, denn für das erste Jahr werden wir mehrere Staffeln vorzüglicher Fotos für unsere Homepage brauchen. Wer gnadenloses Bonbonrosa in den Hintergrund stellt oder zu Farblos degradiert, der bekommt bei uns einen Jahresvertrag.«

Jojo hatte mitbekommen, was seine Frau besprach. Er hätte sich gern eingemischt, wollte nicht noch jemandem einen Vertrag in Aussicht stellen, als er vom Eingang her sein Hochzeitsgeschenk auf das Rondell zukommen hörte.

Er stellte sich mit Marisa auf die Brücke zum Schloss, wies den Fotografen an, auf die andere Seite des Rondells zu gehen, und schaute Marisa in die Augen. »Jetzt, mein Schatz, stellst du mal eben keine Fragen, sondern machst, was ich sage, okay?«

Irritiert sah sie ihn an, nickte.

»Schau mich bitte an oder das Schloss hinter mir und dreh dich erst um, wenn ich es dir sage.«

»Aber –«

»Kein Aber, mach es einfach.«

Ein außergewöhnliches Motorengeräusch kam näher, kein modernes, schon gar keines, das man kaum wahrnahm wie bei den Elektromotoren, nein, ein altes Geräusch näherte sich der Brücke. Der Fahrer stieg aus und legte den Schlüssel in Jojos Hand, die er hinter Marisas Rücken ausgestreckt hielt, während Besucher des Schlosses mit großem Interesse und Ahs und Ohs das Fahrzeug umkreisten und fotografierten.

»Du darfst dich jetzt umdrehen.«

Marisas Freude übertönte alles. »Ich kann es nicht glauben! Steht da echt ein Corvette Cabrio? Bestimmt ein C1, oder? Seit ich an Autos denke, ist das mein Traumwagen! Du hast tatsächlich jemanden gefunden, der es dir für diesen Tag ausleiht? Unfassbar, und dann noch in meiner Lieblingsfarbkombi, rot mit weißen Flanken. Wow, Jojo, wie schön!«

Jojo winkte mit dem Schlüssel, der an einem silbernen Herzanhänger baumelte. »Ja, es ist ein C1. Du hast oft über deine

Träume gesprochen, da dachte ich mir, zur Traumhochzeit muss es dieses Fahrzeug sein.«

Marisa wollte zu dem Wagen laufen, Jojo hielt sie fest, legte ihr den Schlüssel in die Hand. »Er ist nicht geliehen. Schatz, er gehört dir.«

Das war der Moment, auf den der Fotograf gewartet hatte, pure Emotion, losgelöst von dem Anlass, er knipste eine Serie, die er »Freude« nennen würde. Denn jetzt war es an Marisa, Freudentränen zu vergießen, stürmisch umarmte sie ihren frischgebackenen Ehemann, schluchzte ein »Danke, du bist echt verrückt«.

Währenddessen versuchte die Trauzeugin, ihre Freudentränen abzutupfen, bevor das Gemenge aus Make-up, Wimperntusche und Tränen den Ausschnitt des Kleides erreichte. Auch nahm Mika ihr den Schleier mit dem Blütenkranz ab, denn Marisa wollte fahren, diese kleine Schönheit selbst nach Xanten zum Dom fahren, in dem der zweite Teil ihrer Trauung stattfinden würde. Den Wagen würde sie durch die Domimmunität bis zum seitlichen Hauptportal lenken und dort abstellen.

Mit Aufregung überließ sie Mika das Richten ihres Makeups, schielte immer wieder zu dem Fahrzeug, das in der Sonne glänzte und aus dessen Kofferraum der Fahrer, der es gebracht hatte, Schnüre mit Blechdosen hinter den Wagen legte. Dann schritt er eilig zu einem weiteren Wagen, einer modernen dunklen Limousine, die ihm gefolgt war, aus dessen herabgelassener Scheibe ein Mann mit Sonnenbrille die Szene beobachtet hatte. Mit reglosem Gesicht fixierte er Jojo und reckte den Daumen.

In rasantem Tempo verließen die beiden Männer das Schlossgelände, während Marisa versuchte, ihr Kleid nebst Schleppe im Wageninneren unterzubringen und dabei mit ihren Füßen ungehindert an die Pedale zu gelangen. Jojo meinte, er könne auch fahren, wenn … Sie ließ dem Satz keine Chance, zu Ende gesprochen zu werden.

»Nein, nein, das geht, bestimmt. Komm, steig endlich ein, ich will unbedingt fahren. Du bist einfach ein Goldschatz, weißt du das? So ein teures Geschenk, ich kann es nicht glauben.«

Noch ehe die Hochzeitsgesellschaft ihre Fahrzeuge erreicht hatte, ließ Marisa den Motor kurz aufheulen und rollte auf die Brücke über dem Schlossgraben zu.

Jojo legte ihr die Hand auf den rechten Arm. »Nun warte wenigstens, bis die anderen hinter uns sind. Meine Frau in ihrem Traumwagen an der Spitze des Konvois. Gefällt mir.«

Er schaute nach hinten, alle folgten dem schicken kleinen Oldtimer. Jojo ließ es sich nicht nehmen, der Fahrerin ein leicht abgewandeltes Zitat aus einem frühen Lied von Udo Lindenberg ins Ohr zu raunen: »Hey Baby, gib Gas, lass uns nach Las Vegas, die Sonne putzen.«

In bester Laune lehnte er sich in den Sitz, lachte herzhaft, legte den linken Arm um die Schulter seiner Frau, die Dosen schepperten über den Asphalt, die Fahrer der wenigen Fahrzeuge hinter ihnen hupten jedes Mal, wenn ein Mensch in Sichtweite kam, ein Dauerkonzert ab dem Ortsschild Marienbaum, Stadt Xanten.

Niemand bemerkte die Vorbereitungen, die dort am Straßenrand stattgefunden hatten, um exakt diesen Moment abzupassen. Kein Mensch nahm das Augenpaar wahr, das dem kleinen, lauten Konvoi entgegenblickte.

*⁂*

Später stammelte der alte Mann, Gustav Gerkens, der zufällig an der einzigen Ampel der Durchfahrtsstraße stand, immer wieder: »Wat en Krimi, wie damals in Dallas.«

Einer der Seelsorger, die Hauptkommissarin Karin Krafft angesichts dieses Tatorts angefordert hatte, kümmerte sich um den Mann, stützte ihn, der wie gelähmt immer noch an der gleichen Stelle stand, von der aus er alles aus nächster Nähe mitangesehen hatte. Karin Krafft hatte sich seine Beobachtung bereits angehört und koordinierte diesen Einsatz, an dem mehrere Einsatzfahrzeuge und ihr gesamtes Team beteiligt waren.

Die Streifenbeamten waren hauptsächlich damit beschäftigt, Umleitungen zu errichten, denn was hier geschehen war,

würde die Hauptstraße, die durch den Wallfahrtsort Marienbaum, einen nördlichen Stadtteil von Xanten, führte, für Stunden blockieren. Die Kollegen Tom Weber, Gero von Aha und
Jeremias Patalon vom Kommissariat 1 waren unterwegs, um
die anliegenden Häuser zu kontrollieren, hatten den Auftrag,
nach Verdächtigen zu suchen, Waffen, Patronenhülsen, nach
irgendeinem Hinweis. Niemand hatte einen Schützen auf der
Straße gesehen, also musste er aus dem Verborgenen heraus
agiert haben.

Karin hörte noch, wie der Zeuge dem Seelsorger seine Beobachtungen mit den gleichen Worten schilderte wie ihr. »Wie
damals in Dallas, als die Kennedys in dem offenen Wagen durch
die Stadt fuhren. Ich war klein und durfte auch fernsehgucken,
wie die Amis ihren Präsidenten feierten, damals in Schwarz-
Weiß, dat war wat Besonderes. Wir saßen mit Nachbarn zusammen, ich auf dem Boden vor dem Gerät, immer schön einen
Meter entfernt. Im Fernsehen hast du den Schuss nicht gehört,
damit hat doch keiner gerechnet. Du hast nur gesehen, dass der
Präsident zusammenbrach und seine Frau voller Angst versuchte, das Fahrzeug zu verlassen. Ich fand et so schlimm und
musste dann auch aus dem Zimmer, dat war nix für Kinder.
Aber gesehen hatte ich et doch. Und dann passiert hier, mitten
in Marienbaum, so wat! Ich hab von Weitem diesen kleinen
Oldtimer mit dem Hochzeitsgerassel und die hupenden Autos
bemerkt. Gustav, hab ich gedacht, Gustav, guck mal, wie nett.«

Der Mann wollte sich nicht setzen, auch seinen Blick nicht
vom Tatort abwenden, er stand mit kalkweißem Gesicht neben
dem Helfer, der ihn bei der Schulter hielt, und wies mit flattern-
den Fingern auf die Straße.

»Und dann seh ich, ich habbet noch genau vor Augen, dat
plötzlich mit dem Mann wat nicht stimmt, und dann merk ich,
meine Fresse, dat is ja Blut, da an seiner Stirn, und da sackt er
schon an die Schulter von seiner Braut. Die fährt noch die paar
Meter an mir vorbei, und dann schreit se und bremst und steigt
kreischend aus dem Auto. Überall rote Spritzer auf dem weißen
Kleid. Und da dachte ich dann, genau wie damals, neunzehn-

dreiundsechzig in Dallas bei Kennedy, genau so, kein Schuss gehört, und ich hör noch gut, und zack, is einer tot.«

Eine Seelsorgerin kümmerte sich um die Braut, nein, nun war sie eine junge Witwe in einem mit Blut besudelten Brautkleid, die auf der Trage eines RTW lag. Sie hatte sich neben die Frau gehockt, ihr Tränenfluss und ihre schrillen Schreie verebbten langsam, da der Notarzt ihr ein Beruhigungsmittel injiziert hatte. Es schien unmöglich, sie zu befragen.

»So ein verdammtes Drama«, hatte Karin Krafft ihrem Teamkollegen Kommissar Nikolas Burmeester zugeraunt, nachdem sie einen Überblick über die Geschehnisse gewonnen hatte.

In Höhe der Bäckerei Gerards auf der Kalkarer Straße stand ein amerikanischer Oldtimer, ein Cabrio, quer auf der Fahrbahn. So hatte die Braut das Fahrzeug zum Stehen gebracht, nachdem ihr bewusst geworden war, dass ihr Mann mit einer tödlichen Kopfverletzung auf ihre Schulter gesackt war. Dem Mann war nicht mehr zu helfen, sein Körper lag abgedeckt neben dem Fahrzeug.

Hinter dem Oldtimer, den sich Karin mit Interesse anschaute – er war klein, schnittig, sah charmant aus –, hatten vier Fahrzeuge gehalten, die zum Brautpaar gehörten. Ein fünftes Auto, das eines Fotografen, stand vor der Imbissstube. Die Trauzeugin Mika hatte sich um die schreiende Braut bemüht, sie vom Wagen weggelenkt und fest in den Arm genommen, während sie selbst in Tränen ausbrach.

Der Vater des Bräutigams hatte die Wagentür geöffnet und versucht, seinen Sohn auf die Straße zu ziehen, stabile Seitenlage würde helfen, ein Passant hatte mit angefasst, eine breite rote Bahn zog sich vom Beifahrersitz auf die Straße. Der Vater hatte nicht wahrnehmen wollen, dass in der Blutspur Knochensplitter und Gewebe aus dem Kopf seines Sohnes schwammen, da die Kugel den Schädel durchdrungen und wieder verlassen hatte. Er hatte unbeirrt mit einer Herzmassage angefangen und rief nach einem Erste-Hilfe-Kasten, die Wunde müsse versorgt werden. Die Mutter des toten jungen Mannes wollte ihn wegziehen, auch das gelang erst den professionellen Ersthelfern. Der Vater der Braut saß noch immer regungslos hinter dem Steuer, während seine Frau neben ihm in ein ausgiebiges Lamento verfiel und immer nur »Nein, nein, nein …« rief.

Der Trauzeuge, Adrian Deventer, ein Freund des Toten, hatte geistesgegenwärtig alle Telefonate getätigt und die Straße Richtung Kleve durch ein Warndreieck mitten auf der Fahrbahn gesperrt, Passanten angesprochen, die auf der anderen Seite, Richtung Xanten, mit Abstand zu dem Toten ebenfalls die Fahrzeuge aufhielten. Zwei Freiwillige hielten eine auseinandergefaltete Thermodecke aus dem Notfallkasten ausgebreitet vor die Leiche, da sich die ersten Schaulustigen mit gezücktem Smartphone näherten.

Voller Elan und zornigen Schrittes nahm Karin Krafft den knipsenden Mann, der mitten in diesem Chaos stand, selbst ins Visier. »Hören Sie auf, das ist ein Tatort, und Sie handeln sich eine saftige Strafe ein, wenn Sie nicht sofort das Fotografieren unterlassen. Ich kann auch Ihre Kamera konfiszieren!«

Er hielt die Kamera in die Höhe und öffnete das Ladefach seiner Leica, entnahm die kleine Speicherkarte, reichte sie der Hauptkommissarin.

»Um Gottes willen, ich bin doch Profi, und die Kamera ist mein Werkzeug, die brauche ich. Mein Auftrag war es, die Hochzeit zu fotografieren. Hier sind die Bilder von diesem tragischen Geschehen, ab dem Zeitpunkt, an dem die kleine Kolonne zum Stehen kam. Ich habe alles dokumentiert, was in den Minuten bis zum Eintreffen der Polizei und der Rettungskräfte geschehen ist. Ich stelle Ihnen meine Aufnahmen zur Verfügung. Die Speicherkarte hätte ich gerne zurück.«

Mit einem Blick zum Cabrio seufzte er. »Ist das nicht furchtbar? Die waren auf dem Weg zur Kirche. So ein nettes Paar. Bei manchen Aufträgen überlege ich, wie lang die Ehe wohl halten wird. Die beiden hatten gute Chancen auf ein langes gemeinsames Leben.«

»Was lässt Sie so positiv denken?«

»Na, wie die miteinander umgegangen sind, sie, die Emotionale, aber auch eine Geschäftsfrau in Bezug auf das neue Restaurant. Und er, da, sehen Sie hin, spendabel, sich über die

Freude anderer freuend. Ich will gar nicht wissen, was der kleine alte Flitzer gekostet hat. Ich weiß nur, dass ich nicht in der Lage wäre, so ein Hochzeitsgeschenk zu kaufen.«

Er übergab ihr eine Visitenkarte. »Falls ich dazu noch was sagen soll. Oder so. ›Zeugenaussage‹ heißt es immer im Krimi. Ich packe meine Kamera jetzt sofort ins Auto. Brauchen Sie mich noch?«

»Warten Sie bitte wie alle anderen.«

Heierbeck traf als Letzter mit dem Tatortwagen ein, seinen ersten Eindruck fasste er in einen einzigen Satz, bevor er die Materialkästen aus dem Transit holte: »Das Ende einer Traumhochzeit.«

✳ ✳ ✳

Inzwischen war der halbe Ort auf den Beinen, vermutlich hatte die kleine Bäckerei doppelt so viele Kunden wie sonst. Sie bot die Gelegenheit, im Dorftratsch die wichtigen Erkenntnisse zu dem Geschehen auf der Straße vor dem Gebäude zu gewinnen. Karin Krafft reihte sich in die Schlange der Kunden ein, einen Kaffee wollte sie holen, und hörte einfach zu.

»… die kamen vom Standesamt, Traumhochzeit auf Schloss Moyland, und jetzt? Aus der Traum. Wie is dat alles passiert, Mia? Herzinfarkt?«

»Nee, bei Herz is nich allet voller Blut. Lasset dir von Gustav erzählen, der glaubt, et war wie damals bei Kennedy.«

»Hä?«

»Na, im Auto während der Fahrt erschossen.«

Die Verkäuferin unterbrach den Dialog. »Mia, was bekommst du?«

»Zwei Zitronenröllchen, und tu mir mal en Pfund Schwarzbrot.« Unbeirrt fuhr sie fort. »Jaaa, glaub mir. Der Mann is erschossen worden. Im Auto. Hier op de Straat.«

»Wer macht denn so wat? Gibbet doch gar nich.«

»Doch, da is de Kriminalpolizei aus Wesel, guck, jetzt kommt noch einer im weißen Anzug mit Kamera.«

Draußen verschwand Heierbeck hinter der Sichtschutzwand. Mia war in Fahrt. »Et laufen Kriminaler durch den Ort, besonders de Straat entlang, die gucken durch alle Fenster, die zur Straat hin sind, ob da jemand gestanden hat …«

»Ja, meinen die denn, einer aus dem Ort würde so was machen? Da sollten wir dem Chef von denen aber mal Bescheid sagen, hier lebt kein Verrückter, dat sind doch alles normale Leut. Wie können die denken, dat hier einer hinter de Gardine steht und op de Straat schießt? Wer is denn überhaupt der tote Mann? Is doch keiner von uns, oder? Hochzeit auf Moyland, dat hätt sich rumgesprochen.«

Karin bestellte fünf Kaffee, wollte noch länger lauschen, und ihrem Team tat ein warmer Schluck bestimmt gut. Außer Gero von Aha, der würde wieder über die Qualität des Heißgetränks meckern, weil nur er mit seiner brodelnden multifunktionalen Maschine den wahren, echten Kaffee kochen konnte.

Die Verkäuferin stellte die Becher to go bereit und mischte sich in den Dialog vor der Theke. »Man sagt, das Paar käme von der Schäl Sick, er soll der Schwan sein.«

Niederrheinischer Dialog beim Bäcker.

»Hä?«

»Wat meinst du mit ›Hä‹?«

»Na, wie, der Schwan?«

»Der junge Mann, der dieses pompöse neue Restaurant in Wesel am Ufer gebaut hat, der heißt doch Schwan, oder? Jedenfalls wird überall für das Restaurant ›Schwan‹ geworben.«

»Ach, der ist dat? Nee, oder?« Mias Dialogpartnerin schien es jetzt eilig zu haben. »Ich muss, der Karl wartet.«

Karin war nicht klar, ob irgendein Karl auf Brot und Gebäck wartete oder ob die Frau nun endlich entscheidende Informationen aufgenommen hatte, die sie als Sensationsnachricht weiterverbreiten konnte. Es war fast wie mit der internationalen Presse in so einem kleinen Universum, wer als Erster Bescheid wusste, verkaufte sein Wissen gegen ehrfürchtiges Staunen als Lohn.

Mia ließ nicht locker. »Der Schwan also. Bei uns auf de Kalkarer Straße. Dat gibt doch keinen Zusammenhang.«

Karin verhandelte inzwischen mit der Verkäuferin über ein Tablett, das sie mitnehmen wollte, um alle Becher gleichzeitig zu transportieren. Unbekannten ein Tablett zu überlassen schien einem Sakrileg nahezukommen, also zückte die Hauptkommissarin ihren Ausweis.

»Hauptkommissarin Karin Krafft, ich leite hier die Ermittlungen. Bin ich nun vertrauenswürdig genug, um mir ein Tablett zu leihen?«

Plötzlich herrschte Stille in der Bäckerei, Mia bekam große Augen, die eilige Kundin fand es nicht mehr notwendig, schnell zu Karl zu kommen, die Verkäuferin stellte wortlos ein Tablett auf die Ablage.

Als Karin nach dem Bezahlen die Arme hob, um es zu greifen, wurde ihre Waffe sichtbar, die knapp über dem Bund ihrer Jeans gesichert im Holster steckte. Man hätte eine Stecknadel fallen hören können. Karin fühlte nicht nur die Augenpaare der bislang wortführenden Frauen auf sich ruhen, sie bemerkte nun auch die Schlange, die sich hinter ihr gebildet hatte, Menschen unterschiedlichen Alters, die ehrfürchtig eine Gasse bildeten, um sie durchzulassen.

An der Tür drehte sie sich noch einmal um. »Wenn jemand von Ihnen der Kriminalpolizei mit sachdienlichen Hinweisen oder Beobachtungen weiterhelfen kann, dann melden Sie sich bitte bei uns.« Sie stellte das Tablett auf dem Tisch beim Fenster ab, fingerte mehrere Visitenkarten aus der Jackentasche und legte sie dort ab. »Sie können mich jederzeit erreichen.«

Ein Raunen erreichte sie noch durch die geöffnete Tür, als sie bereits draußen war.

»Dat war eine Hauptkommissarin …«

»… dann hat die hier dat Sagen …«

Später, als sie mit Burmeester und von Aha am Einsatzfahrzeug stand, erklang hinter dem Trassierband noch eine Stimme: »Dat is der Chef, die Frau, dat is en Hauptkommissarin.«

Umgehend schickte sie Burmeester, den bunt gekleideten Kommissar, auf dem bereits einige Seitenblicke ruhten, da seine neue stylische Frisur – oben ein kleiner Zopf, seitlich kurz geschoren – ein Hingucker war, mit dem Tablet zurück zur Bäckerei. »Dein Auftritt, die Leute brauchen Stoff zum Erzählen.«

Er stutzte, sie schaute sich um, sah sich zu einer Erklärung genötigt. »Hier passiert sonst nicht viel. Es gab vor einem Jahr einen Einsatz des SEK, weil ein psychisch auffälliger Mann das Haus seiner Betreuerin nicht freiwillig verlassen wollte. Alles verlief glimpflich, aber die Aktion bot Gesprächsstoff für Tage.«

In Marienbaum ging man zum Laientheater und feierte tagelang den neuen Schützenthron, das war alles. Und dann gab es plötzlich hier op de günne Kant einen toten Schwan von de Schäl Sick. Unglaublich.

∗∗∗

Die Braut war in Begleitung ihrer Freundin Mika Beisenkamp ins Josef-Krankenhaus nach Xanten gebracht worden. Um deren Fahrzeug wollte sich Marisas Vater kümmern. Er wurde aufgehalten, es wurde ihm untersagt, den Oldtimer anzufassen oder zu bewegen, da die Sicherung der Spuren noch nicht beendet war. Alle anderen, auch der Fotograf Ari Fink, durften nach eingehender Befragung und Aufnahme der persönlichen Daten den Tatort verlassen.

Nun stand nur noch das Cabrio mit weit geöffneten Türen und den blutüberströmten Sitzen, umgeben von Markierungen auf dem Asphalt und aufgerissenen Verpackungen von Mull und Verbandsrollen, vor der Bäckerei quer auf der Fahrbahn. Aus Richtung Xanten wurde der gesamte Verkehr durch die Vynener Straße abgeleitet. Es war ungewöhnlich ruhig in der Ortsmitte.

Gemeinsam mit dem Staatsanwalt Aaron Nilsson, dem verantwortlichen Polizeiobermeister Heger und dem Spurensicherer Heierbeck beriet Karin Krafft das weitere Vorgehen. Nilsson fragte die Hauptkommissarin sachlich, weshalb sie die Lage nicht als unübersichtliche terrorverdächtige Situation eingestuft hatte.

»Ein Mann stirbt im fahrenden Wagen an einem Kopfschuss.

Was lässt dich davon ausgehen, dass hier nicht noch mehr Menschen auf offener Straße attackiert werden?«

Karin musste gar nicht nachdenken, für sie war und blieb es ein einzelner Schuss, eine Kugel, die entweder fahrlässig, zufällig oder gezielt diesen Mann getroffen hatte. »Die ersten Einsatzkräfte trafen sieben Minuten nach dem Anruf von Adrian Deventer, dem Trauzeugen des Opfers, ein, bis dahin hatte sich hier nichts weiter geregt. Meinst du nicht, dass ein Attentäter, von der Absicht zu töten gesteuert, wahllos weitergeschossen hätte?«

Nilsson nickte. »So habe ich es mir gedacht, ich wollte nur sichergehen, damit nicht der kleinste Zweifel aufkommt. Du kennst deine Vorgesetzte, die wird immer merkwürdiger.«

Karin wusste, was er meinte, und rollte mit den Augen. Frau van den Berg glitt mit zunehmendem Alter zurück in vorzeitliche Verhaltensweisen und monierte seit Neuestem pedantisch fehlende oder falsch gesetzte Kommata in Berichten.

Karin blieb sachlich und wies auf die unterschiedlichen, zum Teil alten Hausfassaden aus dem vorigen Jahrhundert, die entlang der Straße standen. »In jedem Haus haben sich meine Männer bereits umgeschaut, nirgendwo gibt es an den Fenstern, die in diese Richtung weisen, Spuren eines Schützen, alle in Frage kommenden Räume werden gleich noch einmal von der Spurensicherung unter die Lupe genommen.«

Heierbeck schaute auf die Häuserzeile und nickte. »Wir brauchen hier noch lange, um alles zu dokumentieren. Ich habe einen Hubschrauber angefordert, der aus der Luft fotografiert. Irgendwas gefällt mir nicht. Anhand des Einschusswinkels gehe ich davon aus, dass zumindest aus der Nähe der Häuser geschossen wurde. Kein Zeuge hat einen Schützen bemerkt –«

Nilsson unterbrach freundlich: »… und auch keine Schützin …«

Heierbeck sah ihn an, als sei er nicht ganz bei Trost, wusste jedoch, worauf der Staatsanwalt anspielte. »Weder Frau noch Mann mit Waffe sind bemerkt worden. Ob der Winkel zu einem der Fenster passt, das werden wir nachher versuchen zu rekonstruieren. Ein seltener Einsatz von Protrusion Rod und 3D-Laserscanner. Den Stab zur Ermittlung der Flugbahn des Projektils werde ich unter Berücksichtigung der Körpergröße des Opfers und des vorgefundenen Einschusswinkels bei dem Dummy einsetzen, der ebenfalls angefordert und bereits auf dem Weg ist. Dazu brauche ich die Straße.«

Für Polizeiobermeister Heger hieß dies, auch die Umleitung auf die L 8 am Ortsende Richtung Kleve für unbestimmte Zeit aufrechtzuerhalten.

Heierbeck erklärte: »Der Mann ist ungefähr hundert Meter vor dem endgültigen Stopp des Cabrios getroffen worden, das bedeutet, wir müssen das Fahrzeug dort in Position bringen, mit Hilfe des Stabs, der den Eintrittskanal der Kugel wiedergibt, die Schussrichtung ermitteln und dann mit dem Scanner schauen, was sich in Schussrichtung befindet. Danach folgt die übliche Feinarbeit, Fotos, Fingerabdrücke, DNA-Spuren, Schmauchspuren, wir werden alles sichern, was sich finden lässt.«

Das Team des Kommissariats 1 würde sich anschließend mit den Bewohnern des Hauses, das durch den Abschusswinkel ermittelt wurde, näher befassen.

Nilsson ging wieder zu seinem Wagen, drehte sich noch einmal zu Karin um. »Eine Hochzeit, wie traurig, dieses Ende. Und der Tote, Jojo Schwan, muss ein begnadeter Koch gewesen sein. Der war in den letzten Wochen andauernd in der regionalen Presse. Ich habe mich echt auf das Essen in dem neuen Restaurant gefreut.«

Karin deutete auf die schockierten Eltern des Paares. »Ich weiß ja nicht, ob der Schwan wusste, in was für eine Familie er da einheiratet. Die schrill gekleidete Frau des Vaters der Braut ist so betroffen, dass sie bereits nach dem Erbe fragte, als sie sich noch unablässig die Augen abtupfte. Schließlich habe die kleine Marisa die standesamtliche Trauung hinter sich und sei die Gattin gewesen, die rechtmäßige Erbin. Geldgeil, würde ich sagen, oder es spricht aus ihr der zerplatzte Traum von massenhaften Getränken auf Kosten des Hauses.«

Nilsson blickte zu der kleinen Gruppe, an deren Rand eine

Frau in schreiendem Rosa redete und gestikulierte. »Abstoßend, einfach ekelhaft«, sagte er. »Der Schwan ist noch nicht einmal kalt, und schon geht das Gezanke los. Ihr habt die Frau auch auf der Liste?«

»Alle sind registriert, erstbefragt und werden in den nächsten Tagen erneut aufgesucht. Wir lassen uns nicht beeindrucken, weder durch Worte noch durch grässliche Kleiderfarben.«

\*\*\*

Während die übrigen Kollegen mit Karin zusammen ins Kommissariat 1 nach Wesel fuhren, blieben Nikolas Burmeester und Gero von Aha noch vor Ort und warteten auf die ersten Ergebnisse der Spurensicherung, um sich gegebenenfalls Zutritt zu dem Gebäude zu verschaffen, aus dem der tödliche Schuss abgefeuert worden war.

Über ihnen kreiste der Hubschrauber der Polizei, man konnte die Befestigung für die unterschiedlichen Kameras erkennen und den Beamten, der sie durch die geöffnete Tür bediente. Es kostete Mühe, mehrere Zeitgenossen davon zu überzeugen, dass sie aus ihren Fenstern keine Fotos von dem Wagen machen durften, der zurück zur mutmaßlichen Position des Einschusses geschoben wurde. Die Aufnahme mit dem Laserscanner wurde mehrere Male unter minimaler Veränderung der Position des Fahrzeugs wiederholt, und jedes Mal sah Heierbeck von dem Gerät auf und schüttelte den Kopf, überprüfte unwillig die Funktionstüchtigkeit und positionierte sich neu.

Von Aha und Burmeester wagten nicht, ihn nach dem Grund für seine Unzufriedenheit über das Ergebnis zu fragen. So kannten sie den erfahrenen Spurensicherer gar nicht, ratlos und am Rande der Verzweiflung. Sie blickten voller Sehnsucht auf die Menschen, die zu Fuß oder mit dem Rad einen Stopp bei dem Schnellimbiss auf der anderen Seite machten und sich entweder dort die Pommes schmecken ließen oder den Tempel der verlockenden Genüsse mit eingepackten Mahlzeiten wieder verließen.

Burmeester seufzte laut. »Ich könnt ja … Bei uns gibt es seit einiger Zeit nur noch Vegan.«

Gero von Aha starrte wie er auf die gegenüberliegende Straßenseite. »Ich rieche es förmlich.«

Beobachter dieser Szene hätten bemerkt, dass Burmeester sich über die Lippen leckte und von Aha sein Kleingeld aus der Hosentasche fischte. »Marlene besteht auch auf Fleischlos. Und bio, alles bio. Komm, meine Kohle reicht für zwei.«

Keine zehn Minuten später standen sie mit je einem Schälchen Currywurst extrascharf und doppelt Pommes mit Mayonnaise wieder am Straßenrand, während Heierbeck in nahezu meditativer Langsamkeit eine der Straßenlinden umrundete. Gero von Aha kommentierte mit genussvoll gefülltem Mund.

»Was bedeutet das jetzt? Ob unser Kollege noch weiß, was er tut? Hmm, Himmel, ist das lecker.«

»Ja, die Currywurst, genau meine Körnung und superscharf. Bestimmt riecht Yasmin von Weitem, dass ich Verbotenes gegessen habe.«

»Und die Pommes außen knackig und innen zart, delikat. Ups, Mayonnaise auf dem Jackett, das sieht Marlene sofort, jetzt hilft auch kein Fisherman's Friend mehr, ich werde freiwillig gestehen müssen.«

Während die Herren Kommissare des K1 für Mord und Totschlag weiter ihrem Appetit auf traditionelles Fast Food frönten, holte Heierbeck eine Leiter aus dem Tatortfahrzeug und lehnte sie an den Baum. Mit Currysoße in den Mundwinkeln schauten sich von Aha und Burmeester an und zuckten die Schultern.

✳✳✳

Karin Krafft war erst vor zehn Minuten heimgekommen und saß bereits auf dem Sofa neben ihrem Mann, dem Archäologen Maarten de Kleurtje. Der hatte mit großem Interesse und tiefem Bedauern von dem neuesten Fall gehört, mit dem sich seine Liebste konfrontiert sah. Es war nur so aus ihr herausgesprudelt. Eine Traumhochzeit mit tragischem Ende.

»Das gibt es doch nicht. Auf dem Weg zur Kirche stirbt der Bräutigam gewaltsam? Was ist das für eine furchtbare Geschichte? So etwas habe ich noch nie gehört. Wie mag es der Braut gehen?«

»Sie ist im Schockzustand ins Krankenhaus gebracht worden. Mich hat dieser Tatort auch besonders berührt. Beherrschen musste ich mich gegenüber der Stiefmutter der Braut. Die lamentierte schon über das Erbe der Ärmsten, als der Tote noch vor Ort war. So eine unsensible alte Kuh!«

Maarten schüttelte den Kopf. »Widerlich. Hat die Braut das mitbekommen?«

»Nein, ich glaube nicht.«

Der Mann mit dem grauen Zopf und dem kleinen Bauchansatz setzte sich auf. »Wir müssen unseren Familientag verlegen.«

Jetzt fiel Karin wieder ein, was sie gemeinsam geplant hatten. Bevor sie etwas sagen konnte, fuhr er fort.

»Ich habe extra rechtzeitig einen großen Tisch im ›Schwan‹ reserviert und deiner Mutter und Henner Bescheid gesagt. Wir wollen doch so lange schon mal wieder gemeinsam auswärts essen gehen, und was ich in der regionalen Presse gelesen habe, fand ich sehr ansprechend. Johanna war total begeistert, und selbst unsere Tochter fand es – Originalton – cool, sich den Laden mal anzuschauen. Endlich gibt es ein richtig schönes Restaurant direkt am Rheinufer, und dann erschießt jemand den Besitzer und Küchenchef. Das ist doch unglaublich.«

Karin unterbrach ihn und deutete auf den Fernseher. »Aktuelle Stunde« im WDR. Mit bedauernden Worten wurde über die Tat berichtet und gleichzeitig darauf hingewiesen, dass die B 57, Ortsdurchfahrt Marienbaum, auf nicht absehbare Zeit gesperrt bliebe, da der Tathergang rekonstruiert würde. Filmaufnahmen aus der Entfernung zeigten, wie die freiwillige Feuerwehr des Ortes ihre transportablen Strahler aufstellte, um den Tatort zu beleuchten.

»Da, das ist Kollege Heierbeck«, sagte Karin, »wieso steht er da auf einer Leiter an der Linde?«

Nach einem schnellen Schnitt kam der Reporter Tim Köksalan ins Bild und berichtete über die umfangreichen Arbeiten, die keinen Aufschub zuließen.

Maarten rückte näher an das Gerät. »Sag mal, stehen da Burmeester und Gero von Aha im Hintergrund und essen aus Pommesschälchen?«

Bevor Karin wahrnehmen konnte, was er entdeckt hatte, war die Berichterstattung beendet. »Die beiden haben jeglichem Fast Food abgeschworen, hoffentlich haben ihre Frauen das nicht gesehen.« Sie stellte ihr Glas ab, hatte am Rotwein nicht nur genippt. »Mein Team steht bei einer Berichterstattung im TV mampfend im Hintergrund, und Heierbeck arbeitet im Dunkeln weiter. Letzteres ist bedenklich, er äußert nie seine Theorien, er ackert so lange, bis er sie untermauern kann, und präsentiert dann das Ergebnis. Der kann doch nicht die ganze Nacht durcharbeiten.« Sie stand auf, ging zur Diele, streifte sich ihre Sneakers über.

»Was hast du vor?«

»Ich fahre da jetzt hin, ich will auf dem Laufenden sein.«

Maarten kam zu ihr. »Du hast Rotwein getrunken, warte, ich schreibe eine Nachricht für Hannah, und dann fahre ich dich, es ist ja nicht weit.«

Sie lächelte ihn an und drückte ihm einen Kuss auf die Wange. »Weißt du eigentlich, was für ein lieber Kerl du bist? Eigentlich gefällt dir nicht, was ich beruflich mache, und dann unterstützt du mich doch. Womit habe ich dich nur verdient?«

Er musste lachen. »Mit jeder Faser deiner Persönlichkeit. Bist du startklar?«

Schweigsam fuhren sie in Richtung Marienbaum, an der Polizeisperre wies Karin sich aus, sie durften passieren. Maarten parkte vor der Kirche. Burmeester erkannte Karin und lief auf sie zu.

»Hat es geschmeckt?«

Irritiert starrte er sie an.

»Während Tim Köksalan in der ›Aktuellen Stunde‹ über die Tat berichtete, wart ihr im Hintergrund zu sehen, genüsslich kauend mit Pommesschalen in den Händen. Überlege dir schon mal, wie viele von Yasmins zahlreichen Cousinen das gesehen haben und ihr per WhatsApp gerade mitteilen, dass du im Fernsehen warst.«

Sie ließ ihn stehen und ging zu Heierbeck, der seinen Laserscanner ausrichtete und auf die Linde schaute, an deren Stamm seine Leiter lehnte. »Kollege, ist es nicht Zeit für Feierabend? Es lässt sich doch nicht alles ordentlich ausleuchten.«

Erstaunt sah er in ihre Richtung. »Wissen Sie, Frau Krafft, ich habe schon seit Stunden ein Ergebnis, ich kann es nur nicht glauben, es ist einfach unmöglich.«

»Was meinen Sie?«

Heierbeck wies ihr, ihm zu folgen, er ging zu dem Wagen, der immer noch auf der Straße stand, dort, wo der Schuss den Mann vermutlich getroffen hatte.

»Ich habe ein Projektil im Kofferraum aus der Karosserie gepuhlt, es bestätigt den Eintrittswinkel, den ich schon erkannt hatte. Ein Geschoss aus einem Präzisionsgewehr, mehr kann ich dazu noch nicht sagen. Folgen Sie mir, ich zeige Ihnen, wo ich nicht weiterkomme.«

Karin folgte ihm über die Straße zu der beleuchteten Linde, einem Straßenbaum, nicht sehr alt, nicht besonders umfangreich, ein stinknormaler Baum, außer dass eine Leiter an ihm lehnte und in ungefähr zweieinhalb Metern Höhe ein roter Punkt auf der Rinde aufleuchtete.

Heierbeck zeigte nach oben. »Ich habe meine Vorgehensweise und die Fakten nun mehrfach überprüft. Sehen Sie den roten Punkt?«

Karin nickte.

»Von dort ist der Schuss gefallen.«

Karin sah ungläubig zum Baum hoch. Ein glatter, dünner Stamm, kein Mensch konnte sich mit einem Gewehr dort in der Höhe unbemerkt festklammern, nur ein Kind, ein sehr schmales, würde sich hinter dem Stamm verbergen können. »Und da sind Sie sich sicher?«

»Ja und nein.«

»Was bedeutet das?«

»Wie Sie sehen, ist aus dieser Position ein gezielt gesetzter

Schuss nicht möglich. Wenn ich die Linie aber weiterführe, kommt kein Gebäude in Frage, zumal dann dieser Baum die Sicht versperrt hätte. Es gibt also nur eine logische Erklärung.« Er hielt inne. Diesen Moment, in dem die Spannung wuchs, schien er auszukosten.

»Nun, jetzt aber raus mit Ihrer These.«

»Schauen Sie, vor dem Baum ist eine recht große Parkbucht. Die einzige Erklärung, die ich habe, ist die, dass hier ein relativ hohes Fahrzeug gestanden haben muss, von dessen Ladefläche aus geschossen wurde. Nach dem Schuss haben sich alle darum gekümmert, was vorne vor der Ampel in Höhe der Bäckerei geschehen ist. Niemand ist auf die Idee gekommen, nach hinten zu blicken.«

Karin nickte anerkennend und sah sich die Parkbucht an, die Heierbeck meinte. Der gab seinen Mitarbeitern das Okay, das Equipment zusammenzupacken.

»Genial, Kollege, einfach genial. Es gibt keinen festen Ort. Jemand schießt von der Ladefläche, vom Dach oder aus dem Fenster eines Fahrzeugs und fährt dann weiter, wenn alle in die andere Richtung gucken und laufen. Gleich morgen werden wir die Anlieger befragen, ob sie sich an etwas erinnern. Was kommt da in Betracht, ein Lkw, ein Transporter?«

»Ja, etwas in der Art.«

»Vielen Dank, Kollege Heierbeck, gute Arbeit.«

Er lächelte ansatzweise. »Es hat mich Energie gekostet, das können Sie mir glauben. Ich habe den Baum nach einer selbst gebauten Schussanlage abgesucht und an meinen Ergebnissen gezweifelt, bis ich darauf kam. Morgen haben Sie meinen Bericht in den E-Mails.«

»Gut, es eilt aber nicht. Wir haben einen Ansatz, das zählt.«

Auf dem Rückweg nach Lüttingen saßen sie lange schweigsam nebeneinander. Beim Hafenlokal Plaza del Mar stieß Maarten seine Frau sanft an. »Sollen wir noch auf einen Absacker hier einkehren? Wir können das Auto stehen lassen und zu Fuß heimgehen.«

Sie nickte lächelnd. Ein schöner Ausklang eines Tages, der ihr eine schwere Aufgabe auferlegt hatte. Aber sie waren schon einen Schritt weiter. Nun hieß es noch ein, zwei ausgelassene Stunden mit ihrem Mann verbringen.

Im matten Licht erkannte Karin die in ordentlichen Reihen auf dem Wasser liegenden Tretboote, drei davon in Form sagenhafter Tiere. Flamingo, Schwan und Drache lagen vertäut hintereinander. Das Flamingoboot hatte eine Rolle in ihrem letzten spektakulären Fall gespielt, der in die Welt von Heiratsschwindlern und betrogenen Frauen führte. Jetzt galt es, den Tod eines Schwans aufzuklären. Was sollte dann folgen? Drachenmord? Karin Krafft schüttelte sich und umarmte den Mann an ihrer Seite.

Nein, für heute war das Ziel, abzuschalten.

# ZWEI

Die kleine Lagebesprechung am Morgen sollte alle Beteiligten auf den neuesten Stand bringen, sie begann jedoch mit Geschmunzel und Frotzeleien unter den Männern.

Tom Weber schaute Gero von Aha entgegen, dem Burmeester mit seiner neuen, frisch gestylten Frisur folgte. »Da kommen ja unsere Gourmettester aus der Kategorie ›Aktuell lecker auf dem Land‹. Ihr seid mir die richtigen Vegan-Bio-Gesund-Esser.«

Burmeester deutete einen Rückzug an, während alle rundherum schmunzelten, und gab sich dann doch humorvoll. »Genug der Anerkennung, Kollegen, meine Frau hat daheim schon für die echte Abmahnung gesorgt. Auf ihrem Handy waren zehn Nachrichten eingegangen, manche mit einem schnellen Foto mit dem Reporter. Ihre Cousinen waren stolz darauf, mich im TV entdeckt zu haben, Yasmin sah nur die Pommesschale und ist ausgerastet. Ich habe die halbe Nacht auf dem Sofa verbracht, aber dann hat sie mir den Ausrutscher verziehen.«

Gero von Aha rümpfte die Nase. »Ich hatte eine Nachricht auf WhatsApp: Wenn es nur einen Hauch Imbissbudenduft an mir gäbe, sollte ich mich hüten, zu Marlene zu fahren. Ob ich vergessen hätte, wie viel Wasser und Energie die Produktion einer Schale Pommes, garantiert mit Currywurst, bräuchte, wie schädlich alles für das Weltklima wäre. Ich habe geduscht, mich umgezogen und einen neuen Duftbaum an den Rückspiegel gehängt, bin zu ihr gefahren und habe sie schnuppern lassen. Alles war okay. Und dann …«

Alle waren gespannt, Karin Krafft hatte ebenfalls gelauscht. »Und dann? Jetzt sag schon.«

»Und dann habe ich ihr gesagt, zukünftig würde ich essen, wo und was ich wollte, und sie könne sich bis heute überlegen, ob sie das akzeptieren kann. Und dann bin ich wieder gefahren.«

»Wow, das nenne ich konsequent, alle Achtung.«

Er sah keineswegs zufrieden aus und bemerkte zerknirscht, sie habe ja recht, die Herkunft der Currywurst war ungewiss, und über Massenviehzucht und deren Folgen für das Klima bräuchten sie nicht weiter zu diskutieren.

»Ich konnte nur diese belehrende Art nicht leiden, da verschränken sich bei mir innerlich die Arme, und auf meiner Stirn leuchtet trotzig das Nein-Schild auf. Mal schauen, was heute passiert.«

Die Hauptkommissarin nahm das Schlusswort auf. »Genau, lasst uns sehen, was wir haben und was als Nächstes geschieht.« Sie berichtete von der nächtlichen Erkenntnis der Spurensicherung, und die Kollegen ließen sich Heierbecks Theorie vom Schuss aus einem Fahrzeug genau erklären.

Burmeester wirkte nachdenklich. »Wir haben alles Mögliche im Blick gehabt, jeden Mann, jede Frau befragt, alle Passanten beäugt, Bürgersteige und Straße beobachtet. Ich bin mir sicher, dass in der Parklücke bei der Bank nichts gestanden hat.«

»Dann schauen wir uns jetzt mal an, wie es in der Ortsmitte ausgesehen hat, bevor wir eingetroffen sind.«

Karin griff in ihre Jackentasche, zog die Hand hervor und wedelte mit einem kleinen Kunststofftütchen, in dem sich eine SD-Speicherkarte befand. Jerry Patalon fragte, was es damit auf sich habe.

»Der Fotograf, der für die Hochzeit engagiert war, hat ab dem Zeitpunkt des Stillstands der kleinen Kolonne seine Kamera genommen und fleißig draufgehalten. Er hat sie uns freiwillig zur Verfügung gestellt.«

Gero von Aha, der Techniker, nahm ihr die Tüte aus der Hand. »Die ersten Eindrücke vom Tatort, da hat er verdammt umsichtig gehandelt. Ich schaue, wo ich einen Adapter finde, ein Tool, wie man heute sagt.«

Er verschwand in seinem Büro und kam nach kurzer Zeit siegesgewiss lächelnd zurück. Zweihundertzehn Fotos bauten sich auf, von Aha übertrug sie auf die Medienwand. Gebannt starrte das Team zunächst auf die Bilder im Kleinformat, unter jedem Foto standen eine Buchstabenreihe und die Bildnummer der kcamerainternen Bilddatei, bis von Aha sie in voller Größe nacheinander durchlaufen ließ.

Karin rief auf ihrem Laptop die Straßenkarte von Marienbaum auf und schaute hoch. »Gero, stopp. Ich möchte, dass du einzelne Fotos, die uns auffallen, einfach nur aus einem eher diffusen Gefühl heraus oder weil irgendetwas geschieht, weil sich jemand bewegt oder auch nicht, markierst, nummerierst und den Standort des Geschehens auf der Straßenkarte vermerkst. Geht das?«

Sofort stoppte er den Lauf der Bilder. »Alles ist machbar. Ich verkleinere die Bilderschau und stelle die Karte daneben, einen Moment.«

Nichts lief mehr auf der Wand, die gerade noch die Hauptstraße und gestoppte Fahrzeuge gezeigt hatte, bevor sich auf der rechten Seite die Straßenkarte mit dem Bereich vor Ampel und Kirchplatz auftat und rechts der Lauf der Bilder neu startete. Der Cursor bewegte sich frei zwischen den Fotos mit ihrer Kennzeichnung an der Unterkante und der Karte.

Karin schaute auf. »Du bist genial, und jetzt bitte noch einmal von vorne. Und heb die Parkbucht bei der Sparkasse hervor, dort muss etwas gestanden haben, das eventuell noch auf den Bildern zu sehen ist.«

Der Fotograf hatte intuitiv zu seiner Ersatzkamera gegriffen, den Auslöser nicht mehr losgelassen. Sein Auto war das fünfte Fahrzeug in der Reihe hinter dem Oldtimer gewesen. Angesichts der traditionell hinterhergezogenen scheppernden Blechdosen an Bändern war Abstand geboten. Ari Fink war ausgestiegen und hatte sofort bemerkt, dass der Oldtimer hinter der Ampel in Höhe der Bäckerei auf die Gegenbahn gekommen war und fast quer zur Straße stand.

Die fünf Fahrzeuge von Trauzeugen, Eltern und sein eigenes standen vor der Ampel, die per Knopfdruck steuerbar war. Ein fülliger Mann lief mit schwerem Schritt über die Straße, blieb schließlich wie versteinert stehen und starrte auf den Oldtimer. Auf den nächsten Bildern stolperte die Braut aus dem Wagen, per Teleobjektiv herangezoomt sah man ihr Gesicht, so weiß wie das Kleid, farblos bis auf die Blutspritzer. Erst jetzt geriet alles in Bewegung. Die Trauzeugen stiegen aus, Fink war in Richtung Oldtimer gelaufen, immer wieder eine neue Einstellung wählend. Die Eltern des Bräutigams. Der Trauzeuge telefonierte, die Freundin der Braut nahm sie in den Arm und setzte sie ein paar Meter hinter dem alten Kleinod auf den Boden, der Vater des Toten ging um das Fahrzeug und versuchte mit schmerzverzerrtem Gesicht, den Puls seines Sohnes zu finden, drehte sich um und brach in Tränen aus, während die Frau in Rosa kopfschüttelnd im Auto saß, etwas nach vorne rief, dann ausstieg und mit ihrem Smartphone auf das Opfer hielt.

Karin schrie auf. »Stopp! Die Position der Fahrzeuge bitte festhalten und den Mann, der über die Straße ging, um dann stehen zu bleiben. Und ich will, dass einer von euch diese Frau aufsucht und das Smartphone konfisziert. Unglaublich! Der Schwiegersohn liegt tot im Wagen, und die fotografiert völlig cool, als wären da ein paar Schuhe ausgestellt.«

Ari Fink hatte alle Anwesenden abgelichtet, ihre Reaktionen, es gab eine Reihe verwackelter Aufnahmen.

Jerry wies auf die Wand. »In dem Moment hat er selber realisiert, was geschehen ist, da, schaut, mehrere Bilder vom Asphalt, Finger am Auslöser, Augen und Seele woanders. Jetzt, da, jetzt fotografiert er die Gaffer und sorgt dafür, dass sie abhauen, kleinlaut und zügig. Wie schafft der das? Karin, weißt du, was er ihnen gesagt hat?«

»Als ich ihn später fragte, ob ihm etwas Besonderes aufgefallen war, sagte er, es sei die Skrupellosigkeit der Menschen. Die hätten sich um die besten Plätze fast gekloppt. Da habe er alle fotografiert, da seht ihr die ja. Gero, ausdrucken, für jeden ein Exemplar, die kriegen wir auch ran.«

Jerry ließ nicht locker. »Und was hat sie letztlich rennen lassen?«

»Er hat sich als Polizeifotograf ausgegeben und ein Posing angeordnet, sie sollten sich mal eben ins Profil stellen und noch einmal frontal, ja, das würde die Arbeit auf der Wache sehr erleichtern. Die Kollegen würden bald kommen, um ihre Personalien aufzunehmen, bitte den Perso oder Führerschein bereithalten, damit es schneller geht, und, ach ja, die Smartphones würden sie einsammeln. Da waren alle ganz flott, und er hat ihnen noch ein Verbot der Nutzung von Fotos oder Videos hinterhergebrüllt. Ich glaube, der hatte so ein Entsetzen im Bauch, der wäre denen am liebsten hinterhergerannt. Die Wut war später noch präsent.«

Tom Weber nickte anerkennend. »In so einer Situation die Fassung nicht zu verlieren, das ist nicht selbstverständlich.«

Karin wies auf das stehende Bild, die Straße mit allen Fahrzeugen und Menschen in Richtung Kleve aufgenommen. »Gestochen scharfe Bilder, nah, fern, Details, das Ganze, der Mann ist Profi, dem ist nichts fremd. Couragiert ist er, selbstbewusst. Er weiß, wie man an die Fotos kommt, kann Fachkenntnisse, Auge, Ausrüstung nutzen. Weiter, Gero.«

Sich stützende Erwachsene, die Mutter des Bräutigams, die eine Foliendecke kompliziert entfaltet, um ihren Sohn damit vor neugierigen Blicken abzuschirmen, bebend, mit zitternden Händen. Empörte Verkehrsteilnehmer, die auf dem Bürgersteig versuchen, den Stau zu umfahren, zurückmüssen, da Begleitgrün, geparkte Räder oder die enge Führung sie blockieren. Wendende Teilnehmer, die erkannt haben, dass hier kein Durchkommen ist, hoffnungslos stehende Lkw, die nicht wenden können.

Wieder hielt Karin die Bilderschau an. »Alles, jeden, der den Ort vorwärts oder rückwärts verlässt, bitte auch markieren und auf der Straßenkarte einfügen. Und weiter.«

Der erste Streifenwagen erschien, man sah, dass der Beamte im Wagen sprach, obwohl seine Kollegin bereits draußen auf die Fahrer zulief und unmissverständlich zum Wenden aufrief. Sie sicherte die Straße vor dem Oldtimer mit Kegeln und Warndreieck, wies die weiteren Fahrer an, umzukehren. Wahrscheinlich wurde zeitgleich die Hauptstraße ab Vynener Straße gesperrt, es kam niemand mehr durch, eine provisorische Umleitung führte um den Ort herum. Auch die Uedemer Straße wurde abgeriegelt. Die freiwillige Feuerwehr erschien, fleißige Hände bauten Sichtschutzwände um das alte Auto. Die Besatzung eines

Rettungswagens bemühte sich um das Opfer, der Beamte aus dem ersten Streifenwagen hörte sich an, was seine Kollegin zu sagen hatte, und schaute, wie sie telefonierte. Das war die Benachrichtigung für das K1 gewesen.

Karin erinnerte sich. »Ich konnte erahnen, was dort los war, die Stimme der Kollegin klang betroffen. Ein toter Bräutigam, sagte sie mehrmals, liegt neben dem Wagen mit einer Schusswunde im Kopf. So, ab diesem Zeitpunkt kam also kein Fahrzeug mehr zum Tatort hin und auch nicht von dort fort.«

Das Rettungsteam kümmerte sich nun um die Braut, die immer wieder versuchte, zum Wagen zu gelangen, und von Mika Beisenkamp, ihrer Trauzeugin, mit aller Kraft davon abgehalten wurde. Letztlich ließ sie sich zum RTW geleiten, die Sanitäter schlossen die Tür hinter ihr und ihrer Freundin.

Gero von Aha deutete auf das Foto. »Zu dem Zeitpunkt sind wir dort angekommen, ich erinnere mich noch an die jämmerlichen Schreie aus dem RTW, bis das Beruhigungsmittel bei der Frau wirkte.«

Karin wies auf den Notarzt. »Der wollte mich erst nicht durchlassen, haspelte dann bei der Feststellung der Todesursache. Der hatte schon Unfallopfer gesehen, Menschen mit Verbrennungen, aber eine Kugel im Kopf, die auf der Rückseite den Schädel durchschlagen und weggesprengt hat, das machte ihm zu schaffen.«

Ari Fink hatte auf seinen Bildern noch alle Beamten erfasst, wohin sie gingen, mit wem sie sprachen, wo sie schellten. Auf einem Foto schaute Burmeester hinter einer Gardine hervor, in dem Haus, in dem er verschwunden war. Die Bilderreihe endete mit Karin, die mit strenger Miene auf den Fotografen zugelaufen kam und auf die Kamera deutete.

Von Aha lächelte. »Da sorgt unsere korrekte Chefin für Ordnung.«

Karin sah sich zu einer Erklärung gedrängt. »Ja, klar. Mensch, das hätte ein Investigativer sein können, solche Bilder wollen die doch vermarkten. Stattdessen dreht der seine Kamera um, öffnet den Slot und reicht mir die Speicherkarte.«

Sie rieb sich die Augen und wurde sachlich. »So, einiges haben wir ja schon gefunden. Ich muss mir die Reihe aber bestimmt noch mehrmals anschauen. Jerry, kümmere du dich bitte um eine Bankauskunft und um die Trauzeugen, Adrian Deventer und Mika Beisenkamp, vielleicht ist denen noch etwas eingefallen, das uns weiterhelfen könnte. Burmeester und Gero, ihr sucht in Marienbaum jedes Smartphone, auf dem Bilder der Tat vorhanden sind. Sucht die Gaffer, zeigt die Fotos beim Bäcker, in der Dönerstube Ayse, im Frittentempel, irgendwer kennt die.«

Zeugensuche, Befragungen, damit war der Tag nach der Tat noch nicht effizient ausgefüllt. Karin deutete auf Tom Weber.

»Du kümmerst dich um die Wohnung des Opfers, vielleicht gibt es Hinweise auf schwelende Konflikte, Drohbriefe, irgendwas. Schau dir die Geschäftsunterlagen des Restaurants an. Ach, was erzähle ich, du weißt genau, worauf wir besonderes Augenmerk halten.«

Er lächelte seine Vorgesetzte an. »Es ist trotzdem gut, die Ansätze noch einmal zu überdenken und auszusprechen.«

Er sah sich fragenden Gesichtern gegenüber, Tom erläuterte seine Bemerkung. »Zwar weiß ich wie wir alle, worum es geht, aber manchmal sind wir ja mit Betriebsblindheit geschlagen. Erfahrungsgemäß ist die Chance, dass wichtige Details nicht übersehen werden, höher, wenn mehr als zwei Augen danach suchen. Kommt einer von euch nach?«

Karin und Gero von Aha schauten sich kurz an, er nickte. »Fahr doch gleich mit, ich schau mir alle Bilder mehrmals an und markiere, was mir auffällt, bevor ich losziehe. Ihr anderen seht sie euch einfach später noch einmal an.«

Die Hauptkommissarin war einverstanden und rief für siebzehn Uhr eine kleine Lagebesprechung ein.

Im Nu saß Gero von Aha allein im Besprechungsraum, entschied, als Erstes für einen Becher italienischen Kaffees zu sorgen, schließlich war seine Maschine grundgereinigt und überholt aus dem Werk zurück. Sie schnurrte, wenn seine Finger die verheißungsvollen Knöpfe bedienten, und es schien ihm jedes Mal, als habe das Heißgetränk an Aroma gewonnen.

Er schlenderte voller Vorfreude zur Küchenecke und wählte einen Becher mit den berühmten Mandelblüten von Vincent van Gogh als Dekor, schaute abwechselnd zur Maschine und auf das Gefäß und seufzte.

»Man muss sich das Leben mit angenehmen Details verschönern.«

Von Aha hatte nicht bemerkt, dass Karin hinter ihm stand, um ihre leeren Mineralwasserflaschen in die Kästen zu stellen. »Recht hast du, und die neuen Becher mit den Motiven des berühmten Niederländers sind wirklich sehr hübsch. Pass auf, dass sie keine Beine kriegen.«

Beide lachten auf.

»Becherdiebe werden bekanntlich in Wesel gleich eingekerkert«, sagte der Fachmann für das edle Heißgetränk. »Bis später, Karin.«

Sie drehte sich noch einmal um und informierte Gero, dass sie mit Tom noch zu Jojo Schwans Eltern fahren würde, die am Vortag nicht mehr ansprechbar gewesen waren. »Dann haben wir die komplette Hochzeitsgesellschaft befragt, die nun zur Trauergesellschaft wurde. So krass, das Ganze.«

***

Ein Anruf im Sankt Josef-Hospital in der Xantener Hees ergab, dass Marisa Tauber-Schwan noch immer dort versorgt wurde. Karin Krafft suchte in den Asservaten nach einem Hausschlüssel, fand einen Bund, der sich in der Jackentasche des Toten befunden hatte, ein kurzer Weg führte Tom und sie zum Rheinufer. Natürlich hatte der Meister des guten Geschmacks seinem Stil und Ansehen getreu im »Schwan« gewohnt.

Die Wohnung von Marisa und Jojo befand sich in der oberen Etage über dem Restaurant, die Tür zu den Räumen stand sperrangelweit offen. Karin und Tom schauten sich an, die Hauptkommissarin klopfte laut vernehmlich an das Türblatt.

»Kriminalpolizei! Wer ist da?«

Aus einem Raum gegenüber dem Eingang schaute ihnen ein

Frauenkopf entgegen, den Karin sofort einzuordnen wusste. »Ach, siehe da, die Stiefmutter der Braut. Frau Tauber, gut, dass wir Sie hier antreffen, Sie stehen auf meiner Liste der Menschen, die ich heute noch sehen wollte. Was machen Sie hier?«

Die Farbe wich ihr aus dem Gesicht. Nicht mehr in Rosa gekleidet und wesentlich dezenter geschminkt, kam sie zum Vorschein, hielt Papiere in der Hand, stotterte, legte die Bögen verlegen auf ein kantiges Sideboard aus edlem Holz, wollte an den beiden vorbeihuschen.

Karin hielt sie auf, wies auf den Raum, aus dem sie gekommen war. »Nein, Sie bleiben und erklären uns, was Sie hier suchen. Und ich bekomme Ihr Smartphone.«

»Mein Smartphone? Also das geht gar nicht, dürfen Sie das überhaupt?«

Um zu signalisieren, dass sie Zeit hatte, hockte Karin sich lässig auf die Sofalehne der modernen Sitzlandschaft. »Reichen Sie mir Ihr Smartphone, oder sollen wir das auf der Wache regeln?«

»Aber warum denn?« Zögerlich zog sie die Kordel über den Kopf, an der ihr das Gerät in einem Rahmen vor der Brust baumelte, Karin nahm es entgegen, ließ es in eine Kunststoffhülle gleiten, die Tom ihr hinhielt.

»Warum wir es brauchen? Sie haben gestern an einem Tatort schamlos Fotos geschossen. Wir können Sie nicht wegen mangelnder Pietät belangen, aber wir schauen uns Ihre Aufnahmen genau an, um zu prüfen, ob Sie ermittlungsrelevante Details aufgenommen haben. Sie erhalten es nach der Auswertung zurück.«

»Das will ich wohl meinen, und das geht hoffentlich schnell. Können Sie es mir nicht schon heute vorbeibringen?«

Tom sah, wie Karins Augen sich zu Schlitzen verengten, das hieß nichts Gutes, er kam ihr zuvor. »Wir sind die Kripo, kein Dienstleistungsbetrieb. Sie werden informiert, wenn Sie es auf der Wache abholen können. Und jetzt zu der bereits gestellten Frage der Hauptkommissarin. Was haben Sie hier zu suchen?«

Karin war mittlerweile aufgestanden und sah sich die Papiere an, die Trixi Tauber auf dem Sideboard abgelegt hatte. Beim Überfliegen erkannte sie den direkten Zusammenhang zum Restaurant, da waren Schankgenehmigungen, Verträge mit Winzern und Biohöfen als Gemüse- und Fleischlieferanten, Kostenvoranschläge von Großwäschereien, Aufträge für ein Gartencenter.

Erst jetzt blickte Karin sich um. Diese lichtdurchflutete, minimalistisch, aber teuer eingerichtete Wohnung bestand aus einem großen Raum, der auf der einen Seite mit einer offenen Küche mit einem frei stehenden Arbeitsblock und einer Esstheke ausgestattet war. Dem Wohnzimmer angeschlossen war auf der anderen Seite, über drei Stufen erreichbar, in einer geräumigen Nische das Schlafzimmer, das wiederum mit einer in den Boden versenkten Badewanne vor einer versetzten Wand in ein Bad überging. Alles wirkte stilvoll, sehr gepflegt und adrett.

Unordnung herrschte einzig in und vor einem großen chinesischen Schrank mit einem runden Metallbeschlag auf den Türen, die aufgeklappt in den Raum ragten. In dessen Innerem tat sich ein Sekretär auf. Unter ordentlich eingeräumten und beschrifteten Aktenordnern ließ sich eine Schreibplatte hervorziehen. Darauf und darunter lagen diverse geöffnete Ordner, herausgesuchte Papiere verteilten sich auf dem Eichenparkett.

Tauber saß schweigend auf einem Hocker vor der Esstheke. Karin nahm den Stapel Papiere, den sie in der Hand gehalten hatte, als sie eingetroffen waren, und setzte sich neben sie. »Das hier hat alles mit dem Restaurant zu tun. Was wollten Sie damit?«

Marisas Stiefmutter zögerte zunächst, atmete tief durch, ihr Schweigen ging über in einen Wortschwall.

»Ich wollte alles Mögliche durchschauen, was mit dem Restaurant zusammenhängt. Schließlich ist unsere Marisa jetzt die Erbin des Ganzen, man will ja wissen, wie es um das Gebäude und das Geschäft hier steht. Hinterher hat sie einen Berg Schulden auf den Schultern, den sie nie mehr abbezahlt kriegt. Nein, nein, da sind ihr Vater und ich uns einig, sie soll gesichert aus der Sache hervorgehen.«

»Und da durchstöbern Sie einfach mal eben die Wohnung Ihrer Stieftochter, die meines Wissens alt genug ist, um ihre Angelegenheiten selber in die Hand zu nehmen? Weiß Frau Tauber-Schwan, dass Sie hier alles durchwühlen?«

»Ich … ja, nein. Nein, sie weiß es nicht, aber sie ist ja auch noch nicht wieder ansprechbar für die praktischen Dinge des Lebens. Sie ist noch im Krankenhaus.«

»Und da dachten Sie, ich greife mal eben in das Leben einer erwachsenen Frau ein und ordne die Dinge?«

»Wenn ich nicht als Erste hier gewesen wäre, dann hätte vielleicht einer der Schwans sich hier schon umgeschaut. Niederrheinischer Geldadel, sage ich nur, und der Teufel kackt immer auf den gleichen Haufen. Sie werden sehen, die werden sich gehörig ins Zeug legen, um hier mitzumischen.«

Sie schaute auf, von einem zum anderen. »Was machen Sie überhaupt hier? Ich denke, Sie sollten sich auf die Suche nach dem Mörder meines geliebten Schwiegersohnes machen.« Die Frau verdrückte ein Tränchen, wandte sich zur Seite, hielt sich theatralisch einen Handrücken gegen die Stirn.

Karin stand auf. »Nee, nee, Frau Tauber, jetzt bitte nicht die trauernde, besorgte Schwiegermutter markieren. Sie reichen mir jetzt die Schlüssel und verlassen das Gebäude. Die Wohnung wird von uns gründlich auf Hinweise durchsucht, die uns zum Täter führen könnten. Jemand hat gewusst, dass der Hochzeitskonvoi an dem Tag und zu der Zeit durch Marienbaum fahren würde. Es gehört zu unseren Aufgaben, das Umfeld eines Opfers zu durchleuchten.«

»Ja, dann werde ich mal …« Auf dem Weg zur Tür griff Tauber nach einer überdimensionalen Handtasche, die nicht leicht zu sein schien.

Karin Krafft stellte sich der Frau erneut in den Weg. »Was verbergen Sie denn da?«

»Ich? Nichts, meine Tasche ist immer so schwer, ich nehme –«

Den folgenden Wutausbruch konnte Tom nicht mehr verhindern, die Chemie zwischen der Tauber und seiner Chefin stand von Beginn an auf Sturm. Es wurde laut.

»Halten Sie mich eigentlich für verblödet, oder was soll das hier? Sie öffnen auf der Stelle diese Tasche und zeigen mir den Inhalt, und ja, ich darf das von Ihnen verlangen!«

Mit genervtem Gesichtsausdruck stellte Tauber die Tasche auf den Boden und verschränkte die Arme, ihre Stimme klang bitter. »Bitte schön, Frau Hauptkommissarin.«

Karin öffnete den Karabinerhaken, der die umgeklappte Oberkante zusammenhielt, und spähte hinein, schaute zu Frau Tauber, nahm die Tasche und entleerte den Inhalt auf dem quadratischen Couchtisch. Heraus fielen mit lautem Getöse nicht nur zwei Aktenordner, sondern auch eine Schmuckkassette, ein Bündel Bargeld und zwei Flaschen Champagner.

»Da sieh an. Sie wollten Ihre Stieftochter bestehlen und das auch noch mit deren Champagner feiern?«

Immer noch mit verschränkten Armen und einer Portion Trotz im Gesicht, gemischt mit Rechthaberei, wurde sie pampig. »Der Jojo hat ihr immer schon teuren Schmuck gekauft, mit dem sie nichts anfangen kann, es würde ihr nicht einmal auffallen, dass die Kassette fehlt. Das Geld reicht für eine Beisetzung, so was ist teuer heutzutage, und Sie können sich vorstellen, dass die Feier etwas darstellen muss. Die Akten sind alle vom Restaurant. Baupläne, Genehmigungen, Grundbucheinträge, alles, damit niemand Marisa um ihr Erbe bringen kann.«

Tom befürchtete erneut, dass der Hauch Contenance seiner Vorgesetzten, den sie gerade wieder aufgebaut hatte, nicht mehr lange reichen würde. Vor seinem geistigen Auge flogen die Flaschen, er stellte sich zwischen die Frauen.

»Fakt ist, dass Sie die Dreistigkeit an den Tag gelegt haben, in unserer Anwesenheit diese ganzen Dinge aus dem Haus schaffen zu wollen. Ich rufe jetzt die Kollegen von der Wache, die werden Sie zu uns ins Büro bringen, und dort warten Sie dann ganz geduldig, bis wir hier fertig sind, damit wir eine Anzeige aufnehmen. Geht das ohne Stress, oder brauchen wir Handschellen?«

Schon forderte er telefonisch einen Einsatzwagen an und verschwand mit Trixi Tauber nach unten. Er drehte sich noch einmal zu Karin um, ihre Blicke trafen sich, Karin nickte, schaute für einen Moment durch die Glasfront, blickte auf den Rhein, die Reste der alten Eisenbahnbrücke am gegenüberliegenden Ufer, den Fernsehturm, schaute auf das Gewusel, das sich unter ihr auf der Terrasse abspielte. Da wurden Pavillons abgebaut, Stühle von Hussen befreit, da wurde ein Fest abgeräumt, das nicht stattgefunden hatte.

Stimmen im Treppenhaus kamen näher. Tom betrat in Begleitung einer derangiert aussehenden, aufgeregten jungen Frau wieder die Wohnung. Marisa Tauber-Schwan war kaum zu erkennen, blass, unfrisiert, in einem Freizeitanzug, der ihr eine Nummer zu groß war, mit hochgekrempelten Ärmeln.

»Frau Tauber-Schwan, mein Beileid. Wir dachten, Sie wären noch im Krankenhaus. Geht es Ihnen etwas besser?«

»Ich? Jaja, danke. Jemand muss doch hier alles koordinieren, den Abbau da unten. Zum Glück hat meine liebe Mika gestern die Absage der Feier organisiert. Ich weiß nicht, was ich ohne sie machen würde. Sie wird mir zur Seite stehen, ich muss doch entscheiden, wie es weitergeht. Herr Weber hat mir schon erzählt, dass die alte Ziege hier alles durchwühlt hat.«

Sie blickte auf das Chaos auf dem Couchtisch, nahm die Schmuckkassette, öffnete sie, wirkte nach dem ersten Blick erleichtert. »Wollte die Alte das alles mitnehmen?«

»Ja, an uns vorbei. Sie würden den Schmuck nicht zu schätzen wissen, sagte sie.«

Marisa Tauber-Schwan hockte sich auf die Sofakante. »Die ist einfach nur geldgeil und dreist. Sie darf die Wohnung eigentlich nicht betreten. Das hat Jojo ihr vor einem halben Jahr gesagt, nachdem er sie beim Stöbern im Büroschrank erwischt hat. Mir war das ganz recht, ich kann sie nicht ausstehen. Ich weiß nicht, was mein Vater sich gedacht hat, als er sie geheiratet hat. Muss ich sie auch noch anzeigen, oder reicht das, wenn Sie das übernehmen?«

»Es kann nicht schaden, da kommt einiges zusammen, Hausfriedensbruch, Einbruch, Diebstahl. Sagen Sie, haben Sie eine Vermutung, wer das getan haben könnte? Hatte Ihr Mann Feinde?«

Die Antwort kam prompt. »Nein. Wirklich nicht. Ich zermartere mir schon seit dem Morgengrauen, als die Wirkung dieses Beruhigungsmittels endlich nachließ, den Kopf. Ich kann mir einfach nicht vorstellen, wer so etwas macht. Jojo war so ein feiner Mensch. Der hatte höchstens Neider, aber Feinde? Nein.«

»Gab es Vorkommnisse, die an Schutzgelderpressung oder Ähnliches denken ließen, fühlte er sich von jemandem unter Druck gesetzt?«

Marisa Tauber-Schwan schaute die Hauptkommissarin lange mit einem Blick voller Klarheit an.

»Für Jojo gab es nichts, was sich nicht lösen ließ. Ein Biohof sprang ab? Kein Problem, im Nu hatte er einen anderen Anbieter, sogar zu besseren Konditionen, in der Leitung. Er ist beliebt. Egal, wo es eine Verzögerung gab, Freunde halfen, und wenn nicht direkt, dann hatten die wiederum Freunde, die wussten, wer helfen konnte. Sie müssten mal mein Smartphone sehen, als ich es in der Früh einschaltete, hörte es nicht auf zu vibrieren. Das ist so krass. Gestern waren es Glückwünsche zur Hochzeit, und heute kondolieren sie alle. So viele Menschen stehen mir nun bei, ich bin ganz gerührt. Das Personal hier, alle haben mir geschrieben. Nur die Ziege nicht. Die ist gleich hergefahren. Ich wollte immer meinen Vater darum bitten, den Schlüssel für die Wohnung zurückzugeben, habe leider nicht daran gedacht in letzter Zeit. Ich hatte ja eine Hochzeit vorzubereiten.«

Karin unterbrach sie. »Der Schlüssel ist bei uns, den bekommen Sie gleich.«

Jetzt erst schien sie zu bemerken, dass sie in fremder Kleidung steckte, ungeschminkt, mit wirrem Haar. »Oh Gott, ich muss ins Bad. Ihr Kollege hat mir schon erzählt, dass Sie sich hier umschauen müssen, machen Sie, was Sie für nötig erachten. Wenn Sie mich entschuldigen, ich stehe Ihnen in einer halben Stunde wieder zur Verfügung.«

»Ja, klar.«

Sie ging zielstrebig vor und schob gegenüber dem Bad, auf der anderen Seite des riesigen Bettes, mit leichter Bewegung eine

Holzwand zur Seite. Dahinter befand sich ein Ankleidezimmer. Mit einem Stapel Kleidung auf dem Arm zog sie aus der halben Wand auf der Empore einen undurchsichtigen Glasflügel hervor und war somit im Bad verschwunden.

Tom trat zu Karin und raunte ihr ins Ohr. »Für eine Braut, die vor knapp vierundzwanzig Stunden ihren Bräutigam verloren hat, ist diese Frau sehr sortiert und ruhig.«

»Stimmt. Das kann aber auch an den Medikamenten liegen.«

»Ich finde sie keineswegs gedämpft oder ruhiggestellt, die ist völlig klar und orientiert.«

»Wie ist sie denn hierhergekommen, hat ihre Freundin sie gebracht?«

»Nein, die kam mit Taxi Nagels aus Xanten, ihre Freundin hatte ihr gestern schon die Wechselkleidung und Geld ins Krankenhaus gebracht, damit sie jederzeit nach Hause fahren konnte. Die hat auch das Brautkleid und die Schuhe mitgenommen. Marisa hat sie gebeten, alles zu entsorgen. Unten hat sie gleich mit wenigen Sätzen die Arbeit koordiniert und mit einem hämischen Lächeln dem Streifenwagen nachgeschaut, in dem ihre Stiefmutter den Parkplatz verließ.«

Karin widmete ihre Aufmerksamkeit wieder dem Aktenschrank, während aus dem Bad das Geräusch eines Föhns zu hören war. Sie schüttelte den Kopf. »Was für ein Energiebündel das ist, ich kann es nicht fassen.«

✳ ✳ ✳

Marienbaum stand unter kollektivem Schock. So etwas Furchtbares hatte es noch nie gegeben. Bei mehreren Befragungen wurde die Parallele zu dem vor langer Zeit geschehenen Attentat auf Präsident Kennedy erwähnt, der Vergleich hatte die Runde durch den Ort gemacht, nicht zuletzt angestachelt durch die reißerische Berichterstattung der überregionalen Zeitung mit dem roten Rechteck.

»Kennedy-Mord am Niederrhein«, schrie die Schlagzeile in riesigen schwarzen Lettern auf der Titelseite und heischte um

Aufmerksamkeit. Ein Foto, garantiert mit einem Smartphone aufgenommen, prangte daneben: der leblose Körper neben dem Auto auf dem Asphalt, der Kopf abgedeckt mit einer Thermofolie. Darunter, etwas kleiner und nicht weniger brisant: »Killer beendet Traumhochzeit«.

In der Bäckerei Gerards standen Gero von Aha und Nikolas Burmeester und starrten entsetzt in das Blatt.

»Da«, sagte von Aha mehr für sich, dennoch hörbar für die wenigen Kunden vor der Theke, »die wissen schon wieder mehr als wir.«

Eine Kundin in mittlerem Alter drehte sich um und ging einen Schritt auf die beiden zu. »Ich erkenne Sie, Sie sind die Kommissare aus Wesel. Sie waren gestern schon hier. Mein Mann hat Sie in der ›Aktuellen Stunde‹ gesehen.«

Von Aha zuckte zusammen, ihr Auftritt mit Pommesschalen in den Händen führte zu unbeabsichtigter Prominenz, ihm fehlten die Worte.

Die Kundin sprach unbeirrt weiter und deutete dabei auf das rote Rechteck. »Machen Sie sich nichts daraus. Was diese Blödzeitung verbreitet, ist es nicht wert, einen frischen Hering drin einzupacken. Mein Vater sagte früher immer, dieses Blatt spricht zuerst mit der Leiche.«

Burmeester räusperte sich, die Kundin betrachtete ihn von oben bis unten – der erste Mensch, der heute auf seine schrill pinke Hose reagierte.

»Dass Sie auch ein Kripomann sind, ist kaum zu glauben. In den Fernsehkrimis sind die Männer immer dezent gekleidet.«

Er ging darauf ein. »Die Dezenten vergisst man schnell wieder. Sie können uns doch bestimmt weiterhelfen.« Er zog die ausgedruckten Bilder der fotografierenden Gaffer aus seiner Jacke und hielt sie der Frau ins Sichtfeld.

»Wir brauchen jedes Foto und jede Filmaufnahme, die gestern hier gemacht wurde. Ein professioneller Fotograf hat alle abgelichtet, die sich am Tatort befanden, und uns interessieren besonders diese jungen Männer.«

Die Kundin nahm die drei Aufnahmen zur Hand und sprach

eine weitere Frau an, die sich gerade drei Stücke Kuchen aussuchte. »Gerda, guck mal, ist das nicht der Kevin von der Lisa, die bei Kaysers auf dem Hof wohnt? Die hat et nich einfach, alleinerziehend mit so einem Halbwüchsigen.«

Kundin zwei suchte in einer ziemlich großen Tasche nach ihrer Lesebrille und brachte ein klappriges Exemplar mit verschmierten Gläsern zum Vorschein. »Du meinst Kalvin, und die Mutter heißt Lina.«

»Ja, du hast recht, aber Kaysers Hof stimmt doch, oder?«

Kundin zwei raunzte ein Ja, bevor sie begann, ihren Kopf vehement zu schütteln. »Nein, das ist nicht Kalvin, der hat doch im Moment eine Glatze, weil er den letzten Grill unbedingt mit Spiritus anfeuern musste. Nein, das ist er bestimmt nicht.«

Kundin drei blickte ihr über die Schulter. »Zeig doch mal.«

Die Bilder machten die Runde, wurden weitergereicht an die Verkäuferin. Die deutete auf einen anderen Jungen.

»Den kenne ich, der lungert immer nebenan vor der Dönerstube herum, manchmal sind sie zu dritt oder zu viert. Der wohnt bei seinen Eltern im Haus von Heukens, hinten, bei der Alten Försterei. Und die anderen, sind das nicht die Söhne von Marschdorfs? Zwei Irrlichter, die nichts als Blödsinn im Kopf haben, mehr weiß ich nicht.«

Burmeester nahm die Bilder wieder entgegen. »Was ist in Ihren Augen ein Irrlicht?«

Die Verkäuferin verpackte kunstvoll und routiniert die Kuchenstücke und stellte das gewölbte Päckchen für Kundin zwei auf die Theke, während ein Mann den Verkaufsraum betrat. »Sechs Euro zwanzig.«

Kundin zwei zahlte, während die Verkäuferin über deren Kopf hinweg den Kommissaren ihre Erläuterung zurief.

»Irrlichter sind junge Leute, die nichts mit sich anfangen können. Kein ordentlicher Schulabschluss, keine Ausbildung, keine Eltern, die sie in die Welt und auf die eigenen Füße schubsen, da kann nichts draus werden. Die titschen dann durch die Gegend, verplempern das bisschen geistiges Licht durch Blödsinn und hohle Sprüche, die sie überall mit dicken Eddingstiften oder

Sprühdosen hinterlassen. Wenn das auf dem Foto die Marschdorfs sind, dann ist denen alles zuzutrauen, beide sind ständig auf der Wache in Xanten, fragen Sie da mal nach.«

Der neue Kunde, noch im Rücken der Kommissare, meldete sich zu Wort. »Worum geht es hier? Haben die Jungs vom Marschdorf wieder was angestellt?«

Burmeester reichte die Fotos an ihn weiter. »Sie kennen einen der jungen Männer?«

Der Mann nickte. »Ja, klar. Wenn hier im Ort irgendwo eine Mülltonne umkippt und das Papier durch den ganzen Ort fliegt, wenn Getränkedosen zum Überfahren mitten auf der Straße aufgereiht werden und irgendjemand mitten in der Nacht schreit: ›Nein, Herr Pastor, nicht, lassen Sie mich in Ruhe, nein!‹, dann steckt garantiert ein Marschdorf dahinter. Was machen die da?«

»Sie haben das Opfer des gestrigen Mordanschlags fotografiert.«

»Das passt zu denen. Kackendreist, sage ich immer, dumm wie Stroh und kackendreist. Die finden Sie auf der Rosenstraße, das einzelne Haus hinter dem Hof. Und wenn sie da nicht sind, dann lungern sie garantiert mit dem anderen, wie heißt der noch, aus der Siedlung dahinten, ach, der junge Tüschens …«

»Du meinst den Mischa? Ja, genau, da auf dem Foto, das ist der Mischa Tüschens.«

Der Kunde nahm den Faden wieder auf. »Und die drei lungern immer am Sportplatz herum. Machen nix außer rauchen und saufen und randalieren. Furchtbar.« Ohne Übergang wandte er sich an die Verkäuferin. »Hast du noch einen Stubs?«

»Ja, klar, einer ist noch da. Aber Herta war vor dir da.«

Kundin eins, Herta, wollte auch einen Stubs, ein anscheinend sehr begehrtes kleines Landbrot, und bestand darauf, da sie es schließlich an jedem Freitag hier holte. Gero von Aha und Nikolas Burmeester schlichen sich wortlos aus dem Verkaufsraum.

\*\*\*

Der Leiter der Bankfiliale der Private Solutions 24 schien die Universität erst vorgestern verlassen zu haben. Mit seiner jungen Stimme verwehrte er Jerry Patalon telefonisch jegliche Auskunft über einen seiner Kunden, worauf sich der Kriminaler eine einstweilige Verfügung zur Auskunftserteilung bei Staatsanwalt Aaron Nilsson holte. Jetzt machte sich Jerry zu Fuß auf den Weg, die Filiale lag in der Fußgängerzone an der Brückstraße, unweit der Kreispolizeibehörde.

Der Filialleiter hieß Brandt, bitte mit »dt«, ein smarter, tadellos gekleideter Geschäftsmann, und war so jung, wie er sich anhörte. Er schaute sich das Dokument der Staatsanwaltschaft genau an, bevor er seinem PC diverse Ausdrucke abverlangte, die er zusammenschob, um sie anschließend zusammenzuheften und zu lochen. Den seitenstarken Packen hielt er verheißungsvoll in beiden Händen, während er Jerry anschaute.

»Sie müssen mich verstehen, Private Solutions 24 verspricht ihren Kunden individuelle Lösungen und höchste Diskretion. An uns wenden sich Menschen, die von den großen Häusern nichts mehr erwarten können. Bei uns geht immer was. Das ist unser Leitspruch, und Herr Schwan ist einer unserer wichtigsten Vertragspartner hier in Wesel.«

Nachdenklich starrte er sekundenlang auf die Papiere, die er in Händen hielt. »Er lebt wirklich nicht mehr?«

»Das ist richtig.«

Brandt seufzte vernehmlich, es schien, als wollten seine Finger die Ausdrucke nicht hergeben. Jerry zwang sich zur Geduld.

»Ihre Filiale hier in der Stadt besteht noch nicht lange, oder?«

»Was bedeutet das schon? Zeit. Wir sind seit drei Jahren hier ansässig. Jojo Schwan ist einer unserer ersten Kunden. Gewesen.« Noch immer pressten sich seine Finger auf das Papier. »Ein Großprojekt par excellence hat er mit uns zusammen durchgezogen. Kein anderer wollte an ihn glauben. Sehen Sie, das ist unser nächster Leitspruch. Private Solutions 24 macht Träume wahr. Und jetzt steht das Restaurant kurz vor der Eröffnung, und das Zugpferd, der Meisterkoch, lebt nicht mehr. Einfach ›Schwan‹ soll es heißen, hat er gesagt, ganz schlicht. Ich war beeindruckt.« Langsam schob er das zusammengeheftete Bündel über die polierte Schreibtischplatte in Jerrys Richtung.

Der widerstand dem Impuls, es rasch zu greifen und zu gehen. Ein, zwei Sätze wollte er noch wechseln. Mit Herrn Brandt mit dt. »Was geschieht nun mit den Verträgen?«

Die beiden Männer, Aug in Aug, nur ein akkurat aufgeräumter Schreibtisch zwischen ihnen, vor Jerry die gebündelten Informationen, schauten sich sekundenlang an, bevor bei Brandt etwas geschah. Eine leichte Veränderung in der Mimik. Er beugte sich vor. Er lächelte, bevor er Jerry in gemäßigter Lautstärke und sehr langsam das weitere Vorgehen darlegte. »Wir wenden uns in solchen Fällen entweder an weitere Vertragspartner oder an die Erben. Unsere Rechtsabteilung wird das abchecken.«

Der Filialleiter lehnte sich zurück und beschrieb mit seinem Schreibtischsessel eine halbe Drehung in Richtung Tür. Jerry verstand, griff nach den Seiten und stand auf, während Brandt, noch immer mit einem überlegenen Lächeln im Gesicht, das letzte Wort an ihn richtete. »Vergessen Sie nicht: Bei uns geht immer was.«

Zurück im K1, rieb Jerry Patalon sich die Augen, die intensive Durchsicht der Fotoreihe war anstrengend, da half auch Geros Edelkaffee nicht. Das Team hatte am Morgen die wichtigsten Details bereits markiert. Bis auf zwei Gesichter, die aus den Fenstern anliegender Häuser auf den Tatort schauten, war keins dazugekommen.

Eines der letzten Bilder vor ihrer Ankunft vor Ort war ein Foto vom Heck des kleinen Oldtimers. So ein Gefährt war nicht billig. Ob sie es für diesen Anlass ausgeliehen hatten? Zur Klärung war eine Halterabfrage nötig. Schon hatte er den Telefonhörer in der Hand. Die freundliche Mitarbeiterin in der Kfz-Zulassungsstelle in Wesel fand schnell eine Antwort.

»Ich erinnere mich an die Corvette C1, so etwas wird hier nicht oft angemeldet. Das Fahrzeug sollte erst ein Saisonkennzeichen bekommen, dann entschied sich der Kunde um. Er hat es angemeldet für Frau Marisa Tauber, wohnhaft Wesel, Hafenstraße.«

»Lässt sich erkennen, wer es angemeldet hat?«

»Natürlich, nur für ein paar Tage war Jojo Schwan als Besitzer eingetragen, jetzt Marisa Tauber-Schwan.«

»Und davor?«

»Ich schaue eben nach dem Vorgang, der über uns lief. Moment …« Sie suchte in ihrer Datei und fand eine relativ kleine Auflistung von Vorbesitzern.

»Ich finde da noch zwei Namen hier aus Deutschland, einer aus Königswinter, der andere stammt aus Xanten. Und es gibt ein Ehepaar in den USA, das Fahrzeug war anscheinend über fünfzig Jahre in deren Besitz. Es wurde in Kalifornien gefahren, gutes Klima, es ist bestimmt daher in einem so prima Zustand.«

»Senden Sie mir eine Kopie?«

Jerry nannte seine E-Mail-Adresse und bedankte sich. Er rief ein Foto des Oldtimers aus den Aufnahmen von Ari Fink auf und versuchte, seinen Blick ausschließlich auf das Fahrzeug zu lenken. Alles an ihm war eine Spur kleiner als bei neuzeitlichen Wagen, der Spiegel, das dünne Lenkrad, die Türgriffe. Ein schnittiger kleiner Wagen, ein Cabrio für sonnige Ausfahrten mit Stil.

Ein kurzes Signal an Jerrys Notebook verkündete die Ankunft der Nachricht, kurz darauf surrte der Drucker. Da gab es vier Namen auf der Liste. Das Fahrzeug hatte anscheinend von der ersten Meile an Liz und Gerald Husler aus Berkeley in Kalifornien gehört, dreiundfünfzig Jahre lang war es auf ihren Namen angemeldet.

Jerry musste lächeln, stellte sich ein junges amerikanisches Paar in den Fünfzigern vor, sie mit einem Petticoat unter dem Faltenrock, die adrette Bluse im Rockbund, der die schmale Taille betonte, das Haar unter einem Tuch verborgen, während er mit einer Haartolle und im weißen Hemd am Steuer saß und den flotten kleinen Flitzer sicher über die Küstenstraße längs des Pazifiks lenkte. Der linke Ellenbogen lag lässig auf der herabgelassenen Autoscheibe.

Und dann wurde dieses Paar älter, vielleicht fuhren noch ein oder zwei Kinder in diesem weiß-roten Cabrio mit, und irgendwann bewegten sie das Fahrzeug nicht mehr, und es verstaubte in einer Garage, bis einer der beiden sich dazu entschied, es zu verkaufen, inzwischen nicht mehr Mitte zwanzig, sondern Anfang achtzig, und selbst der laue kalifornische Wind blies ihnen zu stark ins Gesicht.

Vielleicht wurden auch ihre Führerscheine bei der regelmäßigen Überprüfung aufgrund gesundheitlicher Probleme nicht mehr verlängert, und die Kinder und Enkelkinder wollten das alte Fahrzeug nicht übernehmen. Oder jemand suchte exakt nach diesem Kleinod und befreite es von einem tristen Dasein unter verstaubten Abdeckplanen im Dunkel einer Garage, die gleichzeitig Werkstatt und Gartenschuppen war, und alle, das Paar, die Kinder und Enkel, freuten sich über einen beträchtlichen Dollarsegen, der garantiert dafür geboten wurde. Das Paar war nicht über die Suchfunktion im Internet zu finden.

Der nächste eingetragene Name allerdings beschwor das schillernde Bild eines extrovertierten Sammlers herauf. Herbert von Aarstein zu Bruckweiler lebte in einem alten Rheinschlösschen in der Nähe von Königswinter und war für kurze Zeit Besitzer des in Rheinnähe gelegenen schlossähnlichen Anwesens Haus Lüttingen vor den Toren Xantens gewesen, dem er zu neuem Glanz verhelfen wollte. Mittlerweile war das herrschaftliche Haus mitsamt allen Nebengebäuden und riesigem Grundstück wieder zur Versteigerung ausgeschrieben, da Aarstein zu Bruckweiler sich beim geplanten Ausbau finanziell restlos übernommen hatte. Dies hatte unter anderem zur Folge, dass sein Sammlerherz sich von einigen seiner Schätze verabschieden musste. Auf diesem Weg fand die kleine Corvette C1 einen neuen Besitzer.

Was man im Internet alles finden kann, dachte Jerry.

Die Website des letzten Eigners vor den Tauber-Schwans, Markus Poot, Geschäftsführer von »Noble Cars«, wirkte seriös und ansprechend, war jedoch seit 2019 nicht mehr aktualisiert worden. Pause durch die Pandemie, dachte Jerry, überall gab es einen Knick, in der Wirtschaft und in den Seelen.

Auf der Seite wurden eine Reihe wertvoller Oldtimer vorgestellt, es gab Fotos von prominenten Besuchern und Tagen der offenen Tür mit Stehtischen und Dixie-Band. Nirgendwo waren die Preise der präsentierten Schmuckstücke auf Rädern zu erfahren. Der Hauptkommissar notierte sich die Adresse im Gewerbegebiet Xanten-Birten, er würde dem Händler einen Besuch abstatten.

Wie hat Jojo Schwan diesen Deal eigentlich finanziert?, ging es Jerry durch den Kopf. Bei der Durchsicht der Unterlagen von Private Solutions 24 konnte er nirgendwo eine Überweisung oder eine Barabhebung in einer Größe entdecken, die dem Wert eines alten amerikanischen Autos auch nur nahegekommen wäre. Die Internetrecherche hatte eine Höchstsumme von zweihundertfünfzigtausend Euro ergeben. Markus Poot würde so einen Wagen nicht verschenken. Wie war der Kauf zustande gekommen, und woher hatte Jojo Schwan das Geld zur Bezahlung genommen? Oder gab es einen Vertrag über eine Ratenzahlung? Selbst diese hätte auf den Kontoauszügen zu erkennen sein müssen.

Jerry griff zum Telefon und rief Karin an. »Seid ihr noch im Haus vom Schwan?«

»Wir wollen gerade gehen.«

»Habt ihr Unterlagen zu dem Cabrio gefunden? Es gibt die Einträge im Kfz-Schein, erst auf den Namen Jojo Schwan, dann auf Tauber-Schwan, ich finde jedoch keine finanzielle Transaktion zwischen Schwan und dem Autohaus in den Unterlagen der Bank. Schaut mal, ob ihr da mehr herausfinden könnt.«

»Ja, mache ich. Ist das von Bedeutung?«

Jerry lehnte sich zurück. »Es kommt darauf an, welche Summe ausgehandelt war. Im Normalfall sprechen wir hier von einer Viertelmillion. Da sollte es schon Nachweise drüber geben, oder?«

»So viel Geld für so ein kleines Auto?«

»Baujahr 1953, es gibt nicht mehr viele davon, und wer es

original und unverbastelt erwerben möchte, muss schon so viel bieten, ja. Lass uns morgen dorthin fahren. Ich bin gleich noch bei den Trauzeugen.«

»Gut. Und wir schauen noch mal durch die Unterlagen, oder besser, wir bringen alles mit. Sind Burmeester und von Aha schon aus Marienbaum zurück?«

Jerry lachte laut. »Nein, die machen wahrscheinlich wieder Pause im dortigen Imbiss.«

✳✳✳

Nach weiteren Auskünften, die pflichtbewusste Marienbaumer den beiden Kriminalern zukommen ließen, entschieden Burmeester und von Aha, gleich zum Sportplatz an der Klosterstraße zu fahren. Der grenzte an den Spielplatz der Grundschule, daran schlossen sich der Friedhof auf der einen Seite und weite Felder auf der anderen Seite an.

Kaum ausgestiegen, bemerkten sie die drei Jugendlichen, die sich wiederum beim Anblick der beiden Männer, die zielstrebig auf sie zukamen, sofort in Bewegung setzten, anscheinend, um längs des Schulgrundstücks in den Ort zu laufen. Burmeester sprintete hinterher, von Aha lief zum Wagen, machte kehrt, kurvte über die Hauptstraße zur Emil-Underberg-Straße und stoppte abrupt vor den dreien, die, mit Burmeester im Nacken, durch den Friedhof in Richtung Marienkirche gelaufen kamen. Dort stand nun Gero von Aha.

»Halt, stehen bleiben, Kriminalpolizei! Personenkontrolle!«

Die Ausweglosigkeit ihrer Situation erfassend und völlig aus der Puste blieben sie stehen, einer der drei schrie los, sie hätten nichts getan, immer diese Bullenwillkür, zückte sofort sein Smartphone, um diese »Polizeigewalt« zu filmen.

Burmeester hechtete dazwischen, riss ihm das Smartphone aus der Hand. »Wir müssen doch nur einen Blick in eure Fotos werfen. Konfisziert! Und die anderen auch gleich –«

Bevor er weiterreden konnte, erwischte ihn ein rechter Haken des zweiten jungen Kerls unter dem Kinn, Vorstufe zu einem infernalen Handgemenge, Fäuste, im Stakkato tretende Füße, begleitet von Rufen wie »Scheißbulle, leck mich am Arsch!«, bei dem Burmeester zu Boden ging und mit Tritten auf den Körper weiter traktiert wurde. Von Aha forderte geistesgegenwärtig mit wenigen Worten Verstärkung an, bevor er sein Holster öffnete, »Aufhören!« schrie, seine Waffe zog, entschied, dass der gezielte Einsatz nicht möglich war, den Lauf in die Luft richtete und einen Warnschuss abgab. Das Signal schien zu wirken.

»Auseinander! Los, ich habe euch alle im Blick! Hände hinter den Kopf! Hinter den Kopf, sage ich, und hinknien!«

Er blickte zu Burmeester, der von dicken Schuhen getroffen auf dem Boden lag. »Bist du okay?«

Mehr als ein leises Stöhnen war nicht möglich, allein dieses beruhigte von Aha aber schon, sein Kollege lebte.

Einer der Burschen wollte sich aus dem Staub machen, während ein Martinshorn auf der Kalkarer Straße zu hören war. Von Aha gab einen zweiten Schuss in die Luft ab und schrie ihn an. »Bleib stehen, du Mistkäfer, der nächste Schuss sitzt, los auf die Knie, sofort!«

Einer der Jungen schaute zu Unbeteiligten, die vom Friedhof aus herüberschauten. »Haben Sie das gehört? Der hat ›Mistkäfer‹ gesagt und ›du‹. Das ist eine Beleidigung.«

Ein älterer Mann rief ihm zu, er würde noch ganz andere Worte für ihn finden, wenn er ihn mal allein treffen würde, während die Besatzung des Streifenwagens die Situation erfasste und die beiden Uniformierten und Gero von Aha dem Trio Handschellen anlegten. Burmeester war nicht in der Lage aufzustehen, konnte kaum atmen, und von Aha forderte einen Rettungswagen an und rief den Beamten zu, sie sollten die Smartphones sichern und die drei zur Wache nach Wesel bringen, es müsse eine Anzeige wegen gewalttätigem Angriff auf einen Kollegen sowie Widerstand gegen die Staatsgewalt aufgenommen werden.

Ein zweiter Streifenwagen hielt, nahm einen der jungen Männer in Gewahrsam, der sich beim Einsteigen noch über die Scheißbullen und ihre reaktionären Methoden aufregte.

»Und alle drei in getrennte Räume setzen«, rief von Aha den Polizisten zu, bevor er die Aufmerksamkeit wieder seinem Kollegen widmete, der ungelenk nach seinem Holster griff.

»Meine Waffe …«

Gero von Aha erkannte, was er meinte, und schaute zu den Beamten, die gerade die anderen beiden abtasteten. Noch bevor er sie warnen konnte, zog der Polizeihauptmeister einem der jungen Männer die Pistole aus dem Kängurubeutel seines Hoodies, während der Junge schrie, der Mann habe ihn unsittlich begrapscht.

»Ach, auch noch im Besitz einer gestohlenen Waffe! Du schläfst heute garantiert nicht zu Hause, und deine Kumpel auch nicht.«

»Der darf mich nicht duzen, ey, habt ihr das gehört? Ihr seid Zeugen. Der hat mich schon wieder geduzt!«

Der ältere Mann am Eingang zum Friedhof bildete mit den Händen einen Trichter vor dem Mund und rief: »Ich habe nichts gehört! Die anderen hier auch nicht. Was ihr wieder angerichtet habt, das haben aber alle gesehen. Schämt euch!«

Der Junge hatte keine Gelegenheit zu kontern, da die Autotür unsanft hinter ihm zugeschlagen wurde.

Gewalt gegen Einsatzkräfte, ein neuzeitliches Phänomen, dessen Auswirkungen Burmeester kreideweiß am Boden liegen ließen. Es hatte ihn kalt erwischt, er war nicht auf einen so massiven Angriff vorbereitet gewesen. Sie wollten doch nur die Smartphones überprüfen, ein simpler Akt, die Jungs hätten ihre Geräte schnell zurückgekriegt. Und er hatte durch sein Vorpreschen verhindern wollen, dass wieder ein neues, die Polizeimethoden diskriminierendes Video bei YouTube eingestellt werden konnte.

Die vier Kollegen in den Streifenwagen mussten sich nun den Sermon der Jungs noch bis Wesel anhören, ohne dabei aus der Haut zu fahren.

Immer mehr Leute aus dem Dorf schauten auf den Ort des Geschehens, schon wieder war hier etwas aus dem Ruder gelaufen.

»Kein Respekt mehr …«

»Dat sind aber auch die Schlimmsten aus dem Ort …«

»Jetzt haben se et aber tüchtig übertrieben …«

»Ich hoffe, die sperren se mal weg. Mein Gott, da liegt ja noch einer auffem Boden …«

»Zwei Schüsse hab ich gehört, zweimal, peng, peng. Ist der Mann getroffen worden?«

»Andauernd Schießerei, man kann ja nich mehr sicher ob de Straat.«

»Und dat neben de Kerk!«

Gero von Aha informierte seine Vorgesetzte darüber, dass er dem RTW folgen würde, der Burmeester ins Xantener Sankt Josef-Hospital brachte. Er berichtete in kurzen Sätzen über die dramatischen Vorkommnisse, Karin war entsetzt.

»Ich habe nicht damit gerechnet, dass so etwas hier auf dem Land geschehen kann, ich nehme mir die drei vor, einzeln! Ich fahre umgehend zur Wache und werde Staatsanwalt Nilsson schon mal informieren. Da machen wir Nägel mit Köpfen, glaube mir. Du meldest dich, wenn du Konkretes über Burmeesters Zustand erfährst?«

»Mach ich.«

Von Aha hörte, wie Karin sich von Marisa Tauber-Schwan verabschiedete und auf dem Weg zum Wagen Tom über das Geschehen informierte, den er zum ersten Mal, seit er ihn kannte, laut fluchen hörte. Karin konzentrierte sich wieder auf das Telefonat. »Soll ich seine Frau anrufen?«

»Ich bespreche das gleich mit ihm in der Notaufnahme, warte, ich weiß ja noch nicht einmal, was los ist.«

»Der Arme. Du musst mich schnell informieren, versprochen?«

»Ja, versprochen. Gibt es denn in Wesel Neuigkeiten?«

»Außer dass das Restaurant hoch verschuldet ist und nicht klar ist, wie der Schwan sein teures Hochzeitsgeschenk finanziert hat, nichts, nö. Gerade als wir gingen, saß die junge Witwe zusammengekauert auf dem Sofa. Bevor sie im Bad verschwunden war, tat sie noch ganz stark und euphorisch. Ich glaube, jetzt kommt die Trauer an, zusammen mit dem Ehrgeiz, das Restaurant zeitnah zu eröffnen. Die wirkte plötzlich ganz klein und zerbrechlich, warf das Telefon zur Seite. Ihre beschissene Stiefmutter hätte nichts anderes im Kopf als das Restaurant. Ständig würde sie sie per SMS bedrängen. Ich riet ihr, die Nummer zu sperren und ihre Freundin zu informieren, damit sie nicht alleine ist.«

Von Aha hörte noch die ganzen Fragen, die Tom ihr stellte, ungeachtet dessen, dass sie gerade mit ihm sprach. »Reiche dein Smartphone eben an Tom weiter, ich spreche kurz mit ihm.«

Tom Weber war außer sich. Während eines Einsatzes in die Schusslinie zu geraten war schon eine Extremsituation, mit der sie ständig rechnen mussten, aber zu zweit hemmungslos von drei jungen Kerlen angegriffen zu werden war eine andere Nummer. Delikte wie dieses hatten sich seit einiger Zeit in der Kreispolizeibehörde herumgesprochen, jedoch war das K1 bislang von solchen Attacken verschont geblieben. Schubsereien, Gepöbele, ja, alles schon erlebt.

»Und, wie geht es ihm?«, fragte Tom.

»Der Notarzt sprach von einem Thoraxtrauma, man müsse schauen, ob die Rippen die Lunge verletzt hätten, die Bauchorgane würden gleich untersucht, um Blutungen auszuschließen.«

»Drei junge Kerle, sagst du?«

»Ja, offenbar die Crème de la Crème aus dem Ort. Du wirst sie auf der Wache erleben.«

Jeder, jede wusste, wie es Kollegen erging, die sich respektvoll mit solchen Spontantätern befassen sollten. Gero von Aha hörte Tom schwer atmen.

»Ich weiß, es wird nicht einfach. Denk an Objektivität, Selbstbeherrschung, all das, was wir mal gelernt haben. Tom, ich muss, wir sind angekommen. Bis nachher.«

*\*\**

Am späten Nachmittag lag der Bericht über die Inhaftierten vor, Karin Krafft überflog ihn und reichte ihn weiter an Gero von Aha, der ihr, immer noch schockiert, gegenübersaß.

»Das reicht, die sind in Gewahrsam. Gut, dass du gleich den Warnschuss abgegeben hast, die hätten Burmeester halb totgetreten und dich gleich hinterher angegriffen.«

Er überflog die Liste der aufgeführten Delikte, freute sich über das unkomplizierte und rasche Handeln der zuständigen Kommissariate. Bei Gewalt gegen Uniformträger kannte die Kollegenschaft kein Pardon.

»Ja, er hat verdammtes Glück gehabt. Nur zwei gebrochene Rippen, Schürfwunden, Prellungen. Morgen wissen die Ärzte mehr, dann wird noch einmal kontrolliert, ob es innere Blutungen gibt.«

Aus Sicht der drei jungen Männer, die eigentlich nur dem K1 als Gaffer einen Blick in ihre Fotodateien gewähren sollten, erwies sich die Kontrolle ihrer Smartphones als Desaster, da halfen auch keine Passwörter und PINs, irgendetwas zu verbergen. Die Fotos vom Tatort waren furchtbar, direkt und grausam, groß herangezoomt und in unterschiedlichen sozialen Medien weitergereicht, so ungeschminkt, wie der Tod nur sein kann.

Allerdings war ermittlungstechnisch nichts Verwertbares zu erkennen, jedenfalls nichts, was das K1, zuständig für Delikte um Mord und Totschlag, interessieren konnte. Die Drogenfahndung und die Abteilung für Betrug hingegen wurden nach der Auswertung mit reichlich Informationen versorgt, freuten sich über Namen von Dealern und Kontaktdaten von Hehlern. Selbst gefilmte Überfälle und Attacken auf harmlose Mitbürger, die hinterrücks angegriffen und zu Fall gebracht wurden, mussten mit den Anzeigen der Geschädigten abgeglichen werden.

Die Durchsuchung der Zimmer in zwei Häusern in Marienbaum – alle drei Jugendlichen lebten noch bei ihren Eltern beziehungsweise bei der Mutter – brachte Drogen im Umfang lukrativen Handels, Waffen und rechtsorientierte Schriften zum Vorschein, das ganze Programm junger gescheiterter Seelen, denen eine große kriminelle Karriere bevorstand, wenn niemand diesen Weg durchbrechen würde. Und dann kamen die gewaltsame Attacke auf einen Kriminalbeamten, Beamtenbeleidigung und Diebstahl einer Dienstwaffe hinzu.

Staatsanwalt Nilsson hatte kein Problem, drei Haftbefehle zu beantragen und die drei in Untersuchungshaft nehmen zu lassen. Zu zahlende Kautionen wurden hoch angesetzt, niemand aus dem Umfeld der drei würde das Geld aufbringen können. Im Gegenteil, die Mutter der Brüder Marschdorf bat telefonisch darum, denen mal einen Denkzettel zu verpassen, da sie sonst immer mit einem blauen Auge davonkämen.

Gero von Aha warf noch einmal persönlich einen Blick auf die abgespeicherten Fotos des kriminellen Trios. »Man sollte die drei mitnehmen in die Gerichtsmedizin. Mit einer abgesprengten Schädeldecke am toten, fleckigen Körper in unmittelbarer Nähe konfrontiert zu werden hinterlässt vielleicht bleibende Eindrücke.«

Karin Krafft schaute auf. »Krude Phantasien hast du.«

»Nein, ich war dabei, wie einer von uns aus dem Nichts heraus verletzt wurde. Morgen wissen wir mehr und werden uns wieder voll auf den Fall Jojo Schwan konzentrieren. Warte mal …«

Er widmete seine Aufmerksamkeit einer Fotofolge, die eher zufällig entstanden war. Der Gaffer hatte einen Moment lang nichts in den Fokus genommen, den Finger jedoch auf dem Auslöser gelassen, als Ari Fink seine Kamera auf ihn gerichtet hielt und seine Ansprache die drei zumindest aufhorchen ließ. Die Bilder verloren an Perspektive, schräge Straßenaufnahmen entstanden, und bevor das entsprechende Smartphone den Weg in eine Hosentasche fand, wurde es noch einmal in die Ferne Richtung Kalkarer Straße gerichtet.

Von Aha vergrößerte den Ausschnitt, der ihn gefesselt hielt. »Guck dir das an. Das könnte wichtig sein.«

Karin kam um den Tisch herum und schaute auf sein Notebook. Smartphonebilder blieben in der Vergrößerung oft sehr verpixelt, sie konzentrierte sich auf die vermeintliche Entdeckung ihres Kollegen, diese erschloss sich der Hauptkommissarin aber nicht auf Anhieb, sie schüttelte den Kopf.

Von Aha wies auf den Hintergrund, das Stück Hauptstraße. »Da, schau, da fährt etwas vom Tatort aus in die entgegengesetzte Richtung.«

»Ich verstehe immer noch nicht, was du meinst.«

»Ich werde nachher die anderen Fotos heraussuchen, die aus ähnlicher Perspektive aufgenommen worden sind. Wenn ich das richtig in Erinnerung habe, dann war zu dem Zeitpunkt der gesamte Tatort bereits abgeriegelt. Niemand konnte aus den Straßen, die auf die Kalkarer münden, abbiegen und den Ort verlassen. Der Fotograf hatte die Szene von hinten, aus Richtung Norden aufgenommen, war zügig vorgelaufen bis zu den Gaffern. Er hat alles erwischt, nur nicht dieses Fahrzeug, das den Ort verließ, als er mit den dreien beschäftigt war. Versteh doch, das da ist ein relativ großes Fahrzeug. Wir haben es nirgendwo auf dem Schirm, und dennoch verließ es just in diesem Moment den Ort, als sich alles auf das Cabrio und das Unglück konzentrierte.«

Noch winkte Karin ab. »Das kann doch ein Anwohner sein, der aus seiner Ausfahrt nur auf diesem Weg den Ort verlassen konnte.«

»Dann fragen wir eben noch einmal nach, von wo aus und von wem so ein großes Fahrzeug zu dem Zeitpunkt aus dem Ort gelenkt wurde. Und wenn nicht …«

Karin blickte ihren Kollegen fragend an, wusste mit einem Mal, was in seinem Kopf vor sich ging. »… und wenn nicht, dann haben wir den ersten Hinweis auf das Objekt, von dem aus der Schuss abgefeuert wurde.«

Von Aha trommelte auf die Tischplatte und wies mit dem Finger auf seine Vorgesetzte. *That's it!*«

✳ ✳ ✳

Es war schon spät, der Tag war gelaufen. Mit der Nachricht über den krankenhausreif geschlagenen Burmeester war die

Stimmung im K1 auf den Nullpunkt gesunken, Karin Krafft entschied, die Lagebesprechung auf den kommenden Morgen zu verschieben. Die Kollegen schlugen vor, noch gemeinsam ein Bier trinken zu gehen, zusammenzusitzen, zu reden. Karin fühlte sich nicht wohl, seilte sich ab, ihr war nicht nach Kneipe oder Bistro, sie wollte einfach nach Hause, was ihr nicht auf Anhieb gelang. Auf der B 57 gegenüber vom Altrhein beschloss sie einem inneren Drang folgend, nach Xanten-Birten abzubiegen, um zum Josef-Krankenhaus zu fahren.

Dort angekommen stellte sie fest, dass es immer noch Zutrittsbeschränkungen gab, sie müsse einen Coronatest machen und dürfe dann nur im Ausnahmefall und mit Maske ihren Kollegen besuchen, da seine Angehörigen Vorrang hätten. Das war ihr zu kompliziert. Sie stellte sich vor das Haus und zückte ihr Telefon, wählte Burmeesters Nummer. Nach langem Klingeln nahm er das Gespräch an.

»Hallo, Chefin.«

»Hi, Nikolas, wie geht es dir?«

Er schien sich aufzurichten, im Hintergrund konnte Karin die Stimme seiner Frau ausmachen, die ihn energisch dazu aufforderte, liegen zu bleiben. Yasmin war also bereits da. »Wie ich höre, bist du unter Kontrolle.«

»Ja, Spätdienst, Ehefrau, danach Nachtschwester. Yasmin achtet darauf, dass hier alles korrekt abläuft, und bewertet es bisher als tadellos. Ist ja auch ihr Job in der Weseler Klinik in der Aue, meine Qualitätsmanagerin hat nie frei im Kopf.«

Karin hörte ihm mit Erleichterung zu. Wer schon wieder so quasseln konnte, der weilte eindeutig unter den Lebenden.

»Und?«

»Was, und?«

»Na, wie es dir geht, möchte ich wissen. Ich stehe vor dem Haus und habe kaum Chancen, dass man mich zu dir lässt.«

Wieder hörte Karin, dass er sich ächzend bewegte und seine besorgte Gattin ihn im Hintergrund zur Schonung mahnte. »Dreh dich mal um.«

Karin blickte auf die alte Fassade des Krankenhauses und

erkannte Burmeester in der zweiten Etage hinter einem Fenster.

»Siehst du, ich kann schon wieder aufstehen.«

Das skeptische »Na ja …« im Hintergrund war nicht zu überhören, Karin winkte kurz.

Er fuhr mit leiser Stimme fort. »Zwei Rippen angeknackst, eine gebrochen, aber ohne die Lunge zu verletzen, Prellungen, Schürfwunden. Die behalten mich noch ein oder zwei Tage hier, dann bin ich wieder einsatzbereit. Wenn ich nicht lache, dann geht es.«

Jetzt schien Yasmin zu ihm zu hechten, sprach laut, damit Karin sie hören konnte. »Mein Mann wird nicht in drei Tagen wieder auf Verbrecherjagd gehen, der muss sich auskurieren und anschließend wahrscheinlich in die Reha. Rechnet nicht so schnell mit ihm.«

Karin sah, dass sie sich hinter Burmeester wieder zurückzog. Er versuchte, seine Arme zu einer fragenden Geste auszubreiten, gab mit einem Schmerzenslaut auf. »Arme ausbreiten geht auch nicht. Aber übermorgen, da bin ich wieder fit.«

Karin beendete das Gespräch, erinnerte sich, dass der tapfere Kollege schon einmal hier ein Bett belegen musste. Er hatte ganz in der Nähe in einer spektakulären Aktion einen bombenähnlichen Gegenstand von den Gleisen der Regionalbahn geholt und war dabei durch einen Sturz und dorniges Dickicht verwundet worden. Das hier wirkte wesentlich schlimmer. Rippen heilten nur langsam, egal ob gebrochen oder geprellt.

Bedrückt stellte sie daheim ihren Wagen in der Einfahrt ab. Niemand zu Hause. Nicht einmal der Hund, der inzwischen ein richtig alter Knochen war und sich nur noch widerwillig auf Spaziergänge am See einließ.

In der Essecke fand sie einen vor Kritzeleien dunklen Zettel auf dem Tisch, der in einer Ecke erkennbar eine Botschaft enthielt. »He, Mom, wir sind schon vorgefahren nach Bislich. Oma und Henner haben doch zum Spargelessen eingeladen. Iiih, ich mag keinen Spargel. Kommst du nach?«

Sie schaute auf die Uhr, es war kurz vor sechs, mit viel Glück erreichte sie noch die letzte Fähre rüber nach Bislich. Das Wochenende würde sie nicht mit ihrer Familie verbringen können, Dauerdienst war angesagt. Und dann gab es noch frischen Spargel bei ihrer Mutter.

In Windeseile legte sie ihre Waffe in den Safe, zog sich um, holte das Fahrrad aus der Garage und strampelte los, fuhr in Rekordzeit zum Anleger, drängelte sich durch die Gäste vom Restaurant Rheinfähre zur »Keer Tröch«, dem hin- und herschippernden Bötchen, das an Wochenenden eine Verbindung zwischen den beiden Ufern für Fußgänger und Radler herstellte.

Der Kapitän sah sie von Weitem wild gestikulieren, hielt mit dem Ablegemanöver inne, Karin bremste erst auf dem Metall der Schiffsrampe. Geschafft, alles von der Seele geradelt, gelockert, nichts schien mehr so nah wie noch zu Dienstschluss. Die grausame Tat vom Vortag, die gierige Verwandtschaft der Witwe, die undurchsichtigen Finanzen des Toten. Der brutale Übergriff auf Burmeester, der nagte noch an ihr.

Karin schaute in die Ferne, ganz kurz war das Flussufer bei Wesel sichtbar, die Brücke, das Welcome Hotel – für einen Moment glaubte sie, die Glasscheiben des »Schwan« aufblinken zu sehen. Die Fähre schaukelte in den Heckwellen eines Schubschiffes. Eine fünfminütige Fahrt über den Fluss war wie ein ganzer Urlaubstag.

## DREI

Für Samstagmittag, elf Uhr, hatte Marisa Tauber-Schwan eine Betriebsversammlung einberufen. Nur noch wenig Zeit. Marisa fühlte sich nach einer schlaflosen Nacht wie gerädert. Sie hatte ihr Handy stummgeschaltet, zum Glück hatte die Frau ihres Vaters sie nicht erreicht. Zehn Anrufe von ihr, davon vier an diesem Morgen. Sie hatte vergessen, die Nummer zu blockieren, und holte es nach. Und jetzt rief ihr Vater an.

Der erste Satz reichte schon. Seine Frau fühle sich von Marisa zurückgesetzt und sei beleidigt, warum sie nicht ans Telefon gehe, man mache sich Sorgen. Man bot sich an, ihr bei der Restauranteröffnung zu helfen. Man wolle doch nur ihr Bestes. Sie beendete das Gespräch wortlos, sperrte auch die Anrufe ihres Vaters, damit er sie in Ruhe ließ.

Klar, es war ihr alles durch den Kopf gegangen, was die Kriminalbeamten zu Jojos Finanzen gefragt, wie sie sich über hohe Belastungen unterhalten, seine Unterlagen eingepackt hatten. Innerhalb kurzer Zeit würde sie eine Entscheidung zu treffen haben, die nicht nur sie selbst, sondern auch das hoch motivierte Team betraf, das Jojo für sein Haus engagiert hatte. Seine Kreationen wären schließlich nichts ohne die Menschen, die seinen Stil zu schätzen wussten; nur wenn alle an einem Strang zögen, würde der »Schwan« sich den ersten Stern bald holen.

Da unten wartete ein perfekt eingerichtetes Restaurant mit einem besonderen Konzept auf die Eröffnung. Ob ihre Energie reichte, um all das zu schultern? Gestern noch hatte sie um eine Versammlung gebeten. Das gesamte Team hatte zugesagt, Koch, Beiköchin, Gehilfen, die kellnernde Riege, der Sommelier, Reinigungskräfte, die meisten hatte Jojo gerade erst angeheuert, angelockt mit der Idee, Teil von etwas ganz Neuem, Aufstrebendem zu sein. Es hatten Probeessen stattgefunden, das ganze Restaurant saß voller Freunde, ausgestattet mit Beurteilungsbögen, mit Appetit und kritischem Blick, um einen störungsfreien Ablauf von der Bestellung bis zum Service zu gewährleisten. Bis hin zu Veränderungen in der Küche für eine Verkürzung des Arbeitsweges.

Marisa war sich nicht sicher, ob sie das alles allein schaffen konnte. Ob sie überhaupt in der Lage war, Jojos Träume zu verwirklichen. Es waren schließlich seine Träume, über die sie zwar immer wieder kommuniziert hatten, die jedoch in seiner Gedankenwelt entstanden waren. Sie brauchte Unterstützung. Und Loyalität. Wie es darum bestellt war, wollte sie bei der anstehenden Versammlung herausfinden. Bis dahin musste sie sich selbst auch sicher sein. Wollte sie Chefin eines Restaurants sein? Für all das verantwortlich sein? In der Probezeit hatte Jojo sie manchmal in den Arm genommen und ihr ins Ohr geflüstert, sie sei seine heimliche Chefin.

Ein unruhiges, energisches Dauerklingeln holte sie aus ihren Gedanken zurück in die Realität. Es war zehn Uhr einundzwanzig. Wer konnte das sein, jemand vom Personal? Ein Journalist? In der letzten Zeit hatten sie immer wieder Zeitungsleute hierher eingeladen, damit sie den Zauber des Restaurants am Rheinufer in ihr Blatt transportierten. Die Kriminalpolizei, weil die Beamten ihr etwas mitteilen wollten oder etwas vergessen hatten?

Marisa stand vom Küchentresen auf, stellte ihre Kaffeetasse ab, ging zum Display der Überwachungsanlage und suchte das Bild der Kamera, die den Bereich des hinteren Eingangs erfasste, der hinauf zur Wohnung und im Erdgeschoss gleich ins Restaurant führte. Das Bild baute sich sekundenschnell auf, ein ratloser Seufzer entfuhr ihr. Da unten stand ihr Vater nebst Gattin und schaute hinauf zur Kamera. Was sollte sie machen? Marisa fühlte sich belagert.

Nein, die beiden wollte sie jetzt nicht sehen. Sie nahm eine leichte Jacke und ihr Smartphone, ignorierte das permanente Klingeln und betrat im Erdgeschoss den hinteren Bereich des Gastraumes. Sie bemerkte Geräusche in der Küche, blickte durch die Tür, entdeckte Marius Hirtel, den Koch, der emsig

Gemüse hackte und einen Topf aufgestellt hatte, in dem es bereits brodelte.

»Guten Morgen, was wird das?«

Er drehte sich zu ihr um, kam auf sie zu, zog seine Kopfbedeckung vom dichten Haupthaar, um zu kondolieren. »Ich wollte gestern nicht stören. Mein Beileid. Er war ein Großer.«

»Danke, ja, das war er.«

»Jette vom Service hat vorgeschlagen, bei der Versammlung eine kleine Suppe zu kredenzen, mit frischem Brot, das ist gerade aus dem Ofen, und sanfter Butter mit frischen Kräutern. Alles nach seinem Rezept und zu seinen Ehren.«

Beide schauten sich lange wortlos an, Marisas Augen füllten sich mit Tränen, die sie schnell fortwischte.

Die Situation schien den Koch zu verunsichern. »Ich hoffe, du bist einverstanden?«

»Was? Jaja, sehr gut, ich habe gar nicht daran gedacht. Gibt es auch Kaffee und …«

»… und Streuselkuchen? Klar, der ist auch schon im Ofen. Und alles geht auf Rechnung von Küche und Service.«

Marisa war beeindruckt, nickte, ging in den Gastraum, er rief ihr nach: »Kann ich noch was für dich tun?«

Sie kam zurück in die Küche. »Kannst du. Da stehen zwei Leutchen vor dem Seiteneingang, die ich auf keinen Fall sehen will.«

»Wer ist es denn? Das x-te Weingut mit vegan produziertem Roten oder die Zeugen Jehovas?«

»Nein, mein Vater und seine Frau. Ich ertrage die beiden einfach nicht. Kannst du sie fortschicken?«

»Klar. Was sage ich Ihnen?«

»Ich will niemanden sehen.«

»Wird gemacht.«

Er wischte sich die Finger an einem Tuch ab und verschwand im hinteren Flur. Marisa schaute durch den Gastraum. Alles war vorbereitet. Vor der Fensterfront zum Rhein waren Tische zusammengestellt und eingedeckt, auf einem Tisch hatten sie ein Foto von Jojo gerahmt, eine Aufnahme aus einem der Zeitungsartikel, mit einem Trauerflor umbrämt, davor lagen großköpfige orangefarbene Rosen. Darunter lag aufgeschlagen ein Kondolenzbuch. Das machte niemand, der vorhatte, die Crew zu verlassen. Wer den Tod des Chefs so stilvoll in den Fokus setzte, hatte vor, dem Haus treu zu bleiben.

Jetzt flossen die Tränen ungehemmt, die Rosen, das war seine Lieblingssorte, und jemand aus dem Team hatte sich das gemerkt.

Marius Hirtel kam zurück. »Die sind weg. Sie wirkten ziemlich beleidigt.«

»Egal. Danke.«

»Für dich doch immer, das weißt du.«

Was konnte ihr schon passieren, mit solchen Menschen im Rücken? In dem Moment entschied sie sich dazu, es zu probieren. Der »Schwan« würde in der nächsten Woche eröffnen, mit Marisa Tauber-Schwan als Chefin.

✳✳✳

Das Hauptthema der kleinen Lage war natürlich der gewaltsame Übergriff auf Burmeester. Bei aller Betroffenheit fand Karin nur schwer zurück zum Mordfall.

Zunächst standen die Ergebnisse der Befragungen der Eltern Schwan sowie der Trauzeugen auf dem Plan. Jerry berichtete von Mika Beisenkamp, sie sei eine langjährige Freundin von Marisa, ebenso wie Adrian Deventer ein Kumpel aus Kindertagen von Jojo war. Beide vertraten unabhängig voneinander die Ansicht, dass es sich um grobe Fahrlässigkeit, um ein Versehen gehandelt haben müsste.

»Deventer war betroffen, wie ein Mann sein kann, der seinen besten Freund verloren hat. Er konnte sich nicht vorstellen, dass jemand ihn bewusst getötet haben sollte, und zermarterte sich den Kopf bei der Suche nach der Antwort auf die Frage, warum dies geschehen ist«, erklärte Jerry.

»Ein trauernder Freund«, fasste Karin zusammen.

Die Trauer und das Entsetzen über die Geschehnisse hatte

Jerry auch bei Mika Beisenkamp erlebt, auch sie konnte sich nicht erklären, was passiert war. Sie erging sich in Aktionismus und schaute ständig auf ihr Smartphone, um parat zu sein, falls Marisa sich meldete.

»Die beiden stehen unter Schock, die wissen nichts und werden sich melden, wenn ihnen noch etwas einfällt«, schloss Jerry.

Ähnliches konnten Tom und Karin von der Befragung der Eltern Schwan berichten. Die Mutter war kaum ansprechbar, Tom hatte versucht, mit Jojos Vater zu sprechen, was ebenfalls immer wieder unterbrochen werden musste. Herr Schwan hatte ein positives Bild seines Sohnes gezeichnet, den er für talentiert und geschäftstüchtig hielt. Er habe schon als Junge mehr Zeit in der Küche verbracht als auf dem Spielplatz. Und sie wären sehr stolz gewesen, als er ihnen erst vom Bau des eigenen Restaurants erzählt habe, um sich nur kurze Zeit später mit Marisa zu verloben.

»Sie sagen, sie hätten den beiden von Herzen alles Gute gewünscht, konnten sich ebenfalls nicht vorstellen, dass jemand mit Absicht auf ihren Sohn geschossen hat. Alle Schwans seien friedfertige Menschen, da gäbe es keine Feinde«, berichtete Tom.

Quasi mit dem Punkt des letzten Satzes öffnete sich die Tür zum Besprechungsraum. Die Behördenchefin van den Berg wollte sich, für sie ungewöhnlich, an diesem Samstagmorgen höchstpersönlich von Karin Krafft über den Stand der Ermittlungen und den Übergriff auf Nikolas Burmeester und dessen medizinischen Befund informieren lassen. Danach wirkte sie betroffen und ließ mit der ihr üblichen Strenge Gero von Aha übermitteln, dass sie bis Montagfrüh einen lückenlosen Bericht zu dem Vorfall von ihm erwarte.

Von Aha war begeistert, gab seinem Sarkasmus die Bühne frei. »Es gibt ja auch nichts anderes zu tun, als Berichte über Nebenschauplätze zu verfassen, das bringt uns geradewegs zur Haustür des Täters.«

Jerry klatschte in die Hände. »Nicht vergessen, Herr Kollege, es könnte uns auch vor die Tür einer Täterin führen. Obwohl das bei großen, schweren Waffen eigentlich eher unwahrscheinlich ist. Was schreibt Heierbeck noch mal über die Waffe?«

Er scrollte selbst in dem Bericht der Spurensicherung und fand die Passage. Ein Sabatti-Gewehr zog der Kriminaltechniker mit hoher Wahrscheinlichkeit in Erwägung, leicht zu handhaben, präzise, das Kaliber passte.

Karin schaute Jerry über die Schulter. »Ein Sportgewehr, da kann es sich durchaus um eine Schützin handeln. Manchmal greifen auch Frauen zu ungewöhnlichen Methoden, und sei es, um von sich abzulenken. Behalten wir diese These im Blick.«

Die neueste Entdeckung auf den Aufnahmen der konfiszierten Smartphones der jungen Gaffer aus Marienbaum führte in der heute angesetzten Lage zu kontroversen Meinungen. Gero von Aha war davon überzeugt, dass sie ein für den Fall wichtiges Fahrzeug endlich auf dem Schirm hätten, wobei weder Fahrzeugtyp noch Kennzeichen erkennbar waren. In den Aufnahmen von Ari Fink war nichts Entsprechendes zu finden. Während er seinen Fokus aus Richtung Kleve in Richtung Ortsmitte gesetzt hatte, hatte sich das Fahrzeug in seinem Rücken in Bewegung gesetzt.

Tom konnte Gero von Aha folgen und war von der Aufnahme dieser Spur überzeugt. »Ein relativ großes Fahrzeug könnte die Basis zum Abfeuern des tödlichen Schusses gewesen sein, schreibt Heierbeck in seinem letzten Bericht. Wir sollten herausfinden, wer dort die Ortsmitte knapp nach der Tat verlassen hat.«

Von Aha nickte, bot an, noch einmal in dem Xantener Stadtteil von Haus zu Haus zu gehen. Karin teilte ihn und Tom für die erweiterte Zeugenbefragung in Marienbaum ein.

»Das ist das einzige, aber auch das allereinzige Positive, was diese drei Schwachmaten abgeliefert haben. Die restlichen Aufnahmen sind so horrorhaft, allein schon der Besitz sollte eigentlich strafrechtlich verfolgt werden, nicht nur die Weitergabe.«

Das Team des K1 entschied, sich an diesem Samstag nicht nur auf die Fährte eines unbekannten Fahrobjekts zu begeben, sondern auch Noble Cars, das auf teure Oldtimer spezialisierte Autohaus im Birtener Gewerbegebiet, näher unter die Lupe zu nehmen.

»Ein Cabrio im Wert von einer Viertelmillion Euro ist von dort ausgeliefert worden, und nirgendwo in den Bankunterlagen von Jojo Schwan ist solch eine Summe als Ausgang verbucht, bislang haben wir auch keinen Kaufvertrag gefunden. Da der gute Jojo uns nichts dazu sagen kann, soll der Besitzer von Noble Cars etwas Plausibles dazu erzählen«, sagte Karin. »Jerry, wir zwei machen uns gleich auf den Weg.«

Das weitere Durchleuchten der Unterlagen verzögerte sich zwar dadurch, aber alle, die ihnen Näheres dazu sagen konnten, wie der Steuerberater der Schwans, waren eh erst wieder am Montag zu erreichen. Auch die Auswertung von Schwans Telefonlisten und Kontakten war noch nicht abgeschlossen, sie bräuchten noch einen Tag, hieß es von der Spurensicherung.

Nachdem das Team ein Selfie mit gereckten Daumen angefertigt und mit herzlichen Genesungswünschen an Burmeester gesendet hatte, brachen die vier auf.

\*\*\*

Marisa Tauber-Schwan war zu Tränen gerührt. Alle aus Jojos Mannschaft waren einstimmig dafür, das Restaurant zu eröffnen. Alle sprachen ihr das Vertrauen aus, redeten von Unterstützung und Vertretung, wenn es ihr nicht gut ginge. Elf Männer und Frauen saßen am Tisch, löffelten genussvoll die kleine Cremesuppe mit den Nordseekrabben auf dem Grund der Teller, tunkten frisches Brot in den Rest. Sie spielten mögliche Szenarien durch: ein verstärktes Interesse am Neuen, aus reiner Neugier, wie es wohl nach der Tragödie im »Schwan« sein würde. Das Fortbleiben von Gästen aus Pietät oder wegen Berührungsängsten.

Man müsse offensiv mit dem Tod von Jojo umgehen, hieß es, daher die Idee mit dem Kondolenzbuch, das im Eingangsbereich ausgelegt werden würde.

Marius Hirtel fragte nach, wie es in der Küche weitergehen könnte. Das Konzept sei ihm im Großen und Ganzen klar, dennoch traten Verunsicherungen auf. »Hat Jojo Aufzeichnungen zu seinen Rezepten und Arrangements gemacht? Ich kann mir vorstellen, in seine Fußstapfen zu treten, aber ich brauche Informationen, sonst wird alles eher meins als seins.«

Stimmen wurden laut – das mit den Fußstapfen, da solle er aufpassen. Die Beiköchin zitierte mit einigen Tönen ein Lied von Depeche Mode: »*Try walking in my shoes, you'll stumble in my footsteps ...*«

Der Koch schien das Lied nicht zu kennen oder überhörte es geflissentlich und schaute Marisa erwartungsvoll an, bis sie antwortete: »Ich muss oben nachschauen. Manchmal hat er sich Notizen gemacht, Aufzeichnungen, Zeichnungen, das meiste auf losen Blättern.«

»Gut.«

Die Beiköchin Luisa Kramer, die schon in anderen Küchen neben und mit Jojo gekocht hatte, ließ nicht locker. »Und was ist, wenn du seine Hieroglyphen nicht entziffern kannst? Ich habe ihm mal über die Schulter geschaut und auf einen seiner Zettel gelinst, da würde ich nicht schlau draus werden.«

Marisa wandte sich mit einer Geste in Richtung des Fotos von Jojo an sie. »Ich bin davon überzeugt, dass du ihm auch bei der Zubereitung oft zugeschaut hast. Wie viele Jahre habt ihr zusammen gekocht? Drei?«

»Viereinhalb.«

»Du kennst einige seiner Raffinessen, erinnere dich.«

Luisa schaute Marius an, der dem Dialog mit steinernem Gesicht folgte. Marisa sah diesen Blick, der klarstellen sollte, wer hier der Chef in der Küche war, sie wollte keinen Konflikt aufkommen lassen.

»Gib dein Wissen preis. Marius und du, ihr solltet euch austauschen und vor allen Dingen zusammenarbeiten. Das hier wird der ›Schwan‹, das klingt nach Qualität, und so muss es auch schmecken. Viele seiner ehemaligen Stammgäste haben schon angefragt. Wenn es uns gelingt, sie bei Laune zu halten, das wäre die halbe Miete. Und die bringen immer noch jemanden mit.«

Marius nickte und streckte Luisa mit großer Geste seine Hand entgegen. »Logo! Wir rocken das, Luisa.«

Sie schlug ein, schaute zu Marisa. »Wir machen das. Wenn uns niemand dazwischenfunkt, dann kriegen wir das hin.«

\*\*\*

Als Karin ihren Wagen abstellte, Jerry seine Sonnenbrille abnahm, beide ausstiegen und auf dieses besondere Autohaus zuliefen, staunten sie nicht schlecht. Hinter dem verfallen wirkenden Zaun des riesigen Geländes, einem einstigen Depot der Bundeswehr im Gewerbegebiet von Xanten-Birten, dessen tarnfarbene Gebäude durch große Fenster aufgepeppt waren, tat sich eine Welt voller Gegensätze auf. Die alte asphaltierte Fahrbahn längs des grauen Gebäudes war schräg zugeparkt mit bunten kleinen Fahrzeugen, ein skurriles Aufgebot aus einer anderen Zeit in einer tristen Kulisse, die jedes einzelne Gefährt zu einer Besonderheit machte. Hinter den großen Fenstern standen Straßenkreuzer in blinkendem Chrom und Leder.

Jerry beugte sich vor zu Karin, flüsterte, fast ehrfürchtig: »Alle aus den USA, Ford, Chrysler, da, schau, eine Sting Ray, die erkenne ich zumindest, mein Physiotherapeut fährt so ein Schiff. Ich wusste gar nicht, dass es so einen Hype um diese Autos gibt. Mir fallen sie jedenfalls nicht sonderlich auf unseren Straßen auf.«

Eine tiefe Stimme hinter ihnen lachte herzhaft auf. »Die meisten fahren nur mit Saisonkennzeichen bei gutem Wetter aus. Das sind Traumautos, viele Liebhaber erfüllen sich hier lang gehegte Wünsche. Alle befinden sich in gutem und originalem Zustand und sind fahrbereit. Da achten meine Einkäufer in den USA und auf Kuba als Erstes drauf, da gibt es kein Pardon.«

Mittlerweile stand der Mann neben Karin, die ihre Augen auf ein ähnliches Cabrio wie die kleine Corvette C1 der Schwans richtete.

»Markus Poot. Ich bin hier der Chef. Was kann ich für euch tun? Erst mal einen Kaffee?«

Karin lächelte zurück. »Gerne. Wir wollen uns mal umschauen.«

»Nur keine Scheu, alles ist drin.«

Poot lief vor, sie sollten ihm einfach folgen. Jerry schaute seine Vorgesetzte fragend an. Sie zog ihn sanft an seiner Krawatte, bis sein Ohr neben ihrem Mund war.

»Wir spielen hier mit, Baby, wir zwei suchen unser Traumauto für eine Hochzeitsreise, ein sehr teures, und ich bin gespannt, wie die Abwicklung laufen soll. Ob er Sicherheiten verlangt oder eine Anzahlung, ob er unsere Solvenz überprüft, verstehst du? Vielleicht erfahren wir, warum es bei den Schwans keine Unterlagen außer dem Kfz-Brief gibt.«

Sie ließ die Krawatte los, grinste ihn an. »Dahinten steht noch so ein teures Kleinod, genau das ist es. Schatz.«

So einen Einsatz hatten die beiden noch nicht miteinander erlebt, Karin hoffte auf Jerrys schauspielerisches Talent und dass ihm Improvisation nicht fernlag.

Er legte seinen Arm um ihre Schulter und drückte sie kurz. »Okay, Darling.«

Sie kicherten los, offenbar einander neckend betraten sie den Verkaufsraum. Poot schien zu gefallen, was er sah, er winkte mit zwei Kaffeebechern mit amerikanischem Flaggenmotiv. Sie nahmen sie entgegen.

»Ich hoffe, ihr mögt Brownies? Die gibt es hier täglich frisch.« Poot wies auf seinen Bauchansatz. »Das ist alles feinstes amerikanisches Gebäck.«

Karin nahm ihren Becher und stellte sich ans Fenster, den Blick auf das C1-Cabrio gerichtet.

Poot stieß Jerry kumpelhaft an. »Kann das sein, dass sie nicht nur in dich verliebt ist? Sie schaut nur in die eine Richtung.«

»Ach, sie hat die Bilder von diesem Auto in Marienbaum gesehen, in dem ein Mann erschossen wurde. Sie hat dann lange gegoogelt. Da hat es klick gemacht.«

»Ja, eine tragische Geschichte. Das Auto stammt aus meinem Haus.«

»Ach, echt?«

»Ja, meine Mitarbeiter haben es dem Paar pünktlich zur Trauung zum Schloss Moyland gebracht, Auslieferung gehört zum Service. Und dann passiert so eine Scheiße.«

»Du kanntest die neuen Eigner?«

Poot brüstete sich mit jahrelanger Freundschaft, er sei dem begnadeten Koch in die Restaurants nachgereist, in denen er arbeitete, habe einfach Lust auf die besondere Küche, sei eingeladen zur Eröffnung, der Tisch sei schon reserviert im neuen »Schwan« in Wesel. »Du weißt doch, das schicke neue in Sichtweite der Brücke am Rheinufer, dort an der Promenade.«

»Ja, ich habe von der Geschichte gehört. Meine Frau will auch unbedingt hin und hofft, dass es trotzdem eröffnet.«

Karin horchte auf. »Ihr sprecht von der traurigen Geschichte vom Schwan, oder?«

Jerry bejahte. »Und davon, dass du dich in dieses Auto verguckt hast. Es wird gut zu dir passen.«

Nun schaute er mit einem humorvollen Augenaufschlag zu Poot. »Kann ja nicht teuer sein, so ein altes Auto. Ich kann aber kein Preisschild finden.«

»Über den Preis sprechen wir später.«

\*\*\*

Sie arbeiteten sich zügig die ganze rechte Seite der Kalkarer Straße entlang. Gero von Aha und Tom Weber gingen von Haus zu Haus und zeigten allen Hausbesitzern und Mietern das Foto mit dem phantomähnlich entschwindenden Fahrzeug im Hintergrund. Ihr Fazit war ernüchternd. Niemand der Befragten besaß solch ein Auto, weder einen Transit noch ein Wohnmobil oder etwas anderes in der Größe. Niemand hatte zu der angegebenen Zeit einen Lieferservice in Anspruch genommen oder Besucher mit einem größeren Fahrzeug gehabt.

Also nahmen sie sich auf dem Rückweg zur Ortsmitte noch

einmal die andere Straßenseite vor. Auch der Autohändler dort konnte sich keinen Reim darauf machen, wusste das Fahrzeug weder zu deuten noch zuzuordnen. Es dauerte, bis sie am Imbiss Marienbaum ankamen, in unmittelbarer Nähe der Ampel, an der der Hochzeitskonvoi zum Stehen gekommen war. Auch Angestellte und Gäste des Grills wollten sie befragen.

Tom wies auf den Eingang. »Schau mal, sie winken dir zu.«

Tatsächlich, die beiden Frauen an den Fritteusen lachten ihnen entgegen, als sie den Imbiss betraten. »Na, ihr zwei Hübschen, heute ohne den bunten Kollegen? War ja ein Ding, ihr beide im WDR mit unseren Pommes. Und jetzt? Wieder Currywurst extrascharf und Pommes Schranke?«

Tom verneinte, und auch von Aha bedankte sich. »Heute nicht.«

Er legte die Fotos auf die Theke, und auch hier konnte ihm niemand etwas zu dem Fahrzeug sagen, während die beiden Frauen mehrere Portionen Pommes in Schalen füllten und einpackten.

Ein junger Mann in adretter Kleidung kam herein. In gediegenen Grautönen stand er neben Tom, beide musterten sich kurz. Gero von Aha dachte schon, die beiden würden über ihre modischen Outfits ins Gespräch kommen, da sie sich sehr ähnelten. Auch Tom mochte Grau in allen Schattierungen und edlem Material.

»Ist unsere Bestellung schon fertig?«, fragte der Mann nur.

Zwei Packungen wurden ihm auf die Theke gelegt. »Wir wissen doch, dass eure Pause knapp bemessen ist. Ihr habt wieder Fortbildung, oder?«

»Klar, hausintern, einmal im Jahr, neues Marketing und so.«

Bezahlen, die Päckchen auf den Händen balancieren, alles ging sehr schnell. Gero und Tom schauten dem Mann nach, er überquerte die Straße und verschwand in der gegenüberliegenden Sparkassenfiliale.

Die beiden Kripomänner schauten sich mit großen Augen an. »Natürlich!«

In Windeseile verabschiedeten sie sich und überquerten die

Straße. Die Filiale war geschlossen, und zunächst reagierte niemand auf das Klopfen der beiden.

Von Aha wies auf zwei Kassenautomaten in dem Vorraum, in dem sie standen. »Wie wahrscheinlich ist es, dass hier jemand exakt zu dem Zeitpunkt, als der Schuss fiel, Geld abgehoben hat?«

»Fifty-fifty.«

Von Aha klopfte noch energischer. »Polizei, bitte öffnen Sie!«

Der junge adrette Mann erschien in Sichtweite, von Aha hielt seinen Ausweis an die Scheibe. Der Mechanismus der Tür wurde betätigt und öffnete den Eingang gerade so weit, dass die beiden hindurchschlüpfen konnten.

Sie erläuterten ihr Anliegen ohne großartige Vorrede. »Vor zwei Tagen zur Mittagszeit …«

Der junge Bankangestellte nickte. »Ich weiß, der Schuss, der Tote im Auto.«

»Genau. Und Sie können uns helfen, indem Sie nachschauen, ob zu dieser Zeit hier an den Automaten Geldabhebungen stattgefunden haben. Wenn ja, dann brauchen wir Namen und Adressen, vielleicht ist ein wichtiger Zeuge darunter.«

»Ja, Moment, ich frage schnell den Filialleiter, was wir da machen können.«

»Holen Sie ihn her. Das ist sehr wichtig.«

Der Mann erschien mit eiligen Schritten, hatte noch den Mund voll, entschuldigte sich.

Gero von Aha wollte das nicht hören. »Alles gut, ich bin froh, dass wir heute hier jemanden antreffen.«

»Ja, unser jährliches Update zum Marketing, dahinten sitzen zwei Mitglieder des Vorstands, die Zeit ist knapp.«

Von Aha erklärte noch einmal sein Anliegen.

»Unseren Herrn Kleinschmidt haben Sie schon kennengelernt, den können wir gleich freistellen, um Ihnen die Daten herauszusuchen«, gab sich der Filialleiter kooperativ. »Ganz korrekt ist das nicht ohne gerichtliche Verfügung, ich muss das abklären. Der Vorstand ist im Haus. Sie verstehen.«

»Die amtliche Verfügung liefern wir nach. Dies hier ist eine brandaktuelle Ermittlung in einem brutalen Mordfall, sagen Sie ihnen, dass die ersten drei Tage maßgeblich für einen Erfolg sind. Und einer Ihrer Kunden kann der wichtigste Zeuge sein. Das ist Ihr Argument.«

Der Mann verschwand mit dem gleichen eiligen Schritt, mit dem er aus der Tiefe der Filiale gekommen war.

\*\*\*

In Birten holte Markus Poot den Schlüssel für ein C1-Cabrio aus dem Büro von Noble Cars, gesellte sich zu Karin ans Fenster und wies ihr galant den Weg zur Tür. »Einmal drinsitzen, Chrom und Lack, die Armaturen betrachten, das Leder spüren, zurück zu Rock 'n' Roll und Petticoats, hm?«

Karin reagierte unverblümt. »Verrate mir, was das Schmuckstück kosten soll.«

Sie wies einen weiteren Versuch ab, sie zum Testsitzen zu bewegen, und blieb hartnäckig bei ihrer Frage. »Wie viel?«

»So wie der Wagen dort steht, kein Stück ersetzt, alles original, sogar die Ledersitze, da ist jeder Griff, jeder Spiegel echt, unter der Motorhaube alles picobello und nichts durch Neuteile ersetzt …«

»Wie viel?«

»Weil ihr es seid. Zwofünfzehn.«

Jerry meldete sich zu Wort. »Kannst du das noch einmal sagen?«

»Zweihundertfünfzehntausend.«

Jerry blickte Karin an. »Dann können wir all unsere anderen Pläne vergessen. Da sind wir nicht nur restlos pleite, da geht unser Kredit für das Haus mit drauf. Komm, wir gehen.«

Markus Poot winkte ab. »Moment, wartet einen Augenblick. Wir können doch über alles reden. Ihr müsst den Wagen nicht bar bezahlen. Auch nicht am Stück. Es besteht doch immer die Möglichkeit der Ratenzahlung, wenn ihr eine entsprechende Anzahlung rüberwachsen lasst.«

»Wir sind ja zahlungsfähig. Aber für solche Summen muss

man anderswo die Einwilligung zur Schufa-Auskunft unterschreiben. Bei dir nicht?«

»Wir werden einen entsprechenden Vertrag aufsetzen. Euch traue ich zu, dass ihr zum ehrlichen Teil des Volkes gehört. Nennt es Menschenkenntnis.«

Karin nickte Jerry zu, der dies so zu deuten wusste, dass das Rollenspiel nun ein Ende fand.

Der Chef des Hauses verstand die Geste anders, hatte schon einen Notizblock und einen Stift zur Hand, begann zu rechnen. »Also, wenn ich von euch eine Anzahlung in Höhe von, Moment, sagen wir, fünfzigtausend Euro bekomme, dann …«

Er schaute in dem Augenblick auf, in dem sie beide vor ihm standen und ihre Dienstausweise präsentierten. »Hauptkommissarin Krafft und Kollege Patalon, K1 aus Wesel, wir ermitteln im Fall des getöteten Jojo Schwan.«

Entgeistert starrte Poot auf die Ausweise. »Und? Was habe ich damit zu tun? Er hat doch lediglich das Auto bei mir gekauft, in dem er letztlich zu Tode kam.«

»Ja, das wissen wir, Sie stehen ja als Vorbesitzer im Kraftfahrzeugschein. Uns interessiert, was Jojo Schwan für sein Cabrio bezahlt hat. Und vor allem, wie er es finanziert hat.«

»Was hat das mit den Ermittlungen zu tun?«

»Wir stellen hier die Fragen, und Sie antworten, so läuft das ab jetzt. Also bitte, wie hat Jojo Schwan das Auto finanziert?«

»Da muss ich eben in den PC schauen.«

Er stand auf, beide folgten ihm ins Büro, Jerry stellte sich in seinen Rücken, als er an seinem Schreibtisch Platz nahm. Seine Freundlichkeit war einer gewissen Schroffheit gewichen.

Eine Ansicht der Oldtimerreihe, die vor dem Gebäude stand, diente als Bildschirmschoner, Poot nahm die Maus in die Hand, hielt jedoch inne. »Was soll das? Hier sind vertrauliche Daten gespeichert. Ich will nicht, dass die jeder sieht.«

»Noch einmal, Herr Poot, dies hier ist eine Mordermittlung, da ist für uns alles von Interesse. Und wird, sofern alles im rechtlichen Rahmen ist, von uns auch vertraulich behandelt.«

Poot zögerte einen Augenblick, schaltete den PC ab und

saß mit verschränkten Armen davor. »Dann will ich erst mal meinen Anwalt anrufen, ohne den werde ich hier gar nichts preisgeben. Und ich will wissen, ob ich euch, Pardon, Ihnen überhaupt Einblick in meine Buchführung gewähren muss.«

Karins Blick fiel unter den Schreibtisch, Jerry verstand.

»Sehen Sie den Blick meiner Chefin? Ich weiß genau, was die jetzt denkt. Sie glaubt nämlich, dass Sie etwas zu verbergen haben und daher Ihre Buchführung nicht aufblättern. Und ich sehe noch etwas, das ihr durch den Kopf geht. Kennen Sie den Begriff ›Gefahr im Verzug‹? Der leuchtet immer bei uns auf, wenn wir glauben, dass sich jemand entweder aus dem Staub machen oder etwas verschwinden lassen will.«

»Ich telefoniere kurz mit meinem Anwalt.«

Jerry ließ sich nicht irritieren. »Und wissen Sie, was wir jetzt machen werden?«

Karin hatte sich bereits gebückt und entfernte die Anschlüsse des PCs, zog das Gerät unter der Schreibtischplatte hervor. Poot versuchte aufzuspringen, Jerry hielt ihn an der Schulter zurück.

»Sie ahnen es, wir nehmen den PC mit. Hier liegt Gefahr im Verzug vor, Sie könnten relevante Informationen entfernen.«

»Aber warum denn das Ganze?«

Karin schaute ihn an. »Wir wollen nur Klarheit darüber, wie das Cabrio von Schwan finanziert wurde. Es sind bei ihm nirgendwo Hinweise auf den Erwerb des Autos zu finden. Und da der Wagen mehr als ein handelsüblicher Neuwagen kostet, sind wir neugierig, wie Sie sich über die Bezahlung geeinigt haben. Sie können den PC abholen, wenn wir mit ihm fertig sind.«

Poot sackte hinter seinem Schreibtisch zusammen, als sie das Büro verließen, hatte er bereits sein Smartphone am Ohr.

Karin ging zurück, während Jerry den PC in den Wagen packte. Poot schaute sie an, ließ sein Telefon sinken, sie streckte fordernd die Hand aus. Bevor er begriff, nahm sie ihm das Gerät weg. »Dasselbe gilt auch für Ihr Smartphone. Wir sind nicht von der Steuerfahndung, wir wollen nur wissen, welche Vereinbarungen Sie mit Schwan zwecks Bezahlung getroffen haben. Noch können wir drüber reden, das würde Ihnen und uns eine Menge Arbeit ersparen.«

»Dazu muss ich doch in den PC schauen.«

»Glaube ich nicht, Herr Poot. Wie viele Ihrer Schätzchen wechseln hier täglich den Besitzer?«

Er schwieg.

»Einer in der Preisklasse?«

Poot sagte nichts.

»Pro Woche einer?«

Er rieb sich das Kinn. »Die wirtschaftliche Lage ist schwierig.«

Karin ließ nicht locker. »Es ist also die Ausnahme, dass so ein hübsches kleines Ding verkauft wird, richtig?«

Poot nickte, Karin sah sich bestätigt. »Sehen Sie, und Sie wollen uns weismachen, dass Sie nicht wissen, zu welchen Konditionen das Cabrio an Schwan ging.«

Sie folgte Jerry, der an der Tür wartete, drehte sich noch einmal um. »Das kommt dabei heraus, wenn man die Kriminalpolizei für blöd hält.«

* * *

In Marienbaum saß der flotte junge Bankangestellte am PC, wo sich genau ablesen ließ, wann wer Geld an den beiden Automaten abgehoben hatte. Letztlich kamen in dem Zeitraum nur drei Kunden in Frage. Kleinschmidt druckte die Namen aus und fügte handschriftlich die Adressen hinzu, übergab sie mit freundlichem Eifer an Gero von Aha, der sich bedankte.

Auf dem Weg zur Tür stoppte Tom Weber und drehte sich noch einmal um. »Sagen Sie, welcher Bereich genau ist auf den Aufnahmen der integrierten Kameras zu sehen? In welchem Winkel erfassen sie diesen Vorraum?«

»Kommen Sie, schauen Sie selber.«

Von Aha stellte sich an einen Automaten, mit dem Rücken zur Tür, während Tom mit dem jungen Mann zu einem anderen PC ging, an dem er die Aufnahmen beider Automaten parallel verfolgen konnte. Zu sehen war von Ahas Kopf, das Gesicht gut erkennbar, dahinter ein Stück Wand. Tom rief nach vorn, er solle sich vor den anderen Automaten stellen, nahm sein Smartphone und fotografierte das Bild, das klar auf dem PC aufleuchtete.

Er lief damit in den vorderen Kassenraum. »Gero, schau, da ist ein kurzer Ausschnitt zur Straße hin erkennbar.«

»Ja, und? Komm, wir haben die Adressen und besuchen die Bankkunden.«

»Warte, ich meine was anderes.«

»Erkläre es mir.«

»Was ist, wenn exakt dort dieses geheimnisvolle Fahrzeug gestanden hat, das hier niemand kennt? Versteh doch, die Schussrichtung und -höhe passen zur Größe einer Art Transporter. Lass uns doch die Aufnahmen von dem fraglichen Zeitraum durchschauen, vielleicht finden wir dort einen entscheidenden Hinweis.«

Beide kamen zurück zu dem jungen Angestellten, der mit vor Aufregung geröteten Wangen dastand und gern weiterhalf. »Das ist doch total spannend. Und, nicht verraten, ich bin froh um jede Minute, die ich von der Veranstaltung im Sitzungsraum versäume.«


Letztlich verließen Tom Weber und Gero von Aha die Filiale mit völlig neuen Erkenntnissen. Zum Zeitpunkt des tödlichen Anschlags hatte ein Wohnmobil den Parkstreifen direkt vor der Sparkasse besetzt. Man sah ein Stück der rechten Fahrzeugseite, eindeutig ein hellgraues Fahrzeug, vermutlich ein relativ neues, jedenfalls wirkte der auf dem Bild erfasste Reifen samt Felge blitzblank.

Von Aha klopfte seinem Kollegen auf die Schulter. »Klasse Idee, muss ich schon sagen.«

»Und jetzt fahren wir zu den drei Kunden, die Geld abgehoben haben, vielleicht hat sich einer von denen das Wohnmobil näher angeschaut und kann es beschreiben.«

Es waren zwei Männer und eine Frau, die sie nun suchten, zwei aus dem Ort, ein Mann wohnte Richtung Uedem raus am Waldrand. Eine der Adressen konnten sie zu Fuß erreichen.

✳✳✳

Auf dem Rückweg, der PC und das Smartphone des Autohändlers waren bereits telefonisch bei der Spurensicherung zur Auswertung angemeldet, zog es Karin noch kurz zum »Schwan«.

»Vielleicht hat die Witwe doch noch Informationen zu dem Wagen gefunden, kann ja sein, dass Jojo Schwan sie woanders deponiert hatte als in seiner Wohnung.«

»Ich wüsste nicht, wo, im Büro sind wir auch gewesen. Aber gut, du magst da richtigliegen.«

Als sie ankamen, saß die Belegschaft bei einer Tasse Kaffee und Streuselkuchen im Gastraum, Marisa Tauber-Schwan stand auf und bat die beiden Gäste, sich zu der kleinen Gruppe zu gesellen, stellte die Hauptkommissarin vor. Jerry übernahm seine Vorstellung selbst und kondolierte angemessen. Schnell und geräuschlos standen zwei Stühle mehr am Tisch und zwei Gedecke vor ihnen, waren Tassen und Teller gefüllt. Marisa nannte die Namen der einzelnen Anwesenden.

»Stellen Sie sich vor, alle sind davon überzeugt, dass der ›Schwan‹ eröffnen soll, alle bleiben an Bord. Jojo hat es in der kurzen Zeit geschafft, alle für sein Konzept zu begeistern und davon zu überzeugen. Ich bin so froh.«

Karin schaute in der Tischrunde von einem zum anderen. »Ja, wenn das Ihre Entscheidung ist, dann kann ich nur alles Gute wünschen.«

Der Sommelier bot an, eine Flasche Sekt zu öffnen und auf die Entscheidung anzustoßen, wurde aber vom Koch gestoppt.

»Moment, es ist nicht die Zeit zum Feiern. Wir sollten lieber innehalten und kurz an Jojo denken, den Mann, der das hier konzipiert und in die Realität umgesetzt hat.«

Er schaute zu dem Foto mit dem Trauerflor. »Gut, dass wir dich hatten, mein Freund, wenn auch nur kurz.«

Marisa schluchzte auf. Die Beiköchin schaute durch die großen Aussichtsfenster des Restaurants auf den Rhein. War das ein leises, kleines, verächtliches Schnauben, das Karin erreichte? Hatte die Frau in der Arbeitskleidung einer Köchin ihre Körperhaltung verändert? Karin war sich nicht sicher.

»Ich frage mich immer, wie man eine Küche führt und Gerichte entwickelt, wenn der eigentliche Geist des Hauses nicht anwesend ist«, sagte sie. »Daher ist es gut, hier das gesamte Fachpersonal einmal danach fragen zu können.«

Alles schwieg, Karin sprach unbeirrt locker weiter.

»Ich stelle mir einfach vor, wie das ist, wenn ich daheim ein Rezept eines Meisters nachkochen möchte. Ich habe alle Zutaten und halte mich an Mengen, Reihenfolge und Zeit. Und dennoch wird es anders schmecken als das Original. Die Zutaten haben eine andere Herkunft, Maßeinheiten wie eine Prise werden anders ausgelegt, und der Herd hat eine andere Temperatur. Ich meine, wie kriegen Sie die Küche von Jojo Schwan ohne ihn auf die Teller?«

Während Karin die Beiköchin aus dem Augenwinkel heraus im Blick behielt, antwortete der Koch.

»Wir haben schon eine Zeit lang miteinander an dieser Küche gearbeitet. Ich habe viel von ihm gelernt. Die gängigen Gerichte, die hier auf der Karte sind, die haben wir allesamt in den letzten Wochen geprobt, mit Erfolg, kann ich sagen. Oder?«

Die Frage war an alle gerichtet, es gab Zustimmung von mehreren Seiten. Die Beiköchin schaute weiter auf den ewig strömenden Fluss.

Der Koch fuhr fort. »Damit können wir eröffnen, kein Problem. Und um Neues zu integrieren, müssen wir uns entweder auf seine Aufzeichnungen verlassen oder auf das eigene Gespür, dem richtigen Geschmack zu folgen.« Er schaute Karin direkt an. »Glauben Sie mir, Profis sind darin fitter als jemand, der nicht vom Fach ist.«

Die Beiköchin stand auf, murmelte etwas, das Karin aufnahm als: »Profis, ja …«

*Thunder in paradise?* Brodelte es dem Schwan unter den

Federn? Karin wollte mit Rücksicht auf die junge Witwe zu diesem Zeitpunkt kein Öl ins Feuer gießen, konnte jedoch die Gelegenheit, bei der alle anwesend waren, die Jojo kannten und sich mit dem Restaurant verbunden fühlten, nicht ohne Weiteres vorbeigehen lassen.

»Da Sie hier gerade versammelt sind, würden wir gerne jede und jeden kurz einzeln befragen. Ich hoffe, das ist möglich? Ansonsten müsste ich Sie alle auf das Revier bestellen.«

Zustimmung, still, zumindest wurde kein Protest geäußert.

»Wir nutzen die Terrasse und die Bar, so geht es flott, mein Kollege und ich holen Sie einzeln hier ab. Frau Tauber-Schwan, ich hoffe, diese kleine Zusammenkunft dadurch nicht zu sprengen. Ich muss Sie noch um etwas bitten.«

Marisa saß da und schaute von einem zum anderen, wirkte blass, nahezu zerbrechlich, nickte jedoch, bevor sie mit leiser Stimme antwortete: »Sie kommen ja nur gründlich Ihrer Pflicht nach. Machen Sie ruhig.«

»Ich müsste mir Ihr Handy noch genauer ansehen.« Karin streckte ihr die Hand auffordernd entgegen.

Mit unerschüttertem Ausdruck und einem angedeuteten Missfallen legte Marisa das Gerät vor Karin auf den Tisch. »Dann lesen Sie sich mal durch, was diese Trixi Schickse mir in der letzten Zeit alles geschrieben hat. Viel Vergnügen.«

*✳✳✳*

Am Nachmittag, als das K1 wieder zusammenkam, gab es eine Reihe neuer Erkenntnisse. Aaron Nilsson saß mit im Besprechungsraum, in dem die Informationen gebündelt protokolliert wurden. Er sah keinerlei Probleme darin, die Aktionen in der Bank wie auch beim Autohändler im Nachhinein mit gerichtlichen Beschlüssen rechtfertigen zu lassen.

»Informationspflicht und Gefahr im Verzug, das geht. Gibt es denn schon Neuigkeiten von dem Rechner aus dem Autohaus?«

Jerry antwortete mit ausgiebigem Kopfschütteln. »Nein, die

Spurensicherung ist dran, zusammen mit der Technik aus dem Hause Tauber-Schwan gibt es eine Menge Material.« Er raufte sich das Haar. »Wer von den beiden wohl auf die Idee mit dem Doppelnamen gekommen ist? Tauber-Schwan, ich bitte euch. Das ist so ähnlich wie Flick und Werk. Äh, ich will nicht ablenken.«

Karin und Jerry berichteten zunächst über ihre Eindrücke aus dem Autohaus der besonderen Sorte.

»Der Besitzer, dieser Markus Poot, hat erheblichen Schiss davor, dass sein Rechner ausgewertet wird. Ich garantiere zumindest Material für die Kollegen vom Betrug, die dann eventuell die Steuerfahndung mit ins Boot holen. Ich habe ansonsten keine Erklärung für sein Verhalten. Da liefert er einen Wagen im Wert von einer Viertelmillion aus und erinnert sich zwei Tage später nicht mehr an die ausgehandelten Zahlungsmodalitäten?« Karin tippte sich an die Stirn.

Jerry unterbrach sie. »Ich kann mir nur nicht konkret vorstellen, warum er so reagiert hat. Es steckt doch ein krummes Geschäft dahinter. Vielleicht hängt das mit seiner Sondervereinbarung bei Nichtzahlung der Raten zusammen. Er kassiert das Fahrzeug wieder ein, und das war es. Anschließend sagt er: ›Schau doch mal in den Vertrag, den hast du so unterschrieben.‹«

Sie schmunzelte. »Es war aber zumindest nett, sich für einen kurzen Moment als potenzielle Kundin für so einen kleinen, schnuckeligen Wagen zu interessieren. Der hat da unglaubliche Werte auf seinem Hof stehen.«

Jerry unterbrach. »Ja, wenn er Menschen findet, die die geforderte Summe dafür bezahlen, dann sind es Werte. So sind es mögliche Schätzwerte, mehr nicht.«

»Warten wir ab, was sich in seinen Dateien verbirgt.«

Nilsson hakte nach, ob die Auswertung von Schwans Finanzen für weitere Klarheit sorgen könnte. Jerry berichtete über seinen Besuch bei der Privatbank.

»Bislang steht fest, dass der Kredit für den Bau und die Einrichtung des Restaurants auf seinen Namen bei der Private Solutions 24 läuft. Schwan steht nicht schlecht da, auf Pump eben, der Laden muss nur schnell anfangen, Gewinn abzuwerfen. Seine Witwe wird eröffnen. Ob das reicht, um die Angestellten zu entlohnen und die Raten abzuzahlen, wird sich zeigen. Wir hatten am frühen Nachmittag Gelegenheit, jeden Einzelnen der Belegschaft zu befragen.«

Jerry berichtete, dass sie per Zufall in die kleine Betriebsversammlung geraten und sofort in die Runde zu Ehren von Jojo Schwan integriert worden waren. »Eine homogene Mannschaft hat er zusammengesucht. Die stehen hinter Marisa Tauber-Schwan und brennen für die Eröffnung. Sie sind geschlossen der Meinung, dass es funktionieren kann.«

»Stopp, Jerry, da bin ich nicht ganz deiner Meinung«, übernahm Karin. »Ich glaube, dass es im Untergrund brodelt. Die meisten der Angestellten sind froh, in einem Haus, dem ein guter Ruf vorweggeht, eine Anstellung zu haben. Klar, die werden nach der heutigen Entscheidung alles daransetzen, um diesem Ruf gerecht zu werden. Ich glaube jedoch ein gewisses Konfliktpotenzial in der Küche gespürt zu haben. Die Beiköchin teilte die Ansichten des Kochs nicht, sie hat es nur nicht laut geäußert. Man konnte ihr anmerken, dass sie sich zurückhielt. Für diesen Koch, Marius Hirtel, ist die Welt eindimensional, alles wird gut laufen, er übernimmt die Küche alleine, hat alle gängigen Gerichte schon mit dem berühmten Schwan gemeinsam gekocht und weiß, worauf es ankommt.«

Von Aha konnte noch nicht erkennen, worauf die Chefin hinauswollte. »Das ist doch wichtig, dass einer den Stil aufnimmt und weiterentwickelt.«

»Ja, aber derjenige muss auch dazu in der Lage sein. Und da habe ich an der Körperhaltung und später in der kurzen Befragung der Beiköchin Luisa Kramer eine nicht geäußerte Ablehnung erlebt. Als Einzige starrte sie nach draußen, mit einer Haltung, die unverblümt zeigte, dass ihr alles am Allerwertesten vorbeigeht. Sie schnaubte leise, bezweifelte, dass der Koch ein Profi ist, der es schaffen kann. Näher sagte sie in der Befragung nichts dazu, schüttelte nur den Kopf, als ich sie nach möglichen Meinungsverschiedenheiten fragte. Da rappelt es, glaubt mir.«

Karin schaute in die Runde. »Ansonsten sind das wirklich nette, rührige Leutchen, alle vom Erfolg des Restaurants überzeugt. Sie alle nannten für den Zeitraum der Tat Alibis, die wir noch überprüfen werden. Echt, da ist niemand dabei, der dem Schwan mit, was weiß ich, mit Argwohn oder Neid gegenüberstand. Nur in der Küche wird es brenzlig, davon bin ich überzeugt.«

Da keine Fragen mehr aufkamen, wechselten sie zu den Ergebnissen aus Marienbaum.

Gero von Aha baute sich in voller Größe vor der Chefin, dem Staatsanwalt und seinen Kollegen auf und bat Tom Weber, die weitere Protokollierung jemand anderem zu übertragen, damit sie beide von ihrem Einsatz in Marienbaum berichten konnten. Es schien wichtig zu sein, Jerry übernahm die Formalität.

Von Aha ließ es sich nicht nehmen, vornweg den mühseligen Weg die Hauptstraße runter und wieder rauf zu beschreiben. Klinkenputzen. Ergebnislose Gespräche. Bis sie zur Befragung, er betonte: ausschließlich zur Befragung, den Marienbaumer Imbiss betraten. »Die beiden Frauen waren hocherfreut, die Werbung für ihre Pommes durch unseren Auftritt in der ›Aktuellen Stunde‹ hat Spuren hinterlassen. Aber das ist nicht das Entscheidende.«

Kleinschrittig beschrieb er den gedanklichen Weg vom Imbiss zur schräg gegenüberliegenden Sparkasse, angeregt durch den Mitarbeiter, der für die Mittagspause bei einer internen Fortbildung die bestellten Speisen abholte.

»Erst da kam uns die Idee, dass dort zum Zeitpunkt der Ermordung Schwans jemand Geld am Automaten gezogen haben könnte«, versuchte Tom, den Bericht abzukürzen, doch von Aha übernahm sofort wieder.

»Wir haben die Angestellten durch penetrantes Klopfen überzeugen können, uns die Tür zu öffnen. Drinnen gab es folgende Überlegungen. Erstens: Jemand hat Geld abgehoben, während draußen das Drama seinen Lauf nahm, und könnte eventuell etwas zu dem Fahrzeugphantom sagen. Nach erster Sichtung der Gegebenheiten schälte sich Theorie Nummer zwei heraus: Auf den internen Kameraaufzeichnungen könnte etwas zu erkennen sein, das vor der Tür stattgefunden hat.«

Gero von Aha, der Meister der rhetorischen Spannungssteigerung, legte eine kurze Pause ein, trank einen Schluck Meisterklasse aus seiner Lieblingstasse mit dem Eulenmotiv.

»Und wie ihr erahnen könnt, lagen wir mit beiden Theorien richtig. In der Kameraaufzeichnung ist tatsächlich der Radstand eines Wohnmobils zu erkennen, das nachweislich zum Zeitpunkt der Tat auf dem Seitenstreifen vor der Sparkasse parkte.«

Karin stand auf und betrachtete das schwarz-weiße Bild aus der Nähe. Radstand und Felge. »Und? Konntet ihr noch etwas in Erfahrung bringen, das Modell, gab es einen Hinweis auf das Kennzeichen?«

Von Aha wies auf das Foto. »Wie du sehen kannst, ist das ein erster Hinweis auf das mögliche für die Tat genutzte Fahrzeug. Dies wurde uns durch Hermann Averdunk bestätigt, das ist einer der Sparkassenkunden, die zur besagten Zeit Geld abgehoben haben. Beim Hinausgehen hatte er das Wohnmobil bemerkt, sein Auto stand nämlich davor. Er hatte sich noch darüber gewundert, dass es zwar lang und hoch war, die Breite jedoch für übliche Parkplätze gut bemessen war.«

Tom fuhr fort. »Karin, ich kenne deine nächste Frage, und nein, der Zeuge hat sich das Kennzeichen nicht angeschaut. Er ist losgefahren in Richtung Kleve und kann sich erinnern, kurz hinter dem Ortsausgangsschild den Konvoi, angeführt vom Cabrio, gesehen zu haben. Er wird am Montag herkommen und sich Bilder diverser Wohnmobilmodelle anschauen, will auch selber schon mal per Google recherchieren.«

Nilsson erhob sich zu voller Körpergröße. »Na, das ist doch schon was. Wenn er sich an das Modell erinnert, kommen wir dem Halter ein Stück näher. Gute Arbeit. Ich muss. Haltet mich auf dem Laufenden über die Ergebnisse der Auswertungen, die noch kommen. Mich interessiert, ob der Autohändler sein Geld mit dieser angekündigten Rückholaktion verdient. Versteht ihr? Jemand zahlt fünfzigtausend Euro an, und es wird eine Ratenzahlung vereinbart mit dem nicht lauteren Passus der Rückholerlaubnis bei mangelnder Ratenzahlung. Heißt das, dass er die Fahrzeuge danach neu zum Verkauf anbietet? Behalten wir ihn im Auge.«

Von Aha räusperte sich. »Gut und schön, aber das eine hat vermutlich nichts mit dem anderen zu tun. Auf jeden Fall fehlen uns noch die vertraglichen Vereinbarungen zwischen Schwan und Poot. Ob das als Motiv für einen so perfide geplanten Mord reicht, das weiß ich nicht. Wen haben wir sonst auf dem Plan? Eine böse Stiefmutter? Zwist in der Belegschaft?«

Karin schaute von einem Foto zum anderen auf der digitalen Wand. Das Opfer im Auto, die Personen, die Jojo Schwan nahestanden, die Kennungsfotos der gewalttätigen Gaffer, der Radstand eines bislang unbekannten Wohnmobils. Sie und Jerry hatten bei der Befragung der Belegschaft des »Schwans« ebenfalls Fotos von den Angestellten gemacht, sie hier hinzugefügt. Dem Koch und der Beiköchin traute sie persönlich ein hohes Konfliktpotenzial zu, stand jedoch mit ihrer Meinung allein da. Niemand außer ihr hatte das »Profis, ja ...« von Luisa Kramer gehört und die Unsicherheit gespürt, die von dem Koch ausging, der alles zu können glaubte.

Karin nahm sich vor, einen etablierten Koch zu fragen, wie das mit der Einzigartigkeit in dem Beruf war. Ließ sich jemand mit einem gewissen Level einfach ersetzen durch einen anderen, der schon in seinem Dunstkreis gearbeitet hatte?

Sie schaute auf die Uhr. Schon wieder achtzehn Uhr dreißig. »Schluss für heute. Morgen starten wir gegen neun. Hoffentlich gibt es da schon Ergebnisse von der Spurensicherung. Hat jemand was von Burmeester gehört?«

Gero von Aha zog sein Smartphone hervor. Öffnete WhatsApp. »Da, neun Nachrichten von ihm. Er fragt ständig nach Neuigkeiten und, Moment, in der zweitletzten Nachricht steht, er wird voraussichtlich morgen entlassen.«

Jerry fragte nach, was in seiner letzten Botschaft stand.

»Er will uns am Montag besuchen. Seine Frau habe schon die ganze Familie zum Besuch ins Krankenhaus geschickt, einzeln, er sei nie allein gewesen, und daheim würden sie ihn bestimmt auch umgarnen und betüttern. Da hat er null Bock drauf.«

Karin musste schmunzeln, Yasmin organisierte in vielen Fällen den verwandtschaftlichen Beistand ihrer großen kurdischen Herkunftsfamilie, der Burmeester, das Einzelkind, restlos überforderte. Er war schon wieder innerlich auf der Flucht.

»Feierabend, Männer. Und was Montag sein wird, da schauen wir mal. Erst mal widmen wir den einst heiligen Sonntag den Auswertungen.«

## VIER

An einem Sonntag in der Kreispolizeibehörde zu arbeiten hieß, dass man nur einem Minimum an Personal im Haus begegnen konnte. Die Sonderkommissionen hingegen waren rund um die Uhr im Dienst, die Wache war ebenfalls dauerhaft besetzt, das gesamte, nein, fast das komplette Team des K1 trudelte bei strömendem Regen gegen neun Uhr ein, niemand von den vieren bedauerte, bei diesem Wetter im Dienst zu sein. Es war der beste Platz, um aus der oberen Etage der Kreispolizeibehörde zu beobachten, wie draußen bei anhaltendem Mai-Regen alles wuchs und gedieh.

Die Spurensicherung hatte einen beeindruckenden Arbeitsmarathon hinter sich gebracht, seitenweise lagen Ergebnisse vor, die konfiszierten Geräte standen einzeln beschriftet und in Folien eingehüllt im Besprechungsraum, lediglich die Daten von Noble Cars lagen noch nicht vor, das Material sei verwirrend gespeichert und sehr umfangreich, war extra vermerkt worden.

Mit kollegialen Grüßen.

Karin druckte das umfangreiche Werk aus und ordnete die Berichte dem Sammelsurium auf dem langen Tisch im Besprechungsraum zu: Smartphone Jojo Schwan, PC Jojo Schwan, Smartphone Marisa Tauber-Schwan, PC Restaurant, PC und Smartphone Poot, Kontostand und Kontobewegungen Onlinebanking Schwan und Smartphone Tauber. Die Auswertung der Smartphones von den drei Gaffern lag bereits der Staatsanwaltschaft vor, da waren geballte kriminelle Aktivitäten, Pläne und Verabredungen gespeichert. Der Kommentar vom Kollegen Heierbeck dazu fiel teils unsachlich aus. Es gab in seiner Zusammenfassung Sätze wie: »Wenn Dummheit ansteckend ist, dann gehören die drei dauerhaft in Quarantäne.« Oder: »Ein weiteres Beispiel kollektiver Blödheit.«

Ausgestattet mit Bechern, aus denen das Aroma des besten Kaffees vom rechten Niederrhein waberte, begab sich das

Team gut gelaunt an die Arbeit. Jeder griff sich einen Bericht. Kontakte, Inhalte von Dateien, Korrespondenzen, Telefonnummern, Fotos, alles hatten die tapferen Kollegen und Kolleginnen der Spurensicherung oberflächlich, aber zielgerichtet gesichtet und aufgeführt. Eine Mischung aus Intuition und Erfahrung würde jeden Einzelnen im Team K1 bei wesentlichen Informationen, Ungereimtheiten, Besonderheiten verharren lassen, bei allem, was unlogisch, verdächtig oder merkwürdig interessant wirkte. Stille, ergebnisorientierte Arbeit. Die Fakten sollten vorgestellt werden, wenn sie alles komplett gesichtet hatten.

Das dachten sie zu Beginn der Arbeit. Tom, beschäftigt mit den Ergebnissen von Aktendurchsicht, PC und Smartphone von Jojo Schwan, kam bereits am Mittag zu dem Schluss, dass vieles nicht zueinanderpasste.

»Da ist nirgendwo ein Betrag zu finden, der auch nur annähernd auf den Kauf des Autos hinweist. Selbst eine Anzahlung müsste als fünfstelliger Betrag zu finden sein, nichts. Andererseits gibt es eine Reihe von renommierten Namen, wo Waren in guter Qualität eingekauft werden, da ist jedes Kilo Gemüse, jedes Fleischstück einzeln aufgeführt, bislang nicht viel für das Restaurant. Einige wurden erneut angeschrieben und vereinbarte Lieferverträge storniert.«

Karin fragte, ob dies von Wichtigkeit sei.

Tom nickte. »Wenn der Restaurantbetrieb in den kommenden Wochen anläuft, dann ohne Produkte der richtig gehobenen Qualitätsklasse. Hier stehen keine weiteren Lieferanten auf der Liste.«

Von Aha schaute zu ihm rüber, seine Stirn kräuselte sich. »Willst du damit sagen, dass es keinen Anbieter auf der Liste gibt, der für die kommende Woche frische und hochwertige biologisch-dynamisch erzeugte Lebensmittel anliefern wird?«

»Genau. Da ist niemand vertraglich gebunden.«

»Ein Vakuum der Qualität.«

»Richtig. Andererseits wirbt das Restaurant auf der gerade erschienenen Homepage mit exakt den Richtlinien der inzwischen gekündigten Produzenten.«

Karin Krafft ließ sich das noch einmal im Zusammenhang erläutern und resümierte: »Das Restaurant wirbt mit Bioqualität aus dem Umland und wird etwas anderes auf den Tisch bringen.«

Tom lehnte sich zurück. »So sieht es aus. Ich habe jedoch noch keine anderen Verträge, Anfragen oder Angebote gefunden, weder ausgedruckt noch online.«

Jerry meldete sich von der anderen Seite des Besprechungsraumes, in dem sie sich ausgebreitet hatten. »Der zweite Koch wird sich die Gerichte im Sinne des verstorbenen Meisters zurechtbrutzeln, und die Qualität ist fraglich. Das hört sich schwer nach einer Mogelpackung an. Wenn das mal gut geht.«

Die Chefin lenkte den Fokus wieder auf die Ergebnisse des Kollegen Heierbeck. »Das alles ist unbewiesen, damit kommen wir nicht weiter. Gibt es sonst noch Besonderheiten in den E-Mails oder Chatverläufen, was ist mit dem Smartphone?«

»Da gibt es ebenfalls fragwürdige Entdeckungen, ich fasse die erst mal zusammen, und nachher gibt's genaue Informationen darüber.«

Von Aha war mit der Auswertung des Smartphones von Marisa Tauber-Schwans Stiefmutter befasst. »Die junge Witwe spricht immer von der Frau ihres Vaters. Also, Leute, da sind jede Menge Dateien und Chatverläufe des schlechten Geschmacks drauf. Interessant sind die Dialoge mit zwei sogenannten *best friends*, in denen die Tauber sich als Chefin im Hintergrund ausgeben möchte und darüber sinniert, wie toll der Kerl von Marisa ist, dass er ihr auch gefallen könnte. Und der Erfolg vom ›Schwan‹ wäre mit ihren Ideen unvermeidlich, das Konzept würde ankommen wie ein Donnerschlag. Wenn man sie nur lassen würde. Dann folgen ganze Absätze nur mit Schimpftiraden über die unfähige Marisa und dass selbst der Mann an Taubers Seite sich als Schwächling erweist, wenn es drum geht, seiner Tochter zum Glück zu verhelfen.«

Er hielt den Bericht hoch. »Leute, das ist echt krankhaft. Die Stieftochter wird völlig ignoriert, in den Hintergrund gedrängt. Im Chat mit ihren Freundinnen, die ihr natürlich stets zustimmen, ist die Frau Tauber senior bereits die Chefin, und Marisa hilft im Service. Karin, hast du nicht erzählt, dass Marisa ihre Stiefmutter nicht leiden kann und sich von ihr belagert fühlt?«

»Genau, ich gab ihr den Tipp, den Kontakt auf ihrem Smartphone zu blockieren, damit die Dauerbelästigung ein Ende hat. Und gestern standen dann beide, ihr Vater nebst Gattin, vor der Tür. Marisa hat den Koch gebeten, sie fortzuschicken. Die bedrängen die junge Frau, die sich gerade dazu entschlossen hat, den ›Schwan‹ zu eröffnen. Alle trauen es ihr zu, nur diese beiden nicht. Gibt es sonst noch Nennenswertes, abgesehen von Geschmacklosigkeiten und Gehässigkeit?«

»Erschreckende Bilder vom toten Jojo, ich verstehe nicht, wie man solche Fotos überhaupt aufnehmen kann. Das macht mich so sauer, wie kann ein Mensch meinen, familiär eingebunden zu sein, und dann so reagieren!«

Alle sahen Gero von Aha an, dass seine Empörung in Wut umschlug. Er stand ruckartig auf und griff sich das eingetütete Smartphone, das zu seinen Ausführungen gehörte, hielt es in der Hand wie einen Stein, den man in die Ferne schleudern will. Karin Krafft war nicht die Einzige, die in diesem Moment meinte, seine Gedanken lesen zu können, und reagierte einen Augenblick schneller als die Kollegen.

»Tu es nicht, Gero, das gibt eine Anzeige wegen Beschädigung von privatem Eigentum und eine Macke in der Wand. Es wird nichts Wesentliches ändern, wenn du das Gerät an die Wand klatschst.«

»Aber ich könnte …«

Tom stand auf und nahm von Aha das Smartphone aus der Hand. »Mal ganz cool bleiben, Kollege. Die Frau zieht zwar über Marisa Tauber-Schwan her, aber können wir uns wirklich sicher sein, dass sie nicht in manchen Punkten im Recht ist? Was sagt uns, dass die junge Frau wirklich tough genug und fähig ist, um einen Restaurantbetrieb zu führen? Im Moment ist sie die junge Witwe, die alle in Watte packen, wir trauen unseren Ohren, wenn sie etwas sagt, das Personal steht hinter ihr. Die haben genauso wenig Know-how wie wir, wenn es darum geht, die Hütte zum Erfolg zu führen. Abgesehen von den geschmacklosen Gaffer-Fotos, wer weiß, ob sie Marisa nicht zu Recht da herausboxen will?«

Von Aha setzte sich wieder, jeder schien über Toms Worte nachzudenken. Hier durfte nicht einseitig ermittelt werden. Fakt war, dass Familienmitglieder und Trauzeugen zum Zeitpunkt des Todes von Jojo Schwan dem Brautpaar in ihren Fahrzeugen gefolgt waren. Niemand von ihnen konnte den tödlichen Schuss selbst abgefeuert haben, und es mangelte an einem greifbaren Motiv. Jede Person erschien nach jetzigen Erkenntnissen unverdächtig.

Jedoch fand Karin den Gedanken keineswegs abwegig, dass jeder dieser gut situierten Menschen aus noch verborgenen Gründen den Auftrag erteilt haben könnte, Jojo Schwan aus dem Weg zu räumen. Welch besseres Alibi konnte es geben, als in der ersten Reihe dabei zu sein?

Jerry legte seine Unterlagen zur Seite, rieb sich durch das Gesicht. »Ich brauche erst mal einen Kaffee, komm, Gero, her mit deinem Stoff, der munter macht.«

Von Aha stand wortlos auf, sammelte die Becher ein und stampfte aus dem Raum.

Karin schaute ihm nach. »Da brodelt es immer noch. Der hat sich festgebissen. Eine böse Schwiegermutter, Stiefschwiegermutter, genauer gesagt.«

Tom flüsterte zu ihr hinüber: »Ob da wer in grauer Vorzeit gebrandmarkt wurde?«

Die beiden schraken zusammen, als Jerry Patalon seine Handfläche auf die Tischplatte niedersausen ließ, einen Knall erzeugte, gleichzeitig ein kurzes, lautes »Ja!« in den Raum schrie. »Ich habe etwas gefunden. Da, schaut.«

Er projizierte einen Gesprächsverlauf aus einer Kommunikationsplattform namens Youandtheworld, kurz YAW, auf die Medienwand.

»Jojo schreibt hier eigentlich nur in Metaphern. Das Glas ist halb voll. Der Streifen am Horizont. Die Angst des Torwarts vor dem Elfmeter. Das geht bereits seit fast fünf Jahren so. Lauter Phrasen für sein Gegenüber, abgespeichert als OLOL. Unbekannte Person antwortet immer kurz und knapp, meistens Zahlen, wahrscheinlich Uhrzeiten, dazu TP1, es gibt auch noch TP2 und 3 für unterschiedliche Transporte.«

Alle schauten auf den Verlauf, während Gero von Aha die Kaffeebecher mit dem duftenden Heißgetränk auf den Tisch stellte. »Konspirative Nachrichten. Versteckt. Nur, zu welchem Thema oder Zweck?«

Jerry unterbrach ihn. »Warte, es geht noch weiter. Ein klarer Satz steht hier von OLOL.«

»Nicht hier, die andere Verbindung, 18h«, stand in weißer Schrift und großen Lettern auf schwarzem Untergrund auf dem Display.

Jerry stellte sich vor die digitale Wand, wies mit dem Finger auf die Worte. »Das war eine Woche vor seinem Tod. Diese Nummer ist nicht mehr erreichbar, nicht wiederherstellbar, schreibt Heierbeck. Alle anderen Nummern haben Klarnamen, die bislang kontrollierten sind real, nur diese Person ist unbekannt und verschwunden.«

Von Aha setzte sich, kommentierte mit leicht knatschigem Ton in der Stimme. »Genau das habe ich vorhin gemeint. Bislang ermitteln wir an einer makellosen verglasten Fassade und haben noch keinen Blick dahinter werfen können. Für mich heißt das ganz eindeutig, dass der berühmte Jojo Schwan und die Entourage nicht sauber sind. Die haben Dreck am Stecken, nicht zu knapp.«

Schweigen.

»Wisst ihr, was dieser letzte Satz bedeutet? Es gibt ein zweites Handy, garantiert. Das müssen wir finden.«

✳✳✳

Die erneute Sichtung der Wohnung über dem Restaurant am Rhein erbrachte nichts von Bedeutung. Marisa Tauber-Schwan war froh, ihr Smartphone zurückzubekommen. Es befand sich nichts Erwähnenswertes darauf.

Auf die Frage, ob es ein zweites Telefon von Jojo gebe, reagierte sie entsetzt und ahnungslos. Das wäre nicht möglich, er hätte darüber gesprochen.

Auch der Blick in den Safe brachte nichts Neues zum Vorschein. Karin begab sich in die Räume des Restaurants. Dort, in dem nahezu winzigen Büro, durchsuchte sie jeden Winkel, schaute unter und hinter die Möbel, fuhr mit den Fingern die Böden der Schubladen ab, nichts, kein Gerät kam zum Vorschein.

In der Küche roch es verführerisch, offenbar tastete sich der zweite Koch mit neuen Versuchen an die Fähigkeiten seines verstorbenen Vorbilds heran. Karin unterbrach ihn unsanft. »Gibt es hier irgendwelche Ablageflächen, Schubladen, Dosen oder sonst etwas, wo persönliche Dinge aufbewahrt werden?«

Marius Hirtel führte sich auf wie eine Primadonna, der man gerade den Auftritt in der Essener Philharmonie versemmelte. Was das solle, er sei mit wichtigen Kompositionen beschäftigt, Geschmack entstehe nicht durch Störungen, es komme manchmal auf Sekunden an.

Die Hauptkommissarin blieb unbeeindruckt. »Gibt es hier Flächen oder Behältnisse für private Gegenstände?«

»Was glauben Sie denn, wo wir hier sind? Im Bahnhofsimbiss, wo jeder seinen Krempel unter der Theke ablegt? Hier hat alles seine Ordnung, private Klamotten bleiben vor der Tür, der Chef hasst es sogar, wenn jemand sein Handy in der Hosentasche hat.«

Hirtel hielt kurz inne, wies auf den Ausgang. »Er hat es gehasst. Schauen Sie sich vor dieser Tür um, da gibt es Fächer und Kleiderhaken. Da es dort nur zu seiner Wohnung hochgeht, haben wir auf abschließbare Spinde verzichtet. Ein Schlüssel pro Person weniger, der verloren gehen kann. Ich muss hier weitermachen.«

Er ließ sie stehen und widmete seine Aufmerksamkeit wieder dem Gericht, das langsam vor sich hin köchelte, schmorte, dünstete.

Karin und ihre Kollegen kamen zu dem Schluss, dass sie hier nichts finden würden. Nicht heute, nicht in der schmalen Besetzung. Ob die These, dass ein zweites Handy existieren müsste, ausreichte, um einen Durchsuchungsbeschluss zu erwirken? Karin war sich nicht so sicher.

Sie stand draußen auf dem Parkplatz, hatte die Nummer von Staatsanwalt Nilsson gewählt, hielt ihr mobiles Telefon ans Ohr und blickte hoch in die alten Pappeln, die längs der Promenade wuchsen. Ein gewaltiger Schwarm Saatkrähen ließ sich unter rauem Gekrächze in den Kronen nieder, sodass Nilsson am anderen Ende der Verbindung nachfragte, was bei ihr los sei.

»Nur die abendliche Invasion der schwarzen Vögel, die ja so selten sind, dass sie unter Naturschutz stehen. Saatkrähen, glaube ich. Dohlen haben mehr Melodik in der Stimme.«

Sie erläuterte ihr Anliegen.

»Kein Problem, den Beschluss bekommst du morgen«, bestätigte Nilsson.

Die Hauptkommissarin konnte ihre Augen nicht von dem riesigen Vogelschwarm lassen, immer wieder stiegen Wolken krakeelender Krähen auf. »Schwarze Vögel kreisen über dem weißen Schwan. Was für ein Bild.«

\* \* \*

Mit zehn weiteren Beamten stand Karin Krafft am nächsten Morgen vor der Tür und hielt der jungen Frau den Beschluss vor die Augen.

»Sie schon wieder!«

»Ja, es tut mir leid, Frau Tauber-Schwan, wir müssen noch einmal genau nachsuchen.«

Die Kollegen besetzten das komplette Restaurant und die privaten Räume in der oberen Etage mit dem Auftrag, ein oder mehrere Telefone zu finden, weitere Unterlagen, alles, was Klarheit bringen könnte. Trotzig und stumm setzte Marisa sich auf das Sofa und blickte nach draußen, während um sie herum suchende Geschäftigkeit herrschte.

In einem Koffer im begehbaren Kleiderschrank fand eine Beamtin willkürlich hineingestopfte Papiere, nahm das Behältnis mit, da sich unter anderem ältere Kontoauszüge darin befanden, die nicht von Private Solutions 24 stammten. Das konnte unter Umständen einige Fragen beantworten, die mit dem Kauf des Cabrios zusammenhingen.

Auf den Koffer hingewiesen, erklärte Marisa lapidar, das wäre Jojos Ding gewesen, sie habe keine Ahnung, dass sich überhaupt etwas darin befand. »Der war so pingelig, das passt doch gar nicht zu ihm.«

Vom Sofa aus begann sie alles zu kommentieren, was jemand in ihrer Nähe machte, wies dabei immer wieder auf Karin. »Und? Was soll das?«

»Wir brauchen ein Bild von Jojo, verstehen Sie? Wir haben Hinweise, die Fragen aufwerfen, und die Antworten darauf könnten uns zum Täter führen.«

Die junge Frau stöhnte auf, verbarg ihr Gesicht in einem Taschentuch. »Möchten Sie vielleicht noch meine Pillenpackung sehen oder das Bettzeug nach letzten Spermaspuren absuchen? Das ist so widerlich, was Sie hier machen. Jojo ist tot, verstehen Sie? Er ist hier das Opfer, und Sie durchsuchen unsere Wohnung, als sei er selber schuld an seinem Tod. Antworten auf Fragen, die zum Täter führen. So ein Scheiß! Suchen Sie Ihre Antworten woanders. Hier hat ihn jeder geliebt. Und geachtet.«

Ein sarkastischer Unterton schlich sich in ihre Stimme. »Machen Sie ruhig weiter, ich habe nichts zu verbergen und nichts mehr zu verlieren. Je öfter die Polizei nun da draußen auf dem Parkplatz steht, desto schwerer wird es der ›Schwan‹ haben. Mein Mann ist schon fort, nehmen Sie mir jetzt auch noch das Restaurant? Machen Sie nur so weiter.«

Karin Krafft setzte sich auf die von Marisa entfernte Sofakante. »Frau Tauber-Schwan, da unten steht kein Einsatzfahrzeug, wir sind mit zivilen Fahrzeugen hier. Niemand will irgendwem das Restaurant madigmachen. Wir brauchen nur Antworten. Sie haben wirklich keine Ahnung, wo Herr Schwan ein weiteres Telefon gelagert hat?«

»Nein! Er hatte nur ein Handy. Mehr weiß ich nicht. Warum sollte er ein zweites haben? Wir hatten keine Geheimnisse voreinander.«

»Dann wissen Sie ja vielleicht auch, mit welchem Geld er Ihr kleines Hochzeitsgeschenk bezahlt hat. Wir konnten keinen Betrag in den Bankunterlagen finden.«

Die Witwe saß mit verweinten Augen da und starrte Karin an. »Er hat es mir geschenkt.«

»Das wissen wir. Ist Ihnen klar, was so ein Wagen kostet?«

Sie schüttelte den Kopf, den Blick aus dem großen Fenster auf den Rhein gerichtet.

»Sie haben nicht nachgeforscht, aus reiner Neugier gegoogelt?«

»Nein! Das ist doch ein Geschenk. Forschen Sie nach, wie viel Ihr Mann für Ihre Geschenke bezahlt hat? Das macht man doch nicht.«

Karin ließ nicht locker, während um sie herum die Aktivitäten langsam abebbten. »Eine Viertelmillion. Frau Tauber-Schwan, das ist ein Geschenk eines Millionärs an seine geliebte Gattin. Ihr Mann war hoch verschuldet. Also fragen wir uns, woher das Geld für den Wagen stammt, verstehen Sie?«

Ihre weit aufgerissenen Augen schauten einem Frachtschiff nach, sprechen konnte sie nicht.

Jerry rief von der Wohnungstür aus, sie seien fertig. Karin stand ungeschickt vom Sofa auf, das Sitzkissen verrutschte, sie schob es mit einem Handgriff zurück und ging zur Tür, verharrte, drehte sich um. »Stehen Sie bitte auf, Frau Tauber-Schwan.«

»Warum? Was soll das?«

Die Sitzkissen aus schwarzem Leder ließen sich mühelos aus dem Sofagestell ziehen. »Wir haben überall nachgesehen. Auch in dem großen Bett da auf der Empore. Nur nicht im Inneren des Sofas. Stehen Sie bitte auf.«

Widerwillig erhob sie sich, griff mit beiden Händen nach zwei quadratischen Kissen und zog sie wütend aus dem Gestell, warf sie vor Karins Füße, schrie mit tränenüberströmtem Gesicht: »Sind Sie jetzt zufrieden?«

Sie stellte sich mit verschränkten Armen vor die Fensterfront. Karin Krafft blickte gebannt auf den stoffbezogenen Untergrund, nur die Vorderkante war ebenfalls aus schwarzem Leder. Da lagen einige Erdnüsse, eine Socke, zerknüllte Papiertücher, Dinge, die in jeder Sofaritze verschwinden konnten. Aber da war noch etwas.

Karin zog eine Kunststofftüte aus ihrer Hosentasche. »Bitte drehen Sie sich um und schauen Sie, was dort liegt, wo Sie gerade gesessen haben.«

Unwillig drehte Marisa sich um. Beide Frauen schauten auf das Smartphone, das wie ein Fremdkörper dalag und dessen Hülle unschuldig glänzte.

»Ich habe es gefunden!«, rief Karin den anderen zu.

»Aber, das kann doch nicht sein. Das ist bestimmt nicht von Jojo. Er hätte mir gesagt, wenn er sich ein neues Handy besorgt hätte. Seins war doch tadellos. Nein, nein, das ist nicht von ihm.«

Die Hauptkommissarin verabschiedete sich. »Wir werden bald wissen, wem es gehört.«

Auf dem Weg nach unten kam ihr der Koch mit einem Tablet in der Hand entgegen. Sein Blick fiel auf die Tüte in Karins Hand, sie hielt ihm das Telefon entgegen. »Kommt es Ihnen bekannt vor?«

»Ich weiß nicht. Es kann sein, dass der Boss so eins hatte. Ich könnte es nicht beschwören. Wo ist Marisa?«

»Oben.«

Sie hörte noch, wie Hirtel zu seiner Chefin sagte, er müsse ordern, brauche Bares. Marisa wollte zügig zur Bank, um Geld abzuheben. Karin Krafft blieb stehen, horchte nach oben.

Marius Hirtel sprach aufgeregt. »Hast du dir die neue Speisekarte vom ›Baldur‹ in Rees angeschaut?« Er verweigerte dem Konkurrenten die korrekte Aussprache, nannte ihn statt mit dem französisch ausgesprochenen »u« nicht »Baldür«, sondern »Baldur«, was eine Spur gewöhnlicher klang.

»Nein, wieso?«, fragte Marisa zurück. »Ist doch klar, dass Baldur auf unser Eröffnungsangebot reagieren würde. Das hat er oft schon gemacht, seit er dieses Restaurant an der Promenade übernommen hat. Baldur Fabiani ist ein Schwein. Der hat bei Erneuerung der Speisekarte immer seine Leute wie Spione unter unsere Gäste gemischt, damit sie ihm berichten, welch raffinierte Angebote es bei Jojo gibt. Ach ja, das ist ja Vergangenheit.«

»Erzähl, da war ich noch nicht in seiner Küche.«

Marisa wurde laut, energisch, fast eine Spur kämpferisch. »Das ›Baldur‹ sollte immer besser sein als die Küche, in der Jojo der Chef war. Seit ich ihn kenne, gab es regelmäßig Streit zwischen den beiden, Baldur hat Jojo offiziell angefeindet, behauptet, seine Zutaten wären falsch aufgeführt, er habe abgekupfert. Jojo ist sogar per einstweiliger Verfügung gegen ihn vorgegangen, unter Androhung von Strafe durfte der Konkurrent solche geschäftsschädigenden Äußerungen nicht mehr verbreiten.«

»Und jetzt gleicht plötzlich seine Karte der vom ›Schwan‹, die solltest du dir unbedingt noch anschauen«, sagte Hirtel und hielt ihr das Tablet hin.

»Das ist ungeheuerlich!«, stöhnte Marisa.

Karin Krafft als Lauscherin unten im Hausflur musste mehr erfahren. Beim »Baldur« in Rees, herrschaftlich über der Promenade gelegen, war sie schon mehrmals zum Essen gewesen. Sie und Maarten waren stets zufrieden wieder gegangen.

Draußen hupte von Aha, sie öffnete die Tür und gab ihm per Handzeichen zu verstehen, dass sie noch Zeit brauchte.

Marisa ließ einfach nicht ab von ihrer negativen Meinung über den Konkurrenten, sie war fest davon überzeugt, dass er die Speisekarte abgekupfert hatte, die Jojo noch in der Vorwoche auf der neuen Homepage eingestellt hatte. Es gab so viele Parallelen.

»Da schau, Mascarpone-Spargel-Creme mit hausgebackenem Brot, eine der Vorspeisen, da geht es doch schon los. Das ist eine Unverschämtheit. Ich muss Adrian anrufen, ich bin gespannt, was er dazu sagt.«

»Du meinst Jojos Freund, den Anwalt?«

»Genau, der kennt den Sachverhalt seit Jahren. Gut, dass du einen Blick auf die Webseite vom ›Baldur‹ geworfen hast.«

»Für dich doch immer, das weißt du. Wir beide, wir wuppen das hier.«

Das klang nach einer Beendigung der interessanten Unterhaltung, Karin ließ die Tür leise hinter sich ins Schloss fallen. Gero von Aha saß mit verschränkten Armen und geschlossenen Augen hinter dem Steuer, murmelte nur »Endlich ...«, bevor er die Zündung bediente.

Karin setzte sich selbstzufrieden neben ihn. »Es war höchst interessant, Marisa und Marius Hirtel zu belauschen. Der zweite Koch braucht Geld zum Einkaufen und hat im Internet angeblich entdeckt, dass das ›Baldur‹ in Rees eine ähnliche Speisekarte hat wie der ›Schwan‹ in Wesel zur Eröffnung.«

»Meint er dieses höhergelegene Restaurant an der Promenade?«

»Richtig. Der Eigner Baldur Fabiani und Jojo Schwan lagen angeblich schon im Rechtsstreit über abgekupferte Speisekarten, und wenn das stimmt, was die Frau erzählt hat, dann wurde dem ›Schwan‹ Recht zugesprochen.«

»Das lässt sich ja recherchieren. Ob das ernst zu nehmende Konkurrenten sind?«

Karin lehnte sich in den Sitz zurück. »Mannomann, da tauchen immer mehr Fragezeichen auf, und wir haben noch keine einzige Antwort.« Sie blickte auf das eingehüllte Smartphone in ihrer Hand.

Von Aha nahm ihr die Tüte aus der Hand, schaute kurz auf das Gerät. »Nicht sehr teuer, nicht das neueste Modell, es wirkt wie kaum benutzt. Ich gebe es gleich zu Heierbeck, der kriegt in seiner Abteilung jedes Handy in Betrieb. Der neue Freak, der dort arbeitet, kennt sich bestens aus. Du wirst sehen, ein oder zwei Fragezeichen kriegen wir heute noch vom Tisch.«

❊❊❊

Marisa Tauber-Schwan schäumte vor Wut. Sie stand im spärlich eingerichteten Vorraum der Private Solutions 24 und verlangte über die Köpfe dreier Kunden hinweg von den beiden Bankangestellten, sofort, die Betonung lag bedeutungsschwer auf dem Wort »Sofort!«, den Zweigstellenleiter zu sprechen. Die drei verdatterten Kunden traten instinktiv einen Schritt zur Seite, alle schienen zu begreifen, dass diese junge Frau durch nichts zu beruhigen war außer durch die direkte Weiterleitung zum Chef.

Der kam, von seiner Angestellten dezent informiert, aus einem der hinteren Büros auf sie zu. »Frau Tauber, was kann ich für Sie tun?«

»Tauber-Schwan.«

»Was?«

»Mein Name ist Tauber-Schwan, und, Herr Brandt, Sie erklären mir jetzt auf der Stelle, warum Ihr Drecksautomat meine Karte eingezogen hat. Das kann nur ein Versehen sein, Sie händigen mir sofort meine Karte wieder aus!«

Er bat sie in sein Büro, sie folgte ihm unwillig, jedoch mit energischen Schritten. Es dauerte einige Minuten und mehrere Erklärungen lang, bis sie verstand, was der Bankmensch ihr erklärte:

»Wir haben vom Tod unseres Kunden Jojo Schwan erfahren. Mein Beileid übrigens.« Er richtete sich auf und reichte ihr über den Tisch hinweg die Hand. »Das übliche Prozedere sieht in so einem Fall vor, die Kontonutzung zu stoppen, bis uns Nachweise wie ein Erbschein oder Vollmachten vorliegen, auf denen eine oder mehrere Personen namentlich festgeschrieben sind, die eine Berechtigung zur Nutzung der vereinbarten Modalitäten haben.«

»Aber ich bin doch seine Ehefrau, ich kann Ihnen die Heiratsurkunde zeigen.«

»Das reicht mir leider nicht, da durchaus noch andere Menschen erbberechtigt sein können oder Herr Schwan eventuell sogar per Testament dafür gesorgt hat. Kommen Sie mit einem Erbschein zurück, und wir sehen weiter.«

Marisa sprang wild gestikulierend auf. »Sie verstehen meine Lage anscheinend nicht. Selbst wenn es ein Testament gibt, so was dauert doch ewig! Ich habe vor, unser Restaurant zu eröffnen, ich muss Lieferungen und das Personal bezahlen. Wie soll ich das machen, wenn ich nicht an mein Geld komme?«

»Pardon ...« Brandt unterbrach sie, schaute auf seinen Bildschirm und setzte sich mit einem langen Ausatmen noch aufrechter in seinen Chefsessel. »Frau Tauber-Schwan, laut den Unterlagen, die mir vorliegen, ist Ihr Gatte, Entschuldigung, Ihr verstorbener Gatte –«

»Sie sprechen von meinem ermordeten Mann ...«

»... ja, jedenfalls ist Herr Jojo Schwan tot. Er ist alleinig als Eigentümer des Restaurants ›Schwan‹ im Grundbuch der Stadt Wesel eingetragen.«

Marisa Tauber-Schwan sank in ihren Stuhl, für einen Moment sah es so aus, als würde sie das Bewusstsein verlieren, eine plötzliche Blässe überzog ihr Gesicht.

»Alles in Ordnung mit Ihnen?«

»Jaja, ich muss das nur alles erst mal verstehen. Wissen Sie, mein Mann ist noch nicht unter der Erde, und jetzt erklären Sie mir, dass ich einen Erbschein brauche, um das nächste Stück Seife bezahlen zu können. Und dass mir das Restaurant gar nicht gehört. Auch nicht zur Hälfte, wie es eigentlich abgemacht war.«

»Er ist alleinig im Grundbuch eingetragen, das steht hier. Und da Sie nicht die Kontoinhaberin sind, kann ich Ihnen die Nutzung des Kontos leider nicht gewähren.«

»Aber ich hatte doch meine Karte, ich habe doch immer alles hier erledigt, Rechnungen beglichen, Geld abgehoben, per Karte gezahlt, manches auch online erledigt.«

»Bedaure, auch dieser Zugang ist gesperrt. Wie ich bereits erläutert habe, brauche ich Legitimationen, dann richten wir Ihnen ein Konto auf Ihren Namen ein, und danach nimmt alles wieder seinen Lauf. Ganz easy, Erbschein besorgen, und los geht's.«

Sie stützte sich auf seinem Schreibtisch ab. »Mensch, ich habe vor zwei Monaten meinen Job gekündigt, das ging einfach nicht mehr, die vielen Vorbereitungen, die Einrichtung, die zahlreichen Mängel am Bau, die behoben werden mussten, damit sind wir heute noch nicht durch. Gewährleistungsansprüche müssen begründet sein. Verstehen Sie? Mein eigenes Konto bei der Konkurrenz liegt am Limit, und Sie lassen mich hier vor Ihrem Luxusschreibtisch verhungern. Das geht doch nicht, ich habe zehn Leute zu bezahlen.«

»Ich kann da leider nichts machen. Zunächst liegt alles brach, bis die Erbangelegenheit geklärt ist. Und ob Sie dieses Restaurant überhaupt in Ihrer Regie eröffnen können, das muss auch noch rechtlich abgeklärt werden. Mein Tipp: Suchen Sie sich einen Anwalt. Da kommt einiges auf Sie zu.«

Marisa verließ das Büro und die Filiale grußlos. Vor der Tür wählte sie die Nummer von Adrian Deventer, Jojos Freund aus Schultagen. Mit ihm hatte Jojo viele geschäftliche Dinge besprochen, die mit der Verwirklichung seines Traumes zu tun hatten. Auch hatte er die Schlichtung der Streitigkeiten zwischen Baldur und Jojo anwaltlich übernommen und damals die einstweilige Verfügung gegen Baldur Fabiani erwirkt.

Er war nicht erreichbar, sie sprach ihm auf den Anrufbeantworter: »Adrian, hier ist Marisa. Du musst dich bei mir melden, ja? Die Hütte brennt, stell dir vor, ich komme nicht mehr an Jojos Konto! Bitte melde dich schnell, ja? Ich brauche dringend deinen Rat.«

Ihr schwirrte der Kopf. Sie setzte sich auf eine Bank in der Fußgängerzone, nahm die spielenden Kinder nicht wahr, auch nicht, dass die Maisonne durch die Häuserschlucht schien. Alles war nur noch grau und dunkel und drehte sich in ihrem Kopf. Bis ein älterer Mann sie ansprach.

»Hallo, junge Frau, geht es Ihnen nicht gut? Sie sind so blass, nicht dass Sie mir hier umkippen. Soll ich einen Arzt holen?«

»Was? Nein, nein, ich brauche niemanden, keinen Arzt, nein.«

»Kann ich etwas für Sie tun?«

Sie atmete tief durch. »Wenn Sie bitte so gut wären und Lotto spielen würden.«

»Was sagen Sie?«

»Ja, spielen Sie bitte Lotto, gewinnen Sie den Jackpot und geben Sie mir die Hälfte ab. Damit wäre mir geholfen.«

Der Mann lachte laut. »Ach, Kindchen, Geldsorgen. Solange Sie gesund sind, findet sich für alles eine Lösung.«

Er ging weiter, Marisa schaute ihm nach. Wie konnte der Mann nur so schlicht denken?

Sie griff zu ihrem Smartphone und wählte die Nummer ihrer Freundin.

»Mika, ich sitze völlig in der Scheiße. Kannst du mich abholen?«

Sie beschrieb ihr, wo sie war, nämlich auf der Bank in der Weseler Fußgängerzone schräg gegenüber der Buchhandlung Korn. Nachdem Mika ihr versprochen hatte, sich sofort auf den Weg zu machen, sank sie in sich zusammen.

\*\*\*

Das Smartphone, das Karin unter den Sitzkissen des Sofas gefunden hatte, gehörte tatsächlich Jojo Schwan, nur seine Fingerabdrücke konnten dort gesichert werden. Für den neuen jungen Kollegen bei der Spurensicherung war es kein Problem, das Gerät zu entsperren, und da das Datenvolumen minimal genutzt worden war, konnte sich nicht viel darauf befinden. So entschied Gero von Aha, es selbst auszuwerten, und machte sich auf den Weg zu seinem Büro.

Das Gerät war sehr einfach eingerichtet, keine der üblichen Apps, die bei der Anmeldung aufgespielt wurden, war genutzt worden. Telegram und Telefon, das waren die einzigen Dienste, die seit 2015 regelmäßig in Betrieb waren. Eine Handvoll Verbindungen gab es zu überprüfen, es schien, als habe Jojo Schwan das Smartphone nur für geschäftliche Zwecke genutzt.

Die Nachrichten auf Telegram waren eindeutiger als die auf seinem üblicherweise genutzten Telefon mit dem Kommunikationsdienst namens YAW. Hier wurden Bestellungen aufgegeben – anscheinend kannte man Angebot und Bedarf –, die gleiche Bestellung wie zu Monatsbeginn, TP1 bis 3, plus oder minus diesem und jenem, hieß es. Offenbar bestand dieser Kontakt schon seit mehreren Jahren, es hatte immer wieder Anfragen gegeben, während Schwan noch in anderen Häusern gekocht hatte und mit dem Bau des eigenen Ladens beschäftigt gewesen war. Vor vier Wochen war Bewegung in die Auftragsvergabe gekommen, die nächste Lieferung war für den Mittwoch in dieser Woche vorgesehen. Gewohnheitsgemäß schaute Gero von Aha auf seinem Smartphone nach dem Datum, übermorgen also.

Ohne dass jemand angeklopft hatte, wurde die Tür zu seinem Büro mit einem Ruck geöffnet. Im Rahmen stand Nikolas Burmeester mit völlig verschrammtem Gesicht, auf dem sich zusätzlich ein Drei-Tage-Bart breitmachte, den linken Arm in einer Schiene eng an den Körper gelegt, mit der rechten Hand stützte er sich am Türrahmen ab. Er wirkte geschwächt.

»Da bin ich.«

Die Wunden in seinem Gesicht begannen zu verkrusten, ein krasser Anblick, der von Aha entsetzte. »Alter! Wie siehst du denn aus? Ey, du gehörst eindeutig zu Hause auf das Sofa und nicht in mein Büro. Verschwinde, du bist nur eine Fata Morgana, ich sehe dich, aber du bist nicht real.«

Burmeester versuchte ein zaghaftes Lächeln, das nahtlos in einen schmerzverzerrten Gesichtsausdruck überging. »Lachen geht gar nicht. Kisten heben auch nicht. Ich kann auch niemanden verfolgen.«

»Hör auf. Du bist doch garantiert im Krankenstand. Du darfst bestimmt nicht einmal eine Tasse in die Hand nehmen.«

Burmeester schlich näher auf von Aha zu und setzte sich mühsam. »Genau das ist es ja. Daheim wuselt ständig jemand um mich herum, mir werden die Socken angezogen, die Tassen gereicht, man bietet mir Haarwäsche und Rasur an, die türkischen Cousinen von Yasmin sind echt unerbittlich in ihrer Fürsorge.«

»Na, dann genieße es doch. Für so ein Rundum-Wohlfühlprogramm zahlst du woanders horrende Summen. Mensch, hau ab, ich kann dich echt nicht leiden sehen.«

Burmeesters leichtes Grinsen zog einen seiner Mundwinkel hoch. »Gewöhn dich dran, ich will hier zumindest stundenweise Stallwache halten. Außerdem muss ich mich noch bei dir bedanken. Wenn du nicht die Warnschüsse abgegeben hättest, die hätten uns beide vermöbelt. Ich bin noch glimpflich davongekommen. Wenn die Tritte in meine Rippen mich am Kopf getroffen hätten, dann würde ich jetzt im besten Fall meinen Namen nicht mehr kennen, und im übelsten Fall würdet ihr zu meiner Beerdigung kommen.«

Burmeester schaute seinen Kollegen an, der sprachlos hinter seinem Schreibtisch saß. »Ihr würdet doch kommen, oder?«

»Scheiße, Burmeester, was sind das für Gedanken? Erst mal bin ich froh, dass du lebst, aber in deiner Birne muss etwas passiert sein, anders kann ich mir dein Geschwafel nicht erklären.«

Langsam, sehr langsam lehnte Burmeester sich an die Stuhllehne. »In meinem ganzen, nicht unbewegten Leben habe ich mich noch nie so hilflos gefühlt wie in Marienbaum. Selbst als in Indien, in Poona, wo meine Mutter mich in ihrem Erleuchtungswahn öfter hingeschleppt hatte, ein Tiger um die Gebäude schlich, fühlte ich mich wohl und sicher. Gero, ich habe echt für einen Moment gedacht, das überlebe ich nicht.«

Die Männer schwiegen sich an, von Aha blickte auf das Häuflein Elend, in zwei Augenpaaren sammelten sich Tränen, nein, sie füllten sich bis zum Rand mit Tränenflüssigkeit.

Von Aha riss sich die Brille vom Kopf und wischte sich durch das Gesicht. »Quatsch, Mann, sag doch nicht so was. Ich hätte diese Mistkäfer von dir heruntergeschossen, wenn die nicht aufgehört hätten. Ich stand auch neben mir, das ging alles so verdammt schnell.«

Karin Krafft ging an der offenen Tür vorbei, als von Aha gerade Burmeesters Hand sanft tätschelte. »Nikolas?«

Von Aha schaute auf. »Er kann sich so schlecht umdrehen, ja, er ist es.«

Sie betrat den Raum und stellte sich neben den Schreibtisch, schaute Burmeester an, musste sich beherrschen, den Blick nicht abzuwenden. »Du sahst selbst nach deiner berühmten Hochzeitsfeier, bei der du mit gefühlt hundert Leuten Brüderschaft getrunken hast, besser aus als jetzt!«

»Danke für das Kompliment. Du entschuldigst, dass ich nicht zur Begrüßung aufstehe.«

Sie stützte sich auf die Schreibtischplatte, mit beiden Händen genau auf die knapp bemessenen leeren Flächen, die von Ahas Ordnung meist nur frei ließ. »Nikolas, was machst du hier?«

Von Aha kam seiner Antwort zuvor. »Er hält die massive weibliche Betüttelung daheim nicht aus. Er kann mir assistieren. Burmeester, Internetrecherche kannst du doch, oder?«

»Jaja, kein Problem. Still sitzen, nicht viel bewegen und nicht lachen, dann geht alles.«

Von Aha blickte auf Karin, die sich wieder aufgerichtet hatte, sie schien nachzudenken.

»Du bist im Krankenstand. Eigentlich müsste ich dich nach Hause schicken. Ich denke, wenn du Homeoffice in Geros Büro machst, dann kann ich das akzeptieren.«

Ohne sich umzuwenden, bedankte sich Burmeester. »Ich würde daheim bekloppt werden, glaube mir.«

»Ich bin noch nicht fertig. Du bewegst hier keinen Stuhl, keine Tasse, du gehst nicht ans Diensttelefon, wenn es klingelt, du wirst keine Zeugenbefragung und keinen Einsatz begleiten, ist das klar?«

»Jaja, ich bleibe komplett unsichtbar. Versprochen.«

»Und du gehst zum Psychologischen Dienst.«

»Wozu soll das gut sein?«

Von Aha mischte sich in das Gespräch. »Mach das einfach. Solche Erlebnisse gehen nicht spurlos an dir vorbei. Als mir der Verrückte, den manche den Ripper vom Rhein nannten, vor ein paar Jahren fast die Hand abgehackt hätte, fanden meine Alpträume und diffusen Ängste erst ein Ende, nachdem ich die Hilfe in Anspruch genommen hatte. Das tut gut, glaube mir.«

Burmeester äußerte leichten Protest. »Mir geht es gut, ich habe keine Alpträume.«

Karin nahm den Faden auf. »Das kommt noch, PTBS, Posttraumatisches Belastungssyndrom. Ist alles geklärt zwischen uns?«

»Klaro.«

Jetzt schaute sie auf von Aha. »Und du übernimmst die Verantwortung. Wenn er übermütig wird, will ich informiert werden. In dem Fall werde ich ihn eigenhändig bei seiner Frau abliefern.«

Sie mussten grinsen, als Karin das Büro wieder verlassen hatte. Von Aha stand auf, wischte vor Burmeester die losen Papiere zusammen und legte sie neben diverse andere Stapel auf sein Sideboard. »Ich hole dein Laptop, dann musst du nicht den Raum wechseln. Soll ich deinen Schreibtischstuhl auch rüberrollen?«

Innerhalb von fünf Minuten saßen sich die beiden gegenüber, für Burmeester, der immer noch einen alten Schreibtisch mit sichtbaren Nutzspuren in seinem Büro stehen hatte, ein völlig neues Arbeitsgefühl.

»Wie weit seid ihr?«, fragte er. »Bring mich doch bitte auf den Stand.«

Von Aha fasste in schnörkellosen Sätzen zusammen und kam auf seine aktuelle Aufgabe zu sprechen. »Da gibt es einen Kontakt von Jojo Schwan, der als OLOL abgespeichert ist, angeblich ist alles, was von dem kam, gelöscht. Ich gebe dir die Verbindungsdaten, und du suchst die Person, die sich dahinter verbirgt.«

»Okay, Captain, mein Captain.«

\*\*\*

Mika Beisenkamp sah ihre Freundin schon aus der Entfernung zusammengesunken auf der Bank hocken und eilte zu ihr. Sie nahm Marisa, der die Tränen hemmungslos über das Gesicht rollten, erst einmal lange und wortlos in den Arm. Mika wusste, dass Worte jetzt nicht helfen würden. Die beiden verharrten so, bis Marisas Körper nicht mehr von den Schluchzern durchgerüttelt wurde.

Mika fischte ein Päckchen Tempos aus ihrer Tasche. »Hier, nimm. Hemmungslos alle. Wenn du noch mehr brauchst, besorge ich welche, und wenn du wieder reden kannst, dann erzählst du mir, was los ist.«

Die ganze Geschichte sprudelte nur so hervor, die Verzweiflung über die Ungewissheit, die demütigenden Durchsuchungen ihrer Wohnung, das Erstaunen über das versteckte zweite Handy, der Lebensplan, der zusammengebrochen war, bevor sie und ihr Mann weitere gemeinsame Schritte gehen konnten.

»Ich habe noch dreiundfünfzig Euro im Portemonnaie und kann kein Geld abheben. Marius muss einkaufen, am Wochenende will ich eröffnen, er muss vorbereiten.«

»Wie viel brauchst du?«

Marisa schaute ungläubig auf. »Nein, nein, ich kann doch von dir kein Geld annehmen.«

»Ich bin gut gepolstert, da um die Ecke beim Markt ist die Filiale meiner Bank, wir gehen gleich gemeinsam dahin, und du sagst mir, wie viel du brauchst. Betrachte es als privaten Kredit, rückzahlbar bei Gelegenheit und ohne Zinsen. Du hast keine Chance, es abzulehnen, versuche es nie wieder.«

Jetzt musste Marisa lachen, eine ähnliche Ansprache Mikas hatte bei ihr zu dem Entschluss geführt, ihren Traummann zu heiraten. »Wenn du ihn nicht nimmst, ist ganz schnell eine andere da, die ihn haben will, der ist ein Filetstück mit eigener Pfanne«, hatte sie ihr nach dem dritten Glas Sekt bei einer Silvesterfeier gesagt, und sie hatte Jojos Antrag am nächsten Tag angenommen.

Mitten in diesen Gedanken klingelte ihr Telefon, der Rückruf von Adrian Deventer. Sie reichte das Gerät weiter an Mika. Die erklärte in wenigen Worten Marisas Situation, Deventer versprach, so schnell wie möglich bei ihr zu sein. »Hat sie schon einen Bestatter beauftragt?«, fragte er.

Mika gab die Frage weiter, Marisa schüttelte den Kopf.

»Hilf ihr dabei, der wird sich um alles kümmern. Sie braucht als Erstes eine Sterbeurkunde, um alles Mögliche in die Wege zu leiten. Ich komme direkt ins Restaurant.«

Beide Frauen machten sich auf den Weg zur Bank, mit fünftausend Euro in der Tasche kamen sie beim »Schwan« an, Marisa ging gleich in die Küche und fragte den Koch, wie viel er für den Einkauf bräuchte, reichte eintausend Euro weiter.

»Du siehst völlig fertig aus, pass bitte gut auf dich auf. Wenn ich dir helfen kann, sagst du mir Bescheid, ja?« Marius knipste ein Äugsken, es schien, als hätte er sie gern umarmt. Er nahm wieder Abstand, und sie verließ die Küche.

Mika stand oben in der Küchenzeile an der Kaffeemaschine. »Setz dich, Adrian muss jeden Moment eintreffen. Gibt es unten in der Küche noch irgendwas Süßes?«

»Weiß ich nicht.«

»Ich schau mal nach.«

Während Mika hinunterging, klingelte es, sie erkannte die Silhouette vor der Tür und öffnete. Adrian und sie standen sich gegenüber, kurze Begrüßung.

»Wo ist Marisa?«, fragte er.

»Oben. Es geht ihr nicht gut.«

»Uns allen sitzt das in den Knochen. Ich kann es noch immer nicht glauben, obwohl ich ihn in Marienbaum gesehen habe. Mein bester Freund …«

»Ja, und ich habe ihr dazu geraten, endlich Ja zu ihm zu sagen. Ohne mich hätte er am Donnerstag nicht in diesem Auto gesessen.«

Adrian strich ihr mit zwei Fingern über die Wange. »So darfst du nicht denken, das hilft jetzt keinem.«

Er lief an ihr vorbei, nahm voller Elan zwei Stufen mit einem Schritt. »Marisachen, wo bist du?«

Er konnte sie davon überzeugen, sich mit ihm an die Küchentheke zu setzen, da er mit ihr eine Liste erarbeiten wollte. »Im Sitzen arbeitet es sich konzentrierter als eingekuschelt auf dem Sofa.«

Drei Dessertteller balancierend kam Mika nach oben, rief schon von der Treppe aus: »Eis, köstlich garniert mit frisch geschnittenen Früchten und fein verziert mit Schokosoße, genau das Richtige. Wir sollen testen, ob die Mischung stimmt. Eis wäre bestimmt ein Renner, jetzt, wo die Temperaturen steigen, sagt dein Koch.«

Marisa schaute sie streng an und schob den Eisteller zur Seite. »Er ist nicht mein Koch.«

»Was bist du denn so komisch?«

»Und Eisdessert haben wir noch gar nicht auf der Karte.«

Mika löffelte bereits. »Jetzt komm, das hat er extra für dich kreiert, sagt er.«

Adrian fragte nach Papier und Stift, Marisa deutete auf den Sekretär, der im chinesischen Schrank verborgen war, zog den Teller mit der süßen Köstlichkeit wieder zu sich hin, kostete.

Mika übernahm die Schilderung der Hauptprobleme, die Marisa ihr genannt hatte. Adrian machte sich Notizen.

»Jetzt schauen wir als Erstes mal in die Bewertungen für die ansässigen Bestatter und wählen einen aus. Dann Schritt eins: eine Sterbeurkunde in mehrfacher Ausführung. Marisa, hatte Jojo eine Lebensversicherung? Dann müssen wir schnell die Auszahlung beantragen, das geht auch telefonisch.«

Sie stand auf und ging zu dem Korb mit den Akten, die heute von der Hauptkommissarin wieder abgegeben worden waren, schaute durch die Ordner.

Adrian gesellte sich zu ihr. »Da gibt es diesen großen Kredit, den er für das hier aufgenommen hat. Meist ist damit eine Lebensversicherung verbunden, die im Todesfall die Kreditsumme abdeckt. Wo sind denn die Versicherungsunterlagen, er muss doch auch was für Hausrat und Gebäude haben und eine Berufshaftpflicht.«

Mika betrachtete die beiden, die neben dem Korb auf dem Boden hockten. »Ich schaue mich nach einem Bestatter um, Marisa, ist das in Ordnung?«

Sie blickte nicht hoch, nickte nur.

Adrian erkannte die Unsicherheit in Marisas Verhalten. »Du hast keine Ahnung von alledem, oder?«

»Richtig. Ich habe meine Dinge geordnet. Jojo sagte immer, damit hast du nichts zu tun. Du wirst dich unten im Restaurant austoben, du bist Chefin über das Personal, mach die Buchungen, stilvolle Dekoration, hilf mir bei der Buchhaltung und sei vor allen Dingen der Stern an meiner Seite. Mein erster Stern. So nannte er mich.«

Adrian nickte. »Ich weiß. Bei den letzten Herrenabenden musste er immer als Erster nach Hause, er müsse auf seinen Stern aufpassen, damit der weiter in seinem Leben strahlt. Die Kumpels haben immer ihre Witzchen darüber gemacht, aber das hat ihn nicht gestört. Ihr seid nur neidisch, sagte er, ich habe den Hauptgewinn.«

Das war zu viel für Marisa, sie sprang auf und rannte die Treppe hinunter.

Adrian wollte ihr folgen. »Ach du je, das habe ich nicht gewollt.«

Mika hielt ihn auf. »Lass sie. Wenn sie am Wochenende eröffnen will, dann muss sie sich an Geschichten über Jojo gewöhnen. Wirst du ihr bei dem Ding mit Private Solutions 24 helfen können?«

»Nein, was da abläuft, ist die übliche Vorgehensweise. Die sind im Recht, auch wenn manche Banken die Partner von Verstorbenen erst noch einmal abheben lassen, bevor die Karte ungültig geschaltet wird. Was mich mehr beunruhigt, ist dieses Durcheinander hier und dass keine Verträge zu finden sind. Ob die Polizei noch Aktenordner einbehalten hat? Hast du mal eine Telefonnummer?«

»Nein, ich nicht, aber Marisa. Warte, die Karte liegt auf dem Couchtisch.«

Adrian hatte Karin Krafft am Apparat und kam ohne Umschweife auf den Punkt.

»Als Anwalt von Frau Tauber-Schwan bin ich mit der Ordnung des Nachlasses beschäftigt. Ich suche dringend Unterlagen zu Versicherungen. Liegt da noch etwas bei Ihnen? Sie wissen, dass bei Lebensversicherungen der Tod nur wenige Tage später bekannt gemacht werden muss.«

»Die privaten Akten sind alle wieder bei ihr. Ein Koffer voller loser Papiere wird noch gesichtet, ich sage den Kollegen Bescheid, dass Versicherungsverträge sofort wieder abgeliefert werden.«

»Haben Sie schon eine Spur?«

»Leider nicht, wir arbeiten uns von Jojo Schwan über seine Kontakte in sein Umfeld hinein.«

»Haben Sie Baldur Fabiani aus Rees mit auf Ihrer Liste? Der hat sich in den letzten Jahren regelrecht in Jojo Schwan verbissen. Die Meisterköche waren sich so ähnlich in ihrem Ehrgeiz, nur mit dem Unterschied, dass Jojo immer auf dem Boden blieb und Baldur jedes Mittel recht war, um Jojos Ruf zu gefährden. Ich hoffe, Sie haben ihn schon vernommen?«

»Bedaure, ich gebe keine Informationen über laufende Ermittlungen heraus. Wenn Sie mir etwas erzählen können, dann kommen Sie doch her.«

Nach dem Gespräch hielt Adrian inne und schaute Mika an. »Die haben noch nichts.«

»Was sollen die auch haben? Das war so irreal, du fährst hinter einem Brautpaar her, und von irgendwo schießt irgendwer den Bräutigam tot. Das glaubt dir keiner. Und jeder fragt dich, warum das passiert ist.«

Marisa kehrte zurück, Adrian bat sie zur Küchentheke, wo er Papiere ausgebreitet hatte. »Du musst mir eine anwaltliche Vollmacht unterschreiben, damit ich für dich agieren kann.«

Marisa schaute kurz, unterzeichnete an markierten Stellen, schob die Bögen zusammen und reichte sie an Adrian. Der nahm sie entgegen und breitete sie gleich wieder aus.

»Und jetzt liest du dir bitte mal durch, was du da unterschrieben hast.«

Sie grinste.

»Schau einfach mal genau hin.«

Vor ihr lagen ein Kaufvertrag über ein Gemälde, eine Beitrittserklärung für eine Partei und eine Sicherheitsunterweisung für einen Defibrillator. Marisa griff die Papiere und hielt sie Adrian entgegen. »Was soll das? Natürlich habe ich das unterschrieben, ich vertraue dir schließlich.«

»Ich vermute mal, genauso hast du noch mehr unterschrieben, Sternchen. Jojo wollte sein eigenes Restaurant haben, koste es, was es wolle. Über manches wird er nicht nachgedacht haben, ich traue ihm nicht zu, dass er deine Gutgläubigkeit ausgenutzt hat. Er wollte nur seinen Traum verwirklichen.«

Marisa setzte zu einer Erwiderung an, blieb aber nachdenklich und still.

Adrian zerriss die Papiere und legte ihr eine Vollmacht vor. »Die ist jetzt echt.«

Marisa nahm das Papier auf und las, setzte ihren Namen auf die dafür vorgesehene Linie. »Zerreiße die anderen Bögen noch nicht ganz und schau mal, wer da unterschrieben hat«, sagte sie.

Adrian schaute verwundert und durchsuchte die Schnipsel, hielt einen in die Höhe, lachte und nickte anerkennend. »Daisy Duck. Nicht schlecht.«

»Ich habe nichts blind unterschrieben, es gab nur anscheinend wichtige Dokumente, die mir nicht vorgelegt wurden. Ich habe nicht bei allem nachgefragt, das kann ich mir vorwerfen«, sagte Marisa.

✳✳✳

Gero von Aha erschien nicht zur kleinen Lage um siebzehn Uhr, Karin Krafft rief ihn an.

»Jaja, wir sind gleich da«, kam er ihrer Frage zuvor.

»Ist Nikolas noch immer hier?«

»Ja, und in altgewohnter Weise verdammt effektiv. Wir sind mittendrin.«

Tom und Jerry staunten nicht schlecht, als von Aha mit Burmeester im Schlepptau den Besprechungsraum betrat, sie hatten nicht mitgekriegt, dass er im Haus war, und es entwickelte sich ein Geplänkel, dem Karin flott ein Ende setzte.

»Wir sollten anfangen. Gero und Nikolas haben sich mit den namensfreien Daten von Schwans Handy Nummer eins und den weniger verschlüsselten Mitteilungen auf dem heute gefundenen Handy Nummer zwei befasst. Tom und Jerry haben sich mit Noble Cars beschäftigt, dessen Telefonnummer ebenfalls bei Schwan auf Handy Nummer eins zu finden ist. Ich habe die Papiere sortiert, die wir bei der Durchsuchung in einem Koffer gefunden haben. Zur Sichtung gehen wir nachher rüber in mein Büro, denn ich vermute, dass es Zusammenhänge zwischen allem gibt, was wir heute entdeckt haben.«

Sie deutete auf ein Diktiergerät. »Das lasse ich mitlaufen, ich sehe nicht ein, dass wir die Besprechungen selber abtippen, und gebe es morgen ins Schreibbüro. Achtung, Aufnahme. Für das Protokoll der Lagebesprechung vom 16. Mai, Beginn siebzehn Uhr, anwesend das Kommissariat 1, Weber, Patalon, von Aha, zu Gast Burmeester, unter Leitung von Krafft.«

Von Aha stand auf, stellte sich hinter Burmeester, und seine Hände wollten dem Kollegen auf die Schultern klopfen. Er zog sie im letzten Moment zurück. »Der Kopf von diesem genialen Mann hier sieht ziemlich lädiert aus, aber ich kann euch sagen, innen drin funktioniert er wie immer.«

Er projizierte Organigramme auf die Medienwand. »Anscheinend gab es eine Schattenwelt, in der sich Jojo Schwan bewegte. Uns ist noch nicht klar, ob er dort hineingezwungen wurde, in einer perfiden Art der Erpressung, oder ob er aus eigenen Profitgründen den Weg in diese Organisation gewählt hat. Meine These ist, dass er aussteigen wollte, um endlich mit all seinen Fähigkeiten in Wesel die beste Küche aller Zeiten bieten zu können.«

Karin kannte seine Kunstpausen. Als Autor würde er bei Lesungen auf die Art die Spannung steigern, im Team waren das lästige Verzögerungen. »Ja, und? Weiter.«

»Es geht um Lebensmittellieferungen von einem sogenannten Feinkosthändler, der wiederholt in den Verdacht geraten ist, qualitativ minderwertige Ware oder sogar gefälschte Produkte zu hohen Preisen an Restaurants zu liefern. Es gibt unterschiedliche Preisklassen, und vermutlich wissen nur die Köche, die ordern, was da geliefert wird.«

Von Aha warf ein neues Bild an die Wand. »Um das Teuerste zu nennen, greife ich hier als Beispiel Belugakaviar heraus, den es ja im Moment überhaupt nicht mehr auf dem Markt gibt. Die Dosen gibt es aber, und diese Organisation packt also Kaviar von irgendwo in die Dosen, die neu verschlossen

und so verkauft werden. Wer seinen Gästen die Luxusfisch-
eier unabhängig von der Lage des Weltmarktes servieren will,
der ordert die Dosen, Stück fünfhundert Euro, und verkauft
die gefälschte Ware für bis zu zweitausendfünfhundert Euro.
Der Gast wundert sich vielleicht, wählt beim nächsten Mal die
argentinischen T-Bone-Steaks aus Biohaltung, die mit Zertifikat
und Herkunftsnachweis geliefert werden, in Wahrheit aber aus
dem Münsterland kommen. Damit die Lieferungen regelmäßig
stattfinden, wird eine Liefergebühr bezahlt. Abzüglich dieser
Zahlung streicht der Gastwirt den Zusatzgewinn ein, da seine
Karte höhere Preise ausweist.«

Karin mischte sich ein. »Ich muss jetzt mal eben nachhaken,
denn das passt noch besser zu den Papieren aus dem Koffer,
als ich gedacht hätte. Da gibt es Rechnungen über Lieferungen,
versehen mit allem, was dazugehört, Steuernummer, Name,
Adresse. Ich habe sie für zwar hohe, aber dennoch reelle Ab-
rechnungen gehalten. Die Zertifikate für alle hochpreisigen Produkte sind fein säuberlich abgeheftet in Ordnern aus früheren
Küchen, ein neuer ist angelegt für den ›Schwan‹. Die übermorgen erwartete Lieferung wird nicht die erste dieser Organisation
sein.«

Burmeester räusperte sich, offensichtlich unter Schmerzen,
und übernahm. »Ja, in zwei Tagen gibt es Nachschub, und es ist
unwahrscheinlich, dass der Lieferant sich das Geschäft entgehen
lässt, weil der Koch nicht mehr lebt. Frei nach dem Motto: Bestellt ist bestellt. Bei dem Handykontakt handelt es sich um eine
Prepaidkarte, nicht registriert, und garantiert wird sie immer
wieder gewechselt. Wir konnten noch keine Person ermitteln,
aber ich denke, wir müssen nur die Lieferung abwarten, den
Transporter mit einem Ortungsgerät ausstatten und ihn verfolgen. In Zusammenarbeit mit dem Dezernat für organisier-
tes Verbrechen könnten wir hier einen ziemlich großen Fisch
angeln. Gero hat schon Kontakt aufgenommen.«

Karin unterbrach. »Hui, handelt da jemand eigenmächtig?«

Von Aha beschwichtigte. »Das doppelte ›OL‹ hat mich auf
die Idee gebracht. Es gibt ja Kürzel, deren Bedeutung man nicht

knacken kann. Wird so ein Kürzel aber von verschiedenen Leuten genutzt, besteht die Chance, zu ermitteln, wer dahintersteckt.«

Schon wieder eine seiner beifallheischenden rhetorischen Pausen. Jerry murrte. »Red doch einfach mal am Stück weiter.«

»Ja, was soll ich sagen? Die Kollegen wussten um die Existenz von OLOL, und auch die Lieferungen mit gefälschten Zertifikaten und Rechnungen sind in Wesel bekannt. Bislang konnte aber hier im Kreis nichts nachgewiesen werden, weil niemand sich traut auszusagen. Man legt sich ungern mit einem Clan an. Es wäre existenzbedrohend, den Erpressern nicht Folge zu leisten. Jeder Gastronom ist froh, seinen Laden durch alle Krisen gebracht zu haben, und fürchtet alle Rechnungen außer der Reihe, denn wer muckt oder aus dem schmutzigen Geschäft rauswill, muss mit massiven Schäden rechnen wie aufgetauten Kühlräumen, Küchen, die unter Wasser gesetzt werden, eingeschlagenen Fenstern, denkt euch alles, was teuer und schwer zu reparieren ist. Die Milchkuh, die man literweise melkt, bekommt einen gehörigen Schreck, darf aber nicht zerstört werden, schließlich will man die Sahne abschöpfen.«

Karin schickte Fotos an von Ahas Laptop, er übertrug sie auf die Medienwand. »Das passt. Seit mehr als zehn Jahren lässt der große Jojo Schwan in verschiedenen Häusern, in denen er tätig war, von OLOL liefern. Und wir reden da von der Edelsalami über Steak, Trüffel und Weinbergschnecken bis hin zu Champagner der Spitzenklasse und Kaviar in gefälschten Dosen mit nachgemachten Etiketten. Wenn ich die Differenz der von Jojo, dem Starkoch, an OLOL gezahlten Beträge gegenüber den ausgestellten Rechnungen für die Restaurantleitungen ausrechne, dann hat der unschuldige weiße Schwan seine Arbeitgeber um rund zweihunderttausend Euro betrogen.«

Jerry lachte laut und klopfte sich auf die Schenkel. »Da hat sich einer mit falschen Produkten ein Cabrio aus den Fünfzigern ergaunert. Und nicht nur das. Erkläre mir doch einer, wie Jojo Schwan trotz der nicht zertifizierten Zutaten immer wieder in einschlägigen Zeitschriften erwähnt und hoch gelobt wurde.

Das hört sich so an, als sei der Faktor Qualität eigentlich eine Luftnummer, wenn man nur richtig kochen kann.«

Karin schaute auf der Wand von einer Information zur anderen und wies letztlich auf von Aha. »Dein Spruch mit der Milchkuh, der lässt mich grübeln. Es scheint ja nicht so, dass Jojo Schwan seine Zusammenarbeit mit OLOL beenden wollte, im Gegenteil. Aber falls er sich trennen wollte, höre ich eher die riesigen Fensterscheiben klirren. Wenn ich das richtig verstanden habe, dann gibt es in solchen Fällen Sachschaden, nie verletzte Personen oder Tote. Wie hängt das nun mit Jojos Tod zusammen? Das ist Betrug im großen Stil, ja. Aber ein Mord?«

Tom meldete sich aus dem Hintergrund. »Dann lasst uns doch mal zu Noble Cars schauen. Der Geschäftsführer ist ein Filou, sage ich euch, Schwan und Poot wären ein perfektes Duo gewesen. Uns liegen zwar noch keine Beweise vor, aber wir glauben, dass Poot aus schrottreifen alten Autos hochwertige Topmodelle macht.«

Karin schüttelte den Kopf. »Noch ein Betrüger, ich kann es nicht glauben, obwohl er mir schon bei der Begegnung am Samstag nicht koscher vorkam. Lauter ehrenwerte Fassaden brechen hier gerade zusammen. Wie macht er das und warum?«

»Mit seiner Geschäftsform ist er nicht alleine, sie zieht sich eigentlich quer durch Europa. Fakt ist, dass es überall Fans von klassischen alten Autos gibt. Fakt ist auch, dass ein echter Sammler zwei Dinge nicht leiden kann, das sind Beschädigungen und Reparaturen mit produktfremdem Material. Schäden müssen fachgerecht repariert sein, bis hin zur Nutzung von Lacken, die auf der Basis der alten Farben gemischt werden.« Auch Tom schickte Bilder auf die Medienwand und zeigte von einem zum anderen.

»Bei Ersatzteilen gibt es immer wieder Engpässe, ihr könnt euch vorstellen, dass es nicht unbegrenzt viele originale Ersatzteile gibt. Also hat ein unredlicher Händler Kontakt zu Schraubern, die bei Auftrag ein entsprechendes Modell gleichen Baujahres ausfindig machen, klauen, verschwinden lassen und fachgerecht ausschlachten. Das andere Auto wird saniert, es bleiben Teile übrig. Das dadurch aufgefüllte Lager wird angeboten, und bei Anfrage werden einzelne Teile zu irren Preisen verkauft.«

Tom zeigte auf den E-Mail-Verkehr zwischen Jojo Schwan und Markus Poot. »Das kleine Cabrio stammt aus Kalifornien, es ist auf einem Transporter quer durch die USA gereist und letztlich in New Orleans auf ein Schiff verladen worden. Das alles ist per Fotoreihe dokumentiert. Das Schiff fuhr mehrere europäische Häfen an, als es in Antwerpen war, hatte Jojo Schwan den Wagen bereits gekauft und bezahlt, das ist in dieser Mail hier dokumentiert. Zweihundertachtunddreißigtausend Euro. In Rotterdam wurde er entladen und auf einem kleinen Transporter an den Niederrhein gebracht. Kurz hinter der Grenze kam es zu einem Unfall, der Transporter kam von der Straße ab und kippte um, das wertvolle Auto war auf der Beifahrerseite erheblich beschädigt.«

Jerry übernahm: »Der Poot bot eine Reparatur an. Der neue Besitzer wollte ein Auto im Originalzustand. Der Händler suchte eine Werkstatt, die das machen konnte, und fand eine. Die hohen Kosten wollte er auf Jojo Schwans Kauf umlegen, verlangte viel Geld, ich glaube, fünfzigtausend.«

Karin unterbrach seine Ausführungen. »Verstehe ich das richtig? Da Schwan den Oldtimer bereits bezahlt hatte, wollte er ihn auch im Originalzustand übernehmen. Das Cabrio wurde aber bei einem Unfall beschädigt, offensichtlich war es zu dem Zeitpunkt nicht oder nur schlecht versichert. Also hat man Ersatzteile illegal besorgt und in fernen, nicht offiziellen Werkstätten eingebaut. Nun galt es als original restauriert, und Poot verlangte mehr Geld. Das geht doch nicht. Steht da, wie sie sich geeinigt haben?«

Jerry zeigte auf eine weitere E-Mail. »Nicht ganz. Um dieses Auto reparieren zu können, musste ein anderes in Belgien geklaut werden. Natürlich steht das nicht so in der Mail, da heißt es nur, dass es garantiert Ersatzteile aus dem passenden Baujahr und der gleichen Produktion geben würde. Sie würden gegen Mitternacht direkt aus Izegem geliefert.«

Er schaute zu Karin, die immer noch die entsprechenden Zeilen suchte. »Vierte E-Mail von oben. Ich habe über die Grenzen hinweg recherchiert. Gero, stell das Bild aus Belgien ein. Da, seht ihr? Zwei Tage vor dieser E-Mail ist exakt das gleiche Cabrio in Izegem aus einer abgelegenen Halle gestohlen worden. Es wurde somit zum Ersatzteillager für Jojos Auto.«

»Hat Schwan den Aufschlag gezahlt?«

»Nein, Karin, stell dir vor, er hat nicht gezahlt. Er hat etwas anderes gemacht.«

Jerry bat von Aha um die Aufzeichnungen aus Poots Handy. »Bei Jojo Schwan ist der Verlauf gelöscht, bei Poot aber noch vorhanden. Nicht viel, nur wenige Sätze. Die wichtigsten habe ich markiert. Schwan schreibt: ›Ich bekomme das originale Cabrio, das aus Kalifornien, das ich komplett bezahlt habe, gewartet und repariert ausschließlich mit Material aus der gleichen Charge. Und es ist wie vereinbart pünktlich zu meiner Hochzeit fertig. Sonst sehe ich mich gezwungen, Anzeige zu erstatten, du kannst deine Autobude für immer vergessen und schaust demnächst in Geldern-Pont aus kleinen vergitterten Fenstern auf eine Mauer.‹«

Für Gero von Aha standen die Ermittlungen kurz vor dem Durchbruch. »Wisst ihr, was das heißt? Jojo Schwan wagte es, den über die Grenzen hinaus bekannten Markus Poot unter Druck zu setzen. Poot hasst Druck, er ist der Champion. Und jetzt fehlt auch noch die zusätzliche Kohle, die die schwarze Werkstatt haben will. Die Autobande ist sauer auf Poot, der ist stinkig auf Jojo Schwan. Da ziehen wir doch einen dicken Kreis um eine Reihe möglicher Verdächtiger.«

Das Klicken der Off-Taste des Diktiergerätes wirkte wie ein Startsignal. Geschafft für heute. Für einen Moment wurde es rüselig im Besprechungsraum. Alle sprachen durcheinander, räkelten sich, außer Burmeester, der unnötige Bewegungen krampfhaft vermied, aber auch ihm war anzumerken, dass die Anspannung nachließ. Das war eine hoffnungsvolle Entwicklung. Vom Opfer über das Motiv zum Täter.

»Feierabend, Männer, das war gute Arbeit. Wir sind einen

Schritt weiter, das zählt. Macht es euch fein, der Abend ist nur noch kurz.«

Sie half Burmeester, mühselig aufzustehen. Dankbar nahm er ihr Angebot an, ihn nach Hause zu fahren. Das Einsteigen fiel ihm schwer.

»Der Tag war zu lang für dich, Nikolas.«

»Ja, Mama.«

»Jetzt blödel nicht rum. Ich meine es ernst. Pass auf dich auf. Und wenn du dabei sein willst, musst du an Pausen denken, dich vielleicht mal hinlegen.«

»Ich bin morgen wieder da. Karin, das ist mir alles viel zu einfach. Hinter dem Fall steckt mehr.«

»Ich sprach von einem Anfang.«

»Ich habe von dem Wohnmobil gehört, von dem aus wahrscheinlich geschossen wurde. Morgen werde ich mich darum kümmern.« Er grinste zufrieden. »Homeoffice in Geros Büro.«

## FÜNF

Staatsanwalt Aaron Nilsson setzte sich flott – Augenhöhe war dem großen Mann sehr wichtig – und ließ sich von der Hauptkommissarin auf den neuesten Stand bringen. Er gab sich beeindruckt davon, was die zügige Auswertung von Geräten und Akten alles ans Licht gebracht hatte.

»Das sind ja einige Ansätze, die in andere Bereiche delegiert werden können, das sollten wir schleunigst machen.«

Da kannte er den Plan von Karin Krafft nicht, ihr Widerstand folgte unverzüglich.

»Stopp, nicht so schnell. Das eine sind die Informationen über betrügerische Aktivitäten in großem Ausmaß. Das andere sind unsere Ermittlungen zu möglichen Motiven im Mordfall. Es wird jetzt nicht in anderen Abteilungen nachgeforscht, wer sich hinter Mr. OLOL verbirgt und was der Autohändler auf der anderen Rheinseite für dunkle Geschäfte macht. Das kann alles warten, bis wir fertig sind.«

Aufrecht vor dem Schreibtisch sitzend musste Karin trotzdem in einem bestimmten Winkel hochschauen, um Nilsson in die Augen zu blicken, er schien nachzudenken.

»Bis ihr fertig seid, ist vielleicht der eine oder andere so aufgeschreckt, dass er sich zurückzieht, das können wir nicht riskieren. Das Wissen über einen Verdacht oder eine Straftat –«

Sie unterbrach ihn unwirsch. »Nein, Aaron, auf gar keinen Fall grätschst du mir da in die laufenden Ermittlungen. Ich will wissen, wer eine gerade glücklich verheiratete Frau in ihrer Anwesenheit zur Witwe gemacht hat, eine ungeheuerliche Tat. Ich will diesen Fall zügig aufklären, das hat oberste Priorität. Und ich will, dass du hinter mir und dem K1 stehst, denn unter Umständen wird unsere Frau van den Berg auf ähnliche Gedanken kommen. Ich verspreche dir, dass wir die ganzen Erkenntnisse zu möglichen anderen Delikten protokollieren. Das Dezernat Betrug braucht nur zu reagieren, wenn wir fertig sind.«

Nilsson schien zu verstehen, was sie meinte, war jedoch noch nicht zu hundert Prozent überzeugt. »Ich denke darüber nach. Halte mich auf dem Laufenden.«

»Heute ist kleine Lage um siebzehn Uhr, komm doch dazu.«

Bevor er antworten konnte, klingelte Karins Telefon, er stand auf, sie folgte ihm nach einem kurzen Gespräch. »Ich komme mit dir nach unten.«

»Was gibt es?«

»In der Wache wartet Besuch auf mich. Du hast die Gelegenheit, die Witwe und ihre Freundin kennenzulernen, die übrigens als Trauzeugin in Marienbaum mit dabei war. Du kannst den beiden ja direkt erklären, dass sich die Ermittlungen splitten, mal schauen, wie sie darauf reagieren.«

Nilsson lachte laut, während er und Karin lockeren Schrittes die fünf Etagen hinunterliefen. »Du kriegst wohl immer, was du willst, oder?«

»Das Wichtigste auf jeden Fall.«


Karin Krafft verabschiedete den Staatsanwalt und holte Marisa und ihre Freundin Mika unten im Wartebereich bei der Wache ab. Sie hatten darum gebeten, die Hauptkommissarin zu sprechen.

In deren Büro angekommen, setzte Marisa sich angespannt auf die Kante des Stuhles, den Karin ihr anbot, während sie den Bildschirmschoner aktivierte und auf ihrem Schreibtisch zwei Aktenordner zuklappte. Sie bemerkte die Nervosität, die Marisa ausstrahlte.

»Kann ich Ihnen einen Kaffee anbieten oder ein Glas Wasser?«

Beide verneinten.

»Was kann ich denn für Sie tun?«

Mit einem Blick auf ihre Freundin, die sich die schweißfeuchten Hände rieb, übernahm Mika das Sprechen. »Ich … wir dachten uns, es ist einfacher, alle Fragen direkt zu stellen, statt zu telefonieren.«

Sie erläuterte das finanzielle Dilemma und den formalen

Gang, den alles nun nehmen musste, bevor sich die Lage für Marisa und das Restaurant entspannen konnte.

»Gestern haben wir mit Jojos bestem Freund, dem Anwalt Deventer, gemeinsam überlegt, wie es weitergehen kann. Er hatte die Idee, dass Marisa ihr kostspieliges Hochzeitsgeschenk so schnell wie möglich veräußern sollte.«

»Wie kommen Sie darauf?«

»Wir haben den Kraftfahrzeugbrief gefunden, in dem ist ganz eindeutig Marisa Tauber-Schwan als Eigentümerin eingetragen. Daraufhin haben wir den Wert des Wagens gegoogelt und sehen durch den Verkauf große Chancen, dass nicht nur die Eröffnung des Restaurants, sondern auch für mehr als ein halbes Jahr der Betrieb mit allen anstehenden Kosten gewährleistet ist. Bis dahin sind hoffentlich die Eigentumsverhältnisse und Erbangelegenheiten geklärt.«

Schlau, das Auto zu verkaufen, um damit die laufenden Rechnungen zu begleichen, ging es Karin durch den Kopf. »Was kann ich jetzt für Sie tun? Haben Sie vielleicht einen Verdacht, den Tod von Jojo Schwan betreffend?«

Marisa schüttelte den Kopf und beugte sich vor. »Nein, mir fällt niemand ein, der Jojo Böses wollte, und die anderen sind auch ratlos. Vielleicht war es ja echt ein Irrer, der einfach nur töten wollte. Haben Sie denn nichts Neues?«

»Nein, bedaure.«

»Dann komme ich zu der eigentlichen Frage. Sie werden uns sicherlich darüber informieren, wann und wo wir den Wagen abholen können?«

»Oh, ja sicher, ich rufe eben den zuständigen Kollegen an.«

In einem kurzen Gespräch mit der Spurensicherung nickte Karin, reckte den Daumen in die Höhe, Marisa gab sich erleichtert.

Doch dann beendete Karin das Gespräch mit einem langen Seufzer, lehnte sich zurück und schaute abwechselnd von einer Frau zur anderen. »Theoretisch können wir hinuntergehen, ich zeige Ihnen den Weg, und Sie können den Wagen sofort mitnehmen.«

Marisa schluchzte auf, Mika griff ihre Hand, beide erhoben sich, Karin bat sie, sich wieder zu setzen, und fuhr fort.

»Ich muss Ihnen noch etwas sagen. Der Kollege machte mich gerade darauf aufmerksam, dass das Innere des Fahrzeugs ein Bild des Schreckens bietet, und schlug vor, dass er Ihnen die Adresse eines Tatortreinigers gibt. Das sind Fachleute, die sich mit den, wie soll ich sagen, Spuren und Hinterlassenschaften von Verstorbenen auskennen und wissen, wie sie diese beseitigen. Er sendet mir gleich mehrere Kontaktadressen per E-Mail.«

Marisa sammelte sich, nickte. Mika schluckte. »Daran habe ich überhaupt nicht mehr gedacht. Wir fanden die Idee so genial gestern Abend, alle Probleme schienen mit einem Mal in die Nähe einer Lösung zu rücken.«

Die Aussicht, aus der finanziellen Klemme zu kommen, klar. Karin nahm den Faden wieder auf. »Wissen Sie, Ihre Geschichte hat hier alle bewegt. Der Wagen könnte hier unten in der Garage gereinigt werden, solange der Platz nicht anderweitig gebraucht wird. So sparen Sie Zeit und Kosten für den Transport, den der Reiniger Ihnen berechnen müsste. Es passiert sehr oft, dass die Menschen nicht daran denken, was der Tod hinterlässt.«

Marisa schaute Karin mit strengem Blick an. »Und Sie haben noch lauter Unterlagen von Jojo. Wir brauchen Nachweise über Versicherungen, weil ich mich da melden muss.«

»Bedaure, den Kollegen ist auch aufgefallen, dass nirgendwo etwas über Versicherungen steht. An der Auswertung der losen Papiere in dem Koffer war ich selber beteiligt, da ist auch nichts dabei, das Ihnen weiterhilft. Das sind Papiere, die noch hierbleiben, alles andere können Sie wieder mitnehmen.«

Mika horchte auf. »Warum behalten Sie einen Teil der Papiere?«

Karin versuchte die beiden Frauen so behutsam wie möglich damit zu konfrontieren, dass Jojo Schwans Karriere und Wohlstand teilweise auf der Verwendung von minderwertigen oder gefälschten Lebensmitteln basierten und sie die Herkunft und den Handel nun unter die Lupe nahmen.

»Offenbar wurden die Lieferungen einer unbekannten Firma, lediglich mit OLOL bezeichnet, viele Jahre lang bar bezahlt. Zusätzlich ist immer ein vertraglich festgelegter Betrag als ›Gebühr für die sichere Lieferung‹ gezahlt worden. Nur ein Minimum der Lebensmittel wurde in Großmärkten und im Direktverkauf erworben, das ist ordentlich in den alten Ordnern der vorigen Küche vermerkt, da liegen komplette Papiere mit Adressen, Liefernummern und Steueridentifikation vor. Die Gewinnspanne ist enorm, und unsere Kollegen gehen davon aus, dass zwangsläufig auch das Finanzamt betrogen wurde.«

Die Frauen reagierten entsetzt, das konnten sie sich nicht vorstellen. Marisa stand so hektisch auf, dass der Stuhl hinter ihr umkippte, gestikulierte mit ausgestrecktem Zeigefinger in Karins Richtung.

»Sie lügen doch! Sie wollen ihn nur schlechtmachen! Hüten Sie sich davor, diese Gerüchte in Umlauf zu bringen, ich will am Wochenende das Restaurant eröffnen, ich muss doch seinen Traum verwirklichen. Ich muss schließlich davon leben.«

Mika stellte den Stuhl wieder auf, zwang ihre Freundin, sich zu setzen, und richtete sich an die Hauptkommissarin.

»Wir geben das alles in die Hand von Marisas Anwalt, Adrian Deventer. Ich sage Ihnen gleich seine Telefonnummer und reiche Ihre an ihn weiter. Alle anfallenden Fragen richten Sie zukünftig bitte an ihn, Marisa bricht sonst noch zusammen. Mein dringliches Anliegen ist nur, dass Sie alles unter Verschluss halten. Und jetzt schauen Sie doch eben nach den Telefonnummern von diesem speziellen Reinigungspersonal, der Wagen soll schnell zurück zu Noble Cars in Xanten-Birten. Marisa braucht das Geld ganz dringend.«

Karin schaute in ihre E-Mails und druckte die kleine Telefonliste mit Namen und Adressen aus, schob sie den Frauen über den Schreibtisch zu.

Ob sie ihnen von den windigen Geschäften des Autohändlers erzählen sollte? Karin entschied sich dagegen, ein Schock im Rahmen eines Gesprächs reichte.

Eine Bemerkung konnte sie sich dennoch nicht verkneifen. »Googeln Sie am besten noch nach anderen Händlern und wählen Sie das beste Angebot. Ich wünsche Ihnen viel Erfolg.«

Karin hatte die Frauen bewusst über den Ermittlungsstand zu den Lebensmitteln informiert, und es schien, als hätten beide keine Ahnung von den Machenschaften gehabt. Morgen sollte eine neue Lieferung ankommen. Sie würden vor Ort sein, um den Vorgang zu beobachten. Der Lieferant würde verfolgt werden, damit sie Kenntnis über eine Zentrale erlangen konnten. Morgen würde sich herausstellen, ob Marisa von dem Vorgang wusste oder nicht.

Bei allem, was die Webseite des Restaurants hergab, stellte man sich unter der gemeinsamen Leitung durch Marisa und Jojo Schwan etwas Großes vor. Nun gab es einen toten Eigentümer und eine völlig ahnungslose Witwe, der einzig und allein ein altes, wertvolles Cabrio gehörte. Innerlich horchte die Hauptkommissarin bei dem Gedanken auf, während die beiden Frauen ihr Büro verließen. War es Jojo Schwans bewusst gewählter Plan gewesen, sein Geld in Sicherheit zu bringen, indem er seiner Angetrauten eine Viertelmillion Euro in Form von altem Blech und Leder schenkte?

Ein genialer Gedanke.

***

In der Küche des »Schwan« ging es rund. Marius Hirtel übernahm das Kommando, sein Einkauf wurde versorgt, gekühlt, verstaut, frisches Gemüse und Erdbeeren hatte er bestellt. Er hatte den Ehrgeiz, alles aufzubieten, um den perfekten Start für den »Schwan« zu kreieren. Er scheuchte die Beiköchin zwischen seinem Transporter und der Kühlkammer hin und her, die beiden Hilfskräfte wurden eingewiesen. Anreichen, Säubern von Arbeitsflächen und Geräten, Spülen, Polieren von Gläsern, Geschirr und Besteck und alles ohne Schaden wieder verstauen, all das wollte auf engem Raum geübt sein.

Er war ein guter Küchenchef, fand er, solange alle um ihn

herum ihre Aufgaben kannten, die er zwischendurch immer wieder abfragte.

Die Beiköchin Luisa Kramer arbeitete mit versteinertem Gesichtsausdruck. Hirtel erkannte den Zorn hinter ihren routinierten Handgriffen und nutzte eine ihrer Zigarettenpausen, die sie hinter dem Haus bei den Containern verbrachte, für ein Gespräch.

»Was hast du?«

»Nichts. Wieso?«

»Ey, erzähl mir nichts, du bist so sauer. Manchmal glaube ich, ein Funke könnte reichen, um die Messer durch die Küche fliegen zu lassen. Warum? Habe ich dir was getan?«

Sie drückte die Zigarette im Sand des Aschekübels aus und wollte sich abwenden.

»Nee, Luisa, du bleibst jetzt mal hier und redest Tacheles. Was ist los mit dir?«

Blitzschnell drehte sie sich um und stand so nah vor ihm, dass er ihren rauchigen Atem wahrnahm. »Was los ist?« Sie wies auf den Eingang zur Küche. »In vier Tagen eröffnet dieses Restaurant, dessen Erbauer mit seinem Ruf über den unteren Niederrhein hinaus bekannt war. Ich habe die Reservierungen gesehen, da kommen Leute aus Krefeld und Düsseldorf, um die Küche von Jojo Schwan und sein neues Haus zu feiern. Alles ist vorbereitet, wir haben alles geprobt, mit ihm zusammen, das lief wie am Schnürchen.«

Hirtel trat einen Schritt zurück. »Ja, ich weiß, ich war doch dabei.«

Luisa lachte hämisch auf. »Genau, du warst dabei als zweiter Koch. Und Jojo war der Chef.«

»Ja, und? Jetzt ist er leider nicht mehr da, aber der Laden muss laufen. Einer muss doch bestimmen, wo es langgeht, das bin jetzt ich. Wo ist das Problem?«

Sie schaute voller Abscheu und tippte heftig mit dem Zeigefinger gegen seine Kochjacke. »Du bist das Problem. Du kriegst ja nicht einmal eine einfache Bratenjus hin, nach der man sich die Finger leckt. Alles ist so lala. Und dein Ton ist überheblich.

Die Hilfskräfte werden das nicht lange mitmachen. Du hast keine Ahnung von gehobener Küche und führst dich auf wie ein Sternekoch! Dabei bist du nur eine armselige Küchenratte, die sich aufspielt wie der große Boss.«

Hirtel wischte ihre Hand mit einer groben Bewegung zur Seite. »Fass mich nicht an und pass auf, was du sagst. Genau das bin ich, der Chef. Und ein Chef kann auch bestimmen, wer kommt und wer geht.«

Mit verächtlichem Schnauben stand sie vor ihm und nickte. »Ja, du bist der Chef, der sich langsam an die Witwe heranwanzt, sich einschleimt. Du willst die Küche und die Frau. Meinst du, das merkt hier keiner?«

»Du spinnst ja. Erzähl diesen Scheiß bloß nicht herum.«

»Sonst was? Willst du mir drohen? Ich kannte Jojo, da war er noch zweiter Koch auf dem Hülser Berg, der hat sich richtig gut entwickelt. Mich hat er immer mitgenommen und dort untergebracht, wo er gerade neu anfing. Immer zu guten Konditionen. Weil wir ein gutes Team waren. Jojo konnte nicht nur kochen, der konnte auch gut mit Menschen umgehen. Einfühlungsvermögen hatte er, ich glaube, du kennst das Wort nicht einmal.«

Jetzt wurde Hirtel zornig, baute sich vor ihr auf. »Was willst du?«

Ihre Köpfe berührten sich fast, Spucketröpfchen flogen und landeten beim Gegenüber.

»Ich will mitreden und mitkochen. Ich will, dass der Laden hier mit Qualität glänzt und läuft. Ich will die Position, die mir zusteht. Ich werde mich darum bewerben und erste Köchin sein, weil ich weiß, was du noch alles lernen musst.«

»Dann bewirb dich doch, wir werden ja sehen, was Marisa dazu sagt.«

Luisa trat einen Schritt zurück, schlug die rechte Faust in ihre linke Hand. »Ja, das werden wir sehen. Ich will, dass du die Finger von Marisa lässt und dich nicht weiter bei ihr einschleimst. Sie soll eine Entscheidung treffen, und zwar noch vor der Eröffnung.«

Schwungvoll öffnete sie die Tür und ließ Marius Hirtel stehen. Der atmete ein paarmal durch, bevor er lächelte. Ein wissendes, überlegenes Lächeln, Luisa hätte es gehasst und ihm wahrscheinlich einen Haken verpasst. »Ja, wir werden sehen, was geschieht.«

*✳✳✳*

Ein Anruf aus der Wache erreichte Karin, knapp eine Stunde nachdem die beiden Frauen wieder fort waren. Die Diensthabende druckste herum.

»Ich weiß nicht, ob es von Interesse für Sie ist. Ich hatte von Ihrem Kollegen Weber gehört, dass Sie bei Noble Cars in Birten gewesen sind. Er hat meinen kleinen Volvo Kombi gesehen und mich gefragt, wo der her sei, so kamen wir ins Gespräch.«

»Ja, und? Soll ich Sie an den Kollegen Weber weiterverbinden?«

»Nein, es geht um Noble Cars. Da gibt es gerade einen Einsatz, weil der Laden angeblich von Rockern bedroht wird.«

»Was? Jetzt, aktuell?«

»Ja, der Inhaber Markus Poot hat einen Notruf abgesetzt. Die Streife vor Ort meldete ungefähr zwanzig Personen mit Motorrädern und in Kluft. Die Kollegen haben ausreichend Personal mitgebracht, damit alle zeitgleich überprüft werden. Ich dachte, das könnte Sie interessieren.«

»Ja, danke. Der ist in der Tat in unserem Fokus. Ich werde gleich mal hinfahren.«

Wen sollte sie mitnehmen? Karin entschied sich für Gero von Aha, der mit seinem wirren Haar und den eulenhaften Augenbrauen, in Hemd, Edeljeans und Weste, unter der immer sein Holster hervorlugte, einen respektablen Eindruck hinterließ. Sie lief zu seinem Büro und fand ihn mit Burmeester in trauter Zweisamkeit in die Arbeit an den Bildschirmen vertieft.

»Gero, komm, ich brauch dich, wir müssen flott zu Noble Cars, der Poot hat Besuch von einer Gruppe Rockern. Vielleicht hat das etwas mit der Ermittlung zu den geklauten Ersatzteilen zu tun.«

Von Aha stand auf, bereit zu schnellem Handeln.

Burmeester drehte sich auf dem Schreibtischstuhl mit bestechendem Dackelblick zu Karin um. »Ich bleibe dann mal hier. Ist auch wichtig.«

Karin lachte, während von Aha schon an ihr vorbei in den Flur lief. »Den Satz hast du geklaut.«

Burmeester rief hinter ihnen her. »Klar, aus ›Mord mit Aussicht‹. Wer in der Wache bleiben muss, sagt das immer. Mit Resignation in der Stimme, so wie ich. Verlasst mich nur.«

Zum ersten Mal in diesem Jahr fuhr Karin mit aufgesetztem Blaulicht, sie wollte die Belagerung im Gewerbegebiet des Xantener Ortsteils Birten auf keinen Fall verpassen. Mit von Aha auf dem Beifahrersitz sauste sie durch die niederrheinische Landschaft, die ihr schönstes Maigrün aufgelegt hatte, überholte zig Fahrzeuge, wurde auf der Xantener Straße in Höhe der Ortschaft Ginderich geblitzt.

»Verflixt, die stehen hier seit Neuestem ganz versteckt, wo eine Straße nur für Fußgänger auf den Radweg mündet.«

»Kein Problem«, meinte von Aha lapidar, »dienstlicher Einsatz.« Er kannte sich aus.

Karin berichtete beiläufig, dass Marisa Tauber-Schwan gedenke, das Cabrio zu verkaufen, um so an notwendige Finanzmittel zu gelangen.

»Doch nicht etwa bei Noble Cars?«, fragte von Aha.

»Doch, klar. Ich habe dazu geraten, auch noch andere Händler zu suchen. Die braucht das Geld, da sie nicht an Jojos Konto kommt.«

Beim Abbiegen in den Bruchweg erkannten sie von Weitem mehrere Einsatzfahrzeuge, unter anderem einen Mannschaftswagen, alle mit Blaulicht. Am Straßenrand standen ordentlich in einer Reihe geparkt chromglänzende Motorräder, die dazugehörigen Fahrer wurden offenbar einzeln überprüft und ließen das ohne Widerstand mit sich geschehen. Die Kennzeichen der Maschinen wiesen auf Duisburg und den Niederrhein hin, das Emblem auf dem Rücken der Kutten kannte Karin nicht.

Sie stellten ihr Fahrzeug neben die Streifenwagen und fragten sich zum Einsatzleiter durch. Der war auf dem Gelände und sprach gerade mit Markus Poot, der sich mit einem Taschentuch über die verschwitzte Stirn wischte. Karin raunte von Aha zu: »Schau mal, so heiß ist es heute gar nicht. Das ist Angstschweiß. Was ist hier los?«

»Ich habe keine Ahnung.«

Die Hauptkommissarin traf eine schnelle Entscheidung. »Du gehst raus zu den Rockern, ich bleibe hier bei Poot. Finde heraus, wer sie geschickt hat und mit welchem Auftrag die hier aufgefahren sind. Ich werde ihn nach möglichen Hintergründen fragen.«

Poot schien sie wiederzuerkennen. Am Samstag war sie zunächst als potenzielle Kundin hier gewesen, dann hatte sie seine Geräte mitgenommen. Nun registrierte er, wie sie dem Polizisten ihren Ausweis zeigte und sich von ihm über die Sachlage unterrichten ließ.

»Der Autohändler fühlt sich von den Motorradfahrern bedroht. Dabei stehen die einfach am Straßenrand. Von denen hat keiner das Gelände betreten. Die haben nur der Reihe nach draußen geparkt und sich rauchend und redend vor die Einfahrt gestellt, sich bei der kleinen Imbissbude eine Pommes geholt. Wir haben noch keine Ahnung, was das soll, und können hier nicht mehr machen. Die Jungs haben alle ihre Papiere dabei, keiner steht auf unserer Liste, niemand ist bewaffnet, weder Drogen noch Alkohol im Spiel.«

Karin nahm den Beamten zur Seite, damit Poot sie nicht hören konnte. »Wir werten gerade Poots PC und Smartphone-Kontakte aus. Es geht hier unter anderem um illegale Beschaffung und Handel mit Ersatzteilen seltener Autos. Ich kann mir vorstellen, dass er unter Druck gesetzt werden soll, denn das geschieht alles in einer Grauzone und ist hochkriminell. Vielleicht hat er nicht gezahlt. Das ist alles noch nicht spruchreif, aber wir haben ihn im Auge. Lassen Sie die Männer da draußen einfach in Ruhe parken und herumstehen, mir gefällt es, wenn er nervös wird.«

Mit einem Augenzwinkern trennten sie sich, der Einsatzleiter sprach ruhig mit den Besatzungen der Fahrzeuge. Die Überprüfung wurde beendet. Karin schaute suchend nach Gero von Aha, der stand vor einer aufgemotzten Harley-Davidson und schien mit zwei Rockern zu prakesieren. Men's Talk. Als sei er schon immer Mitglied eines Chapters gewesen.

Sie wandte sich Poot zu, der auf dem Weg zurück in seinen Verkaufsraum war, lief ihm nach. »Herr Poot, Sie können sich denken, was wir alles auf Ihrem Rechner gefunden haben.«

Er wies nach draußen zur Straße hin. »Das interessiert mich nicht, ich will einfach, dass die den Abflug machen. Wieso kriegen die keinen Platzverweis oder so etwas, das ist doch geschäftsschädigend, wenn die mit ihren protzigen Maschinen und den Lederkutten vor der Einfahrt herumlungern.«

»Herr Poot, widmen wir uns wieder unseren Erkenntnissen. Sie lassen Ihre alten Autos im Bedarfsfall mit Ersatzteilen reparieren, die, sagen wir mal, aus illegal besorgten Fahrzeugen herausgeschraubt, herausgeflext werden, damit Ihre Schätzchen als Originale den Besitzer wechseln.«

»Wer sagt das?«

Karin musste laut lachen. »Frechheit siegt. In diesem Fall aber nicht. Sie haben vergessen, Ihre E-Mails zu löschen, und es gab Sprachnachrichten auf Ihrem Smartphone, die wir an IKPO-Interpol weiterleiten werden. Auch das Auto von Jojo Schwan wurde auf diese Weise repariert, und im Nachgang verlangten Sie dafür einen Aufschlag. Jetzt ist der Mann tot. Fragen Sie mich doch mal, ob ich da einen Zusammenhang wittere.«

»Nein, nein, nein, das kannst du mir, Pardon, ich duze keine Kripoleute, das können Sie mir nicht anhängen. Ich verkaufe nur Autos an gut zahlende Kunden. Wie die Oldies hier auf meinen Platz kommen, das ist eine andere Geschichte, das geht Sie nichts an.«

»Das werden wir ja sehen.« Sie versprach ihm wiederzukommen. Mit dem PC und wer weiß was sie noch an Papieren im Kommissariat hätten, wenn sie mit allem fertig wären. »Sie verlassen Ihren Wohnort nicht, das ist eine Auflage, und Sie stehen uns für weitere Befragungen zur Verfügung.«

»Und die da draußen? Ey, die Streife ist schon weg, und die dürfen da stehen bleiben? Unsereiner wird bedroht und verdächtigt, und die stehen da einfach weiter vor meiner Einfahrt. Krass! Wen soll ich das nächste Mal anrufen, wenn ich mich bedroht fühle, die Bundeswehr?«

»Vor wem haben Sie denn so viel Angst, Herr Poot?«

»Ich und Angst? Nee, aber die Kunden bleiben mir weg.«

Karin schaute auf die Männer hinter dem Zaun, die lebhaft mit Gero von Aha sprachen. Kein anderer Beamter mehr in Sicht. Die hatten nichts ausrichten können.

Sie holte zu einem letzten Schachzug aus. »Also ich würde mich nicht sicher fühlen, wenn die vor meinem Haus stehen würden. Ich würde mich fürchten.«

Sie wartete seine Reaktion nicht ab und verließ das Gebäude.

Die Streifenbeamten waren tatsächlich in der Zwischenzeit abgerückt. Auf dem Weg zu ihrem Wagen sah Karin Gero von Aha immer noch vor einem Halbkreis düster wirkender Rocker stehen. Er verabschiedete sich, als er sie entdeckte.

Sie hörte eine dunkle Männerstimme, die ihm nachrief: »Ist das deine Braut? Bisschen dünn, aber ansonsten okay.«

Grinsend stieg er ein. »Du hast das nicht gehört, oder?«

»Doch, er stuft mich als dürr ein. Ich passe offenbar nicht ins Beuteschema eines Rockers. Wer sind die, und wer hat sie beauftragt, vor Noble Cars eine Parade zu fahren?«

»Du kannst dir vorstellen, dass diese Mannsbilder dir nichts erzählen, was nicht schon durch andere Kanäle an die Oberfläche kommt. Nein, im Ernst, die waren sehr auskunftsfreudig. Das sind die Guten, sagen sie zumindest, die Easy Biker, die für Gerechtigkeit und Gesetzestreue stehen.«

Karin blickte ihn von der Seite an, während sie an den Männern vorbeifuhren und einige von ihnen von Aha per Handzeichen grüßten. »Rocker und Gesetzestreue? Ernsthaft?«

»Ja, und der Einsatzleiter hat das glatt bestätigt. Von denen ist keiner in unseren Dateien zu finden. Die haben allesamt ganz normale Berufe, das sind Handwerker, Elektriker, Dachdecker, ein Lehrer ist dabei. Die wollen durch ihr Auftreten beeindrucken und sagen, dass eigentlich nur die sich darüber aufregen und Schiss kriegen, die Dreck am Stecken haben.«

»Und jetzt erzählst du mir, dass sie diesen Straßenrand zufällig gewählt haben, um eine Zigarettenpause mit Pommes Schranke zu machen. Noch einen Kaffee hinterher oder ein Pralinchen? Komm, Gero, das ist es doch nicht.«

»Jein, nicht ganz. Stell dir vor, der Bruder von einem der Easy Biker hat hier einen Oldtimer gekauft. Anzahlung fünfzigtausend Euro, vereinbarte Raten tausend Euro pro Monat. Wie wir schon vermutet haben, wenn du drei Raten nicht gezahlt hast, fährt ein Autotransporter vor und nimmt das Vehikel mit.«

»Dann muss es als Klausel im Kaufvertrag stehen.«

»Genau, den du, glückselig über den Erwerb, blauäugig unterschrieben hast, ohne das Kleingedruckte zu lesen. Die Klausel besagt auch, dass die Anzahlung in diesem Fall verfällt und das Auto sofort wieder auf den Händler umgeschrieben werden kann.«

Karin konnte es nicht fassen. »Dann bleibt also im Fall von Schwans Auto noch abzuwarten, was Poot den beiden Frauen anbietet, die es zurückbringen. Bislang weiß niemand, was genau zwischen den beiden gelaufen ist. Was ist das denn für ein Mist?«

Eine Weile schwiegen sie, in Gedanken versunken, in angemessener Geschwindigkeit Ginderich passierend.

Wie aus dem Nichts lachte Karin plötzlich auf. »Ganz schön clever, diese Jungs in Kutten. Und eines stimmt auf jeden Fall, dem Poot flatterten die Federn. Der hat garantiert eine Menge zu verbergen und weiß nicht, aus welcher Ecke ihm Unheil droht.«

***

Burmeester hatte sich das Detailfoto des Wohnmobils vorgenommen und mit diversen Händlern konferiert, ihnen das Foto gesendet und um Unterstützung bei der Identifikation des Fahrzeugs gebeten. Die Wohnmobil-Meile entlang der B 1 in Mülheim abzutelefonieren hatte Zeit gekostet, dort gab es eine hohe Anzahl an Händlern, die sich alle im Laufe des Tages wieder melden wollten. In der Zwischenzeit schaute er sich die Angebote auf Auto Scout und bei eBay an, verglich die Radstände und Lackierungen.

Die dunkle Farbe des Fahrzeugs war wahrscheinlich ein Grau. Der Zeitgeist war nicht mehr strahlend weiß oder bunt, sondern passte sich in unterschiedlichen Nuancen der Farbe des Asphalts an.

Burmeester stand immer wieder auf, sich zu recken war nicht ratsam, aber ein wenig in Bewegung zu bleiben schon. Er holte sich becherweise Kaffee, stellte den Schreibtischstuhl auf eine bequeme Position ein und telefonierte mit der netten Frau aus der Zulassungsstelle des Kreises Wesel, die er meist zur Halterabfrage anrief, wenn er unterwegs den Besitzer eines Fahrzeugs ausfindig machen wollte. Sie konnte ihm sagen, dass in ganz NRW 156.061 Wohnmobile zugelassen und die Kreise Kleve, Coesfeld und Wesel in den Top Ten zu finden waren.

Die Anzahl der fahrbaren Appartements ließ Burmeester resigniert in die Rückenlehne sinken, die einzige Hoffnung, die er hatte, war die Identifizierung des Modells, um danach über den Händler weiter zum Halter zu gelangen. Sie hatten nichts als sehr unscharfe Bilder von einem großen Fahrzeug und dieses Abbild des Radkastens, ebenfalls stark verpixelt, im Hintergrund eines Fotos der Überwachungskamera aus einer Sparkasse. Kein Hinweis auf ein Kennzeichen, keine Beschreibung der Person hinter dem Steuer, nichts. Theoretisch konnte das ein Wohnmobil aus den Niederlanden sein oder von sonst wo.

Die Rückrufe ließen auf sich warten. Burmeester fühlte sich gelangweilt in dieser Wartephase, ein verschwendetes Ermittlerpotenzial. Er schaute noch einmal die Protokolle durch und blieb bei dem Thema der gefälschten Lebensmittel hängen. Solange das Telefon schwieg, konnte er sich im Internet umschauen und das Thema mit Inhalt füllen.

Er surfte, schrieb, kopierte und staunte nicht schlecht. Seine Gattin war von alternativer, genauer biologisch-dynamischer Ernährung überzeugt, was sich schon ziemlich auf ihn übertrug. Seine gerade aufgepoppte Ökoseele bekam einen Hieb, als er las, dass bei vielen Bioprodukten keineswegs drin war, was drauf-stand. Er fügte alles zusammen und druckte seine Erkenntnisse aus, würde sie nachher in der großen Lage vortragen und am Abend seiner Gattin vorlegen.

Das Telefon schwieg weiter. Burmeester schwankte zwischen Ungeduld und aufkommender Schläfrigkeit. Er schob seine Beine auf den Schreibtisch und schloss die Augen, schließlich war er im Krankenstand und eigentlich gar nicht hier. Kurze Pause, kleiner Traum.

Ein plötzliches ungewohntes Herzrasen ließ ihn hochschre-cken, er setzte sich hektisch auf, zu schnell, ein Schmerzens-schrei hallte über den Flur, erreichte die Büros von Tom Weber und Jerry Patalon, beide schauten auf den Flur. Jerry dachte an Burmeester und öffnete die Tür zum Büro seines Kollegen von Aha. Burmeester kniete auf dem Boden und hielt sich an der Schreibtischplatte fest.

»He, was machst du da, ist alles in Ordnung?«

»Ja, ich ... ich bin nur vom Stuhl gerutscht. Leichte Schläfrig-keit. Alles okay.«

»Alter Sturbock, du bist sicher, dass du hier richtig bist?«

Burmeester fühlte beiläufig nach seinem Puls, griff sich ans Herz, es schlug wieder normal. Sollte das ein Zeichen sein? Vielleicht hatten sie ja doch recht, seine Frau und Karin, und die posttraumatische Belastungsstörung holte ihn jetzt ein. Ach was, alles wieder in Ordnung. »Ja, klar, alles ist gut. Und ich habe eine Idee –«

»Komm, ich helfe dir auf.«

Gerade als Jerry seinen Kollegen beim Aufstehen unter-stützte, kamen von Aha und die Chefin zurück. Karin bemerkte Burmeesters schmerzverzerrten Gesichtsausdruck, die Blässe. »Was ist denn hier passiert?«

Bevor Jerry etwas sagen konnte, antwortete Burmeester

selbst. »Ein kleiner Ausrutscher, sonst nichts. Alles im grünen Bereich, Boss. Und ich habe eine Idee, die uns vielleicht bei der Suche nach dem Wohnmobil helfen kann.«

Weiterreden, jetzt bloß keine Zwischenfragen zulassen, Burmeester plapperte wie ein Wasserfall. »Wenn die Person hinter dem Steuer den Schuss abgegeben hat, dann hatte sie es wahrscheinlich eilig, den Tatort unerkannt zu verlassen. Das könnte bedeuten, dass sie nicht überall auf die Höchstgeschwindigkeit geachtet hat.«

Ächzend setzte er sich wieder, stellte die Rückenlehne hoch und drehte sich in Richtung seines Publikums, das sich im Türrahmen zusammendrängte. »Versteht ihr? Die Person ist weggerast. Wir müssen nur sämtliche Blitzapparate in großem Radius ausfindig machen und bei den entsprechenden Stellen die schnelle Auswertung abfragen.«

Fast hätte sie ihm auf die Schulter geklopft für diese Idee, aber einen blassen Kerl mit bandagiertem Arm ließ Karin besser unberührt. Sie reckte den Daumen. »Gut, dann mal los.«

»He, das ist noch nicht alles. Ich hab's schließlich nur an der Rippe und nicht im Kopf, der will arbeiten. Ich habe Fakten zu gefälschten Lebensmitteln zusammengestellt, das ist ein internationales Problem von ungeahntem Ausmaß mit einem riesigen wirtschaftlichen Schaden, das werdet ihr nachher in der Besprechung hören.«

Als von Aha wieder mit ihm allein war, fragte er den Kollegen genauer nach seinem Befinden.

Burmeester sackte zusammen. »Herzrasen hat mich aufgeschreckt.«

»Und?«

»Was, und?«

»Genau so etwas hat Karin dir prophezeit. Das ist ein Warnsignal. Ein ernstes. Was gedenkst du zu unternehmen?«

»Na, es ist doch wieder weg. Nichts. Erst mal.«

Gero von Aha antwortete nicht, ignorierte ihn, hielt ihm dann den Telefonhörer hin, tippte eine interne Nummer ein und wies ihn mit dem Kopf an, den Hörer zu nehmen.

»Psychologischer Dienst, Antonia Beckmann, was kann ich für Sie tun?«

Den Hörer am Ohr, blickte Burmeester erschrocken zu von Aha, knapp davor, den Hörer zurückzugeben. Gero von Ahas ärgerlich zusammengezogene Augenbrauen ließen keinen Widerstand zu.

»Äh, Burmeester hier, Nikolas Burmeester aus dem K1. Ich, äh, ich brauche einen Termin.«

Gegen sechzehn Uhr rief Karin Gero von Ahas Büronummer an und verlangte nach Burmeester. Der reagierte wie ertappt.

»Karin? Also ich habe jetzt angerufen und einen Termin gemacht, in zwei Wochen kann ich hingehen.«

»Wohin? Friseur?«

»Nein, zu unserem Psychologischen Dienst. Es gibt bei den Kollegen eine Menge Bedarf an Psycho-Behandlung.«

»Ich bin echt froh, dass du es eingesehen hast. Ich muss etwas anderes mit dir besprechen. Du kannst leider nicht an der großen Lage teilnehmen, ich habe gerade eine Nachricht von der van den Berg erhalten, sie wird sich heute persönlich von uns auf den Stand der Ermittlungen bringen lassen. Es besteht ein hohes öffentliches Interesse, schreibt sie. Nikolas, die darf auf keinen Fall wissen, dass du hier bist. Ich kriege sonst einen endlosen Vortrag über die Fürsorgepflicht von Vorgesetzten gegenüber ihrer Mitarbeiterschaft zu hören. Bitte erspare mir das und mach für heute Feierabend, ja?«

Burmeester brauchte einen Moment, bevor er von Aha informierte. »Ich muss mich in Luft auflösen, die Behördenchefin höchstpersönlich wird gleich hier erscheinen.« Murrend, aber einsichtig verabschiedete er sich und übergab seine Mappe mit den vorläufigen Ergebnissen an von Aha.

»Hau ab und ruh dich aus. Hier wird es gleich hektisch.« Gero von Aha reckte sich. »Ich glaube, ich mach erst mal Kaffee.«

✳✳✳

Nichts war einfacher, als ein zweites Smartphone in Betrieb zu nehmen. Es musste nicht das neueste Modell sein, und ein Angebot an nicht registrierten Prepaidkarten war leicht zu finden. Es mit zittrigen Fingern zu nutzen wurde von einer fast kindlichen Aufregung begleitet.

Das Gerät wurde ausschließlich für ganz spezielle Gespräche genutzt. Nichts war köstlicher, als ein Geheimnis zu hüten, nichts aufregender als dieses Versteckspiel, dieses Warten auf eine Gelegenheit, um es zu einer verabredeten Zeit unbemerkt hervorzuholen, sich umzuschauen, ob wirklich kein Mensch diesen Vorgang beobachtete. Es einzuschalten, sich an die PIN zu erinnern, die natürlich nirgendwo notiert war, und den einen abgespeicherten Kontakt anzurufen. Ein einziger Klingelton. Wieder auflegen. Abwarten, Blick auf das Display gerichtet. Das Gegenüber wusste nun Bescheid, dass niemand in der Nähe war, und würde dies in gleicher Weise bestätigen. Herzklopfen. Joyful. So hieß die kleine Tonfolge, und sie ließ meist nicht lange auf sich warten. Einmal – alles war okay. Den grünen Hörer antippen. Noch vor dem zweiten Klingelton die Stimme hören, lächeln.

»Wie geht es dir?«

»Es tut so gut, deine Stimme zu hören.«

\*\*\*

Das K1 präsentierte sich im Besprechungsraum bestens vorbereitet. Es gab vier Schwerpunkte, die auf der Medienwand einzeln aufgeführt waren. Zunächst der Tötungsfall Jojo Schwan mit allen Informationen zu Umfeld, Finanzlage und Restaurant, die zu diesem Zeitpunkt vorlagen. Die damit verbundenen Ermittlungen, die Suche nach einem Wohnmobil als fahrbarer Schussbasis, der Verdacht auf freiwillige oder erpresserische Anlieferung gefälschter Lebensmittel, das dubiose Geschäftsgebaren von Noble Cars, waren in direktem Zusammenhang und sehr umfangreich dargestellt. Fakten aus allen Ermittlungssträngen ließen jeweils den Verdacht aufkommen, dass aus einer dieser Richtungen Täter oder Täterin stammen könnte. Die berühmte Stecknadel im Heuhaufen war schwer zu finden.

Staatsanwalt Nilsson und die Behördenchefin van den Berg saßen dicht beieinander. Sie gesellte sich immer flott an seine Seite, unterstrich, wer hier das Sagen hatte und wer die Ermittlungen durchführte. Im Gegensatz zu seinem Vorgänger Haase, der aufgrund eines unrühmlich forcierten Fehlurteils seinen Platz in Wesel räumen musste, rückte Nilsson in solchen Situationen seinen Stuhl stets sichtbar und hörbar auf gebührenden Abstand, was Karin Krafft auch dieses Mal mit Wohlwollen wahrnahm.

Van den Berg ließ sich den vorgefundenen Tatort und den persönlichen Hintergrund des Toten genau erklären. Die Tatsache, dass seine frisch angetraute Gattin keinerlei Befugnisse hatte, die Angelegenheiten für das Restaurant zu regeln, nicht einmal in das Grundbuch eingetragen war oder Zugang zum Konto hatte, erstaunte sie. Und das, obwohl sie den Weg der Planung und Umsetzung gemeinsam mit Jojo Schwan gegangen war. Van den Berg konnte es nicht fassen, dass Marisa Tauber-Schwan weder Einsicht in die Geschäftspapiere hatte noch über die Vorgehensweise ihres zukünftigen Ehemannes informiert gewesen war und schließlich sogar ihren eigenen Job wegen der Eröffnung der zukünftigen Kultstätte des guten Geschmacks gekündigt hatte.

»Das bleibt noch einmal zu überprüfen, diese junge Frau ist nicht dumm und hat eine Ausbildung in Buchhaltung. Ich kann mir nicht vorstellen, dass sie so naiv dem großen Koch Jojo Schwan gefolgt ist. Sie sind dran?«

Die Hauptkommissarin bestätigte, dass Marisa Tauber-Schwan samt Umfeld und Personal weiter im Fokus bliebe, womit sie überleitete zu Markus Poot und seinem exklusiven Autohandel Noble Cars. Sie berichtete von E-Mails mit verdächtigem Inhalt sowie von dem lukrativen Hintergrundgeschäft mit Ersatzteilen aus geklauten Autos, wobei ganze Oldtimer auseinandergenommen würden und für immer von der Bildfläche verschwänden, um andere instand zu setzen und hochpreisig zu verkaufen.

Jerry hatte sich weiter mit den Kaufverträgen aus Poots PC beschäftigt und bestätigte die unlauteren Vertragsklauseln.

»Eine Anzahlung in fünfstelliger Höhe wird bei dreimaligem Versäumnis der Ratenzahlung nicht mehr erstattet. In dem Fall wird das Fahrzeug abgeholt und automatisch wieder auf Poots Namen registriert. Wer sich dagegen wehrt, dem hält er den unterschriebenen Vertrag unter die Nase, während seine Mitarbeiter, gut gebaute, furchtlos blickende Männer, die ihn begleiten, mit dem Aufladen beginnen. Da beißt sich so mancher Käufer in die Faust und winkt seinem Traum nach.«

Van den Berg benannte deutlichen Ermittlungsbedarf in Richtung Betrug, Unterschlagung, erpresserischem Handeln. Karin Krafft beharrte darauf, vorrangig zunächst das Tötungsdelikt zu bearbeiten. Ein Scharmützel, das Karin gewann, zumal Nilsson ihrer Vorgehensweise zustimmte.

Tom ergänzte Jerrys Ausführungen. »Wir wissen noch nicht, zu welchen Konditionen Schwan das Cabrio für seine Frau gekauft hat. Fakt ist, dass er es mit Schwarzgeld bezahlt haben muss, da nirgendwo ein Vorgang in größerer Höhe abgebucht wurde.«

Karin schob noch die Information hinterher, dass die Frau das Auto in den nächsten Tagen wieder zu Noble Cars bringen würde, da sie das Geld brauche.

Noch während sie sprach, las sich von Aha eilig in die letzten Informationen ein, die Burmeester ihm in die Mappe gelegt hatte. Damit war er so beschäftigt, dass er die Stille nicht wahrnahm, die sich um ihn herum auftat, weil Karin ihm das Wort zum Thema der undurchsichtigen Lebensmittellieferungen für Jojo Schwan erteilt hatte. Erschrocken schaute er in die erwartungsvollen Gesichter und legte los.

»Wir haben den Verdacht, dass es sich bei den Lieferungen, die Jojo Schwan in den letzten Jahren angenommen hat, um gefälschte oder manipulierte Lebensmittel handelt, also entweder minderwertige Ware, die qualitativ höher deklariert ist, oder sogar gefälschte oder manipulierte Produkte, die aufgrund ihres Aussehens nicht von anderen zu unterscheiden sind. In Fachkreisen heißt das Food Fraud, wenn solche Lebensmittel in den Verkehr gebracht werden, um einen wirtschaftlichen oder finanziellen Vorteil zu erlangen. Es gibt noch keine einheitliche rechtliche Definition. Leute, das ist eine immens große Grauzone.« Er blickte hoch, die Aufmerksamkeit aller wurde ihm zuteil.

»Man muss einen geschulten Blick oder empfindlichen Gaumen haben, um festzustellen, dass kalt gepresstes Olivenöl mit anderen Ölen gestreckt wurde, dass Thunfisch nur deswegen frisch aussieht, weil er mit Nitrit aufgespritzt wurde. Ähnliches gilt vor allem für Produkte wie Milch, Getreide, Honig oder Ahornsirup, Kaffee und Tee. Überall ist mit nicht deklarierten Beimischungen zu rechnen, selbst Fleisch, zum Beispiel in einem Curry, muss nicht unbedingt tierischer Herkunft sein, sondern es kann sich um Jackfruit handeln, eine tropische Frucht mit fleischähnlichen Fasern, die den Geschmack der Soße gut annimmt, in der sie schwimmt.«

Jerry meldete sich, merkte an, dass der Trend zur fleischlosen Ernährung zunehme, was der Jackfruit zu ungeahnter Berühmtheit verhelfe.

Von Aha nickte. »Stimmt. Aber wenn du Fleisch bestellt hast, möchtest du das auch im Curry finden. Wenn du Fisch aus einer Aquazucht wünschst, und er kommt aus freiem Fang, ist das genauso Betrug, als wenn dein Honig auf dem Frühstücksbrot mit Zucker gestreckt wurde. Das ist ein unglaublich großer Markt, der bedient wird, nicht zuletzt sind auch viele Bioprodukte darunter. Bei denen genügt es, wenn zum Beispiel dem ökologisch hergestellten Produkt Zutaten aus herkömmlicher Produktion beigemischt werden.«

Von Aha sah Karin mit skeptischem Blick in ihren Kaffeebecher schauen, ahnte, worüber sie nachdachte, wartete auf Blickkontakt zu ihr und schüttelte den Kopf. Sein Kaffee war okay. Er fuhr fort, Burmeesters Ergebnisse zu referieren.

»Das ist ein globales Problem, das seit 2011 von einem internationalen Behördennetzwerk, koordiniert von Europol und Interpol, bekämpft wird. Gemeinsam führen die Fahnder seitdem Operationen unter dem Titel ›Opson‹ durch. Der Begriff stammt aus dem Griechischen und steht für Esskultur. 2021 fand die zehnte und bislang letzte statt. Im Mittelpunkt stand dieses Mal gefälschter Honig. Und jetzt noch ein paar Zahlen, weil sie das Ausmaß zeigen. Es wurden achtundsechzigtausend Personen überprüft, sechshundertdreiundsechzig Haftbefehle erlassen, zweiundvierzig internationale Netzwerke zerschlagen und fünfzehntausendvierhunderteinundfünfzig Tonnen Lebensmittel beschlagnahmt. Wie ihr, Pardon, wie ihr und Sie, Frau van den Berg, sehen, ist das weltweit ein lukratives Geschäft. Der jährlich verursachte Schaden durch Lebensmittelbetrug liegt bei hochgerechnet mindestens dreißig Milliarden Euro. Den Fälschern wird es zu leicht gemacht. Sie können oft ungestört agieren, denn es fehlt an Unterstützung durch die Polizei und vor allem an Personal.«

Van den Berg klopfte mit ihrem Kugelschreiber auf den Tisch. »Da haben Sie ja ein ganz großes Ding im Netz, das bis zum Niederrhein reicht. Gute Arbeit, Herr von Aha. Und Sie glauben, dass Jojo Schwan mit denen zusammengearbeitet hat?«

Karin Krafft wusste, dass von Aha gerade die Ergebnisse von Burmeesters Recherchen vorgetragen hatte, sah seine verschwitzte Stirn, nickte ihm kaum merklich zu und antwortete an seiner Stelle.

»Wir wissen noch nicht, ob Jojo Schwan zur Annahme dieser namenlosen Lieferungen gezwungen wurde oder ob es seine Gier nach schnellem Geld war, das er nebenbei in die eigene Tasche wirtschaften konnte. Die nächste Lieferung ist für morgen angekündigt, wir sollten das beobachten und den Transporter anschließend observieren.«

Staatsanwalt und Behördenchefin stimmten der Aktion zu, van den Berg würde zwei zusätzliche Kräfte abordnen, damit die Observation das K1 nicht zu sehr schwächte, da Hauptkommissar Burmeester sich ja leider im Krankenstand befand.

Tom wies abschließend auf die ausstehenden Ergebnisse bei der Suche nach dem Wohnmobil hin, mit dem Nachsatz, es sei zeitnah mit Erkenntnissen zu rechnen.

Van den Berg hatte Gero von Aha im Visier und lobte dessen

großartige Arbeit, wünschte eine Erwähnung im Protokoll, das ihr hoffentlich am Folgetag auf dem Tisch liegen würde, und verabschiedete sich mit dem Hinweis, dass eine Pressekonferenz spätestens am Freitag stattfinden sollte.

Karin widersprach. »Nein, lassen Sie doch das Restaurant erst mal in aller Ruhe eröffnen. Eine Pressenachricht über gefälschte Lebensmittel schadet dem Ruf, solange nicht erwiesen ist, dass der ›Schwan‹ damit operiert. Außerdem können wir weder mit einem Mordmotiv noch mit einem Verdächtigen dienen. Nächste Woche, okay?«

»Ich sehe, dass Herr Nilsson Zustimmung signalisiert. In Ordnung. Ich erwarte minutiöse Information.«

Die Anwesenden entspannten sich, sobald van den Berg die Tür hinter sich geschlossen hatte.

Aaron Nilsson schmunzelte. »Sagt mal, hat die ein Auge auf Staatsanwälte? Ich fühle mich bei jedem Treffen von ihr regelrecht belagert.«

Karin lachte. »Du schaffst es jedes Mal, den gewünschten Abstand zu ihr wiederherzustellen, laut und deutlich. Sie begibt sich eben gerne in die Nähe von Personen gehobener Berufe, auch ein Doktortitel zieht sie an. Mit deinem Vorgänger ist sie zumindest öfter zum Essen ausgegangen. Vielleicht rechnet sie sich Chancen bei einem Staatsanwalt aus, der nicht verheiratet ist.«

Der Gedanke schien ihm nicht zu gefallen, er raufte sich sein mützenartig anliegendes karottenrotes Haar und verzog das Gesicht. »Nein, sag nicht so etwas. Beim nächsten Mal setze ich mich mitten zwischen euch, damit sie keine Gelegenheit bekommt, sich in meine Nähe zu schleichen.«

Auch er drehte sich noch einmal um, bevor er seinen Kopf unter dem Türrahmen einzog. »Eure Arbeit ist gut, weiter so. Und ernsthaft, ihr müsst mir bei der nächsten großen Lage einen Platz frei halten.«

Karin reckte den Daumen. »Machen wir.«

✳✳✳

Feierabend. Karin Krafft stand in der Küche und beobachtete ihren Mann Maarten bei der Zubereitung eines gemischten Salates. Er schüttelte den Kopf, nachdem sie ihm erzählt hatte, wie es um die Reinheit von manchen Lebensmitteln stand und wie wenig man sich vor verdeckten Zusätzen und falschen Zutaten schützen könne. Beimischungen der übelsten Art wären zu finden, ausgetauschte Inhaltsstoffe, gespritzter Fisch, damit er frisch wirkte ... Maarten verzog angewidert das Gesicht.

»Du willst mir allen Ernstes erzählen, dass es eine hohe Dunkelziffer gefälschter Lebensmittel gibt trotz aller möglichen Kontrollen und Inhaltsvorgaben? Das kann ich gar nicht glauben, wir leben doch erstens in Deutschland und sind zweitens Mitglied der EU. Nirgends auf der Welt gibt es ähnlich strenge Gesetze zur Reinheit und Qualität, werden Mindestgrößen und Formen bestimmt.«

Er nahm eine Flasche Olivenöl aus dem Regal und benetzte die verschiedenen frisch gezupften Blattsalate damit, würzte mit Salz und Pfeffer nach, bevor er einzelne Erdbeerviertel darüber verteilte und alles mit einem Cranberry-Balsamico beträufelte.

Karin stibitzte ein Rucolablatt und linste in die Pfanne, in der dünne Streifen Hähnchenbrustfilet sanft vor sich hin schmorten. »Doch, es wird überall gemogelt, selbst in Milchprodukten und Schokolade. Da ist es ganz schlimm, von Tierblut bis hin zu Holzspänen kann alles da drin sein.«

Hannah hatte vom Flur aus, wo sie ihr Konterfei im Spiegel bewunderte, das Gespräch mitgehört und kam in die Küche gestürmt. »Iiiiih, Mama, das ist nicht wahr, oder? Tierblut in Schokolade, das ist ja voll ekelig.«

»Ja, Süße, es ist leider so, dass selbst deine heiß geliebte Schokolade nicht immer das enthält, was draufsteht.«

Trotzig stellte sich Hannah nah vor ihre Mutter, sie war mit ihren dreizehn Jahren fast so groß wie sie. Sie strich ihr langes Haar aus dem Gesicht, versuchte ihr Top ein wenig in die Länge zu ziehen, da es den Bauch großflächig freigab, was Karin längst bemerkt hatte. »Du hast echt ekelige Themen drauf. Außerdem kannst du das mit der Schokolade gar nicht wissen, du bist doch immer mit Mördern und Leichen beschäftigt.«

Sie schauten sich in die Augen. Während Maarten die Hähnchenstreifen auf einem Teller abkühlen ließ, antwortete Karin: »Vielleicht liegt das Motiv für einen Mord in genau diesem Geschäft mit gefälschten Zutaten. Und jetzt lenke nicht ab, ich habe genau gesehen, dass dein Top die verabredete Länge bei Weitem nicht erreicht.«

»Doch. Es ist nur eingelaufen. Papa ist schuld, der hat es zu heiß gewaschen.«

Karin musste lachen. »Spar dir deine Ausreden, das Teil kannst du zur Gartenarbeit anziehen. Maarten, was sagst du dazu?«

Maarten hatte die Flasche mit dem Olivenöl in der Hand und schaute auf das Etikett. »Du hast mich zum Nachdenken gebracht. Aber hier steht, es handelt sich um kalt gepresstes Öl, es hat eine Erzeugernummer und ist zertifiziert. Mehr Qualitätsnachweis kann es doch nicht geben, oder?«

»He, noch ein Ablenker. Schau dir bitte den nackten Bauch deiner Tochter an und sag etwas dazu.«

Er hielt ihr die Flasche entgegen. »Wer hat denn mit dem Thema angefangen?«

Hannah entwischte der aufkommenden Diskussion und rannte die Stufen hinauf. »Ich habe keinen Hunger mehr. So was Ekeliges. Tierblut in Schokolade.«

Die Eltern dieses Teenagers standen in der Küche und hörten ihre Tür ins Schloss knallen.

Maarten stellte das Olivenöl zurück ins Regal. »Ihr Bauch ist doch ganz schön. Und wenn sie jetzt aufhört, Schokolade zu essen, dann bekommt dein Fall einen positiven Aspekt, sie wird eine Zeit lang gesünder leben.«

»Fall mir nicht in den Rücken, das Teil ist zu kurz.«

»Und du hast die Pubertät ohne Grenzverletzungen hinter dich gebracht, klar. Nee, nix, keine Diskussion, sonst werden die Salatblätter schlapp.«

»Du hast recht. Mit gutem Öl und rassigem Balsamico.«

154

Karin rief ihre Tochter aus ihrem Zimmer, die maulte, sie würde nie wieder etwas essen.

Karin sah Maarten fragend an, der blieb erstaunlich ruhig. »Keine Sorge, bislang haben sich Hannahs Glaubenssätze spätestens nach zwei Stunden überholt.«

## SECHS

Die dicke Luft hing spürbar auf dem Flur des Kommissariats 1, so schien es Karin zumindest. Vielleicht war sie aber auch sensibel für Konflikte, die in der Luft lagen, zumal sie am Morgen erneut eine lange Diskussion über geeignete Kleidung für den Schulbesuch mit ihrer Tochter geführt hatte. Dann kam sie an Gero von Ahas Büro vorbei und hörte, dass hier wirklich etwas ziemlich Dickes in der Luft lag. Burmeester wurde laut. Unterbrochen von einzelnen Schmerzenslauten, motzte er seinen Kollegen an.

»Das hätte ich nicht von dir gedacht! Du solltest meine Ergebnisse einfließen lassen bei der Lage. Und was machst du? Lässt dich küren damit. Im Protokoll stehst du explizit erwähnt, das kann doch nicht wahr sein. Wer hat denn hier stundenlang recherchiert und mögliche Zusammenhänge entdeckt?«

Karin stand erstaunt vor der Tür und lauschte. Sollte sie hineingehen und schlichten? Noch nicht.

Von Aha schien genug gehört zu haben, ließ seine Faust auf die Tischplatte donnern. »Jetzt hör aber auf. Die van den Berg hat verfügt, dass dieses Lob im Protokoll erscheinen soll. Ich habe doch nur vorgetragen, nicht mehr und nicht weniger. Mensch, wenn die wüsste, dass du hier bist, dann hätte Karin Ärger am Hals. Sei doch froh, es ist dein Lob, du hast eine Menge zu Food Fraud herausgefunden …«

»Jaja! Und du schmückst dich mit fremden Federn!«

Das war zu viel. Karin betrat den Raum, ohne anzuklopfen, von Aha schaute ihr mit genervtem Blick entgegen.

»Sorry, ihr wart nicht zu überhören. Nikolas, jetzt komm mal wieder runter. Entweder du akzeptierst, dass du hier im Hintergrund mitarbeitest, oder du kurierst dich daheim aus. Und wenn du hierbleiben willst, dann werden andere bei großen Lagebesprechungen deine Ergebnisse vorstellen, das ist die logische Konsequenz aus diesem Versteckspiel. Und damit das klar ist, hier hat es niemand nötig, sich auf Kosten anderer zu profilieren, verstanden?«

Bevor er antworten konnte, standen Tom und Jerry im Türrahmen, Tom erfasste die Situation.

»Wir sind weg. Observation der Lieferung am ›Schwan‹ und anschließende Verfolgung des Fahrzeugs. Ich werde hinterherfahren, und Jerry wird sich die Lieferung vor Ort anschauen.«

Karin reckte einen Daumen zur Bestätigung. »Wir bleiben in Kontakt. Und meldet euch, wenn ihr Verstärkung braucht.«

Jerry legte Burmeester vorsichtig eine Hand auf die Schulter. »Auf die Schulter klopfen fällt ja nun flach, ich mache das mal eben symbolisch. Alter, klasse, was du alles gefunden hast, Food Fraud, ich bin echt gespannt, ob wir da auf der richtigen Fährte sind. Gepanschtes Zeugs im Restaurant, da mag ich gar nicht drüber nachdenken.«

Beim Hinausgehen zwinkerte er der Hauptkommissarin zu, die ihm dankbar nachlächelte. So beendete man einen aufkommenden Konflikt unter Kollegen, das war ein Paradebeispiel. Immer wieder gab es Seiten an Jerry, die sie erstaunten.

❊❊❊

Es war kein schlechter Job, auf dem Parkplatz im Bogen der Fischertorstraße, in dem die Rheinpromenade begann, bequem im Auto zu sitzen. Unter den hohen Pappeln zu stehen, um das neue Restaurant im Auge zu behalten, den Blick über das Wasser schweifen zu lassen, die Leute zu beobachten, die leicht bekleidet auf den Bänken saßen, die Biker, die mit Motorunterstützung vorbeirollten, die Autofahrer, die wie sie selbst im Wagen sitzen blieben, um einfach ein paar Minuten auf den endlos fließenden Fluss zu schauen. Das hätte beschaulicher nicht sein können.

Im Außenbereich des Restaurants waren mehrere Gärtner damit beschäftigt, knallrote Geranien in weiße, schwanenförmige Kästen zu setzen, die auf der Terrasse in einer Reihe als Abgrenzung zum Bürgersteig platziert wurden, ein ebenso farbenfroher wie symbolischer Blickfang.

Tom und Jerry unterhielten sich über die Szene vom Morgen. Jerry konnte die Zwickmühle gut verstehen, in der Burmeester sich befand, Tom meinte, er habe überreagiert, Jerry verneinte.

»Der ist so dünnhäutig, wie man eben mit so einer Verletzung nach einer Schlägerei ist. Dass ausgerechnet der Gero den Watsch jetzt abbekam, das war nicht okay, aber Nikolas hat's verstanden, glaube ich. Hast du schon gehört, er wird zum Psychologischen Dienst gehen.«

Tom nickte, den Blick auf den »Schwan« gerichtet. »Gut, dass er sich dazu entschlossen hat. In der Wache habe ich gehört, dass respektloses Verhalten gegenüber Uniformträgern heutzutage fast zur Tagesordnung gehört. Im letzten Jahr gab es eine Ausstellung im Kreishaus, da sind Kollegen und Kolleginnen im Großformat abgelichtet gewesen mit ihren Gedanken zum Thema und dem, was ihre Persönlichkeit neben der Arbeit ausmacht, Familie, Hobbys. Ein Aufruf zum Nachdenken.«

Jerry schaute ernst. »Der Mob denkt nicht nach und guckt sich auch keine Ausstellungen zum Thema an, ich sehe darin keine Lösung für das Problem. Vielleicht haben ja Bodycams und die Teaser eine abschreckende Wirkung, ich kann –«

Tom stieß ihn an, er verstummte abrupt. Aus Richtung Innenstadt rollte ein Transporter ohne Aufschrift auf den Parkplatz des Restaurants, ein Mann in grauem Arbeitskittel, eine Kappe auf dem Kopf mit dem Schild im Nacken, entstieg dem Fahrzeug, hielt gleichzeitig Papiere in der Hand und öffnete die hinteren Türen des Transporters, bevor er an der Tür klingelte.

Was dann geschah, überraschte die beiden Kriminalbeamten. Zunächst kam Marisa Tauber-Schwan an die Tür, blickte auf die Papiere und schüttelte den Kopf, rief ins Gebäude, der Koch erschien hinter ihr. Er sah sich die Papiere an, reichte sie zurück, schüttelte ebenfalls den Kopf, deutete auf den Transporter, nahm Marisa beim Handgelenk, wollte mit ihr zusammen wieder ins Haus gehen. Es schien, als entwickelte sich eine laute Diskussion zwischen dem Fahrer und dem Koch, der Marisa dabei ins Haus komplimentierte.

Jerry schaute an Tom vorbei, beide konnten durch das herabgelassene Fenster nichts verstehen, ihr Standort war zu weit entfernt. Er flüsterte: »Was hat das zu bedeuten?«

»Ich glaube, der Koch vom ›Schwan‹ verweigert da gerade die Annahme der Lieferung«, mutmaßte Tom ebenfalls in gedämpfter Lautstärke. »Guck mal, der Fahrer knallt die Türen zu, und der Koch verschwindet im Haus. Los, du gehst zum Restaurant. Mal sehen, wo der jetzt hinfährt.«

Tom startete den Motor, während Jerry ausstieg und der Lieferant mit dem Handy am Ohr und in rasantem Tempo zurück auf die Fischertorstraße fuhr.

Karin erkannte Toms Nummer auf dem Display. »Ja? Geht es los?«

»Die Bestellung wurde nicht abgeladen, Koch und Tauber-Schwan haben sie abgelehnt, der Fahrer reagierte total sauer, der rast jetzt auf der B8 Richtung Dinslaken und wird nur durch die Ampeln gestoppt. Ich brauche Unterstützung.«

»Wo bist du? Bleib in der Leitung, gib das Kennzeichen und den Standort durch, ich organisiere zwei andere Fahrzeuge als Ablösungen.«

Die Koordination war schwierig, denn wenn der Transporter auf der B8 blieb, konnte er schlecht von Beamten mit aufgestecktem Blaulicht überholt werden, um ihn anschließend zu verfolgen. Karin erfragte Amtshilfe bei der Kripo in Dinslaken, zwei Fahrzeuge machten sich auf den Weg, sie würden in der Nähe von Kreuzungsbereichen bei Voerde und am Ortsbeginn Dinslaken warten. Karin gab Toms Nummer durch, die erste Ablösung sollte sich mit ihm in Verbindung setzen.

\*\*\*

Jerry klingelte an der hinteren Tür des Restaurants. Es dauerte, bis Marisa den Türöffner betätigte. Als er oben ankam, entschuldigte sie sich.

»Ich muss einfach vorsichtig sein. Ich dachte, alles sei gut, mein Vater und seine Frau belästigen mich nicht mehr, und dann kommt so ein Kerl und will sein Auto entladen, obwohl niemand etwas bestellt hat. Das ist an Dreistigkeit nicht zu überbieten.«

Jerry bat darum, in die Küche des Restaurants zu gehen und mit dem Koch gemeinsam über diesen Vorfall zu sprechen, Marisa stimmte zu.

Marius Hirtel hatte alle Bediensteten beschäftigt, die ersten Töpfe standen parat, es wurde Wurzelgemüse geschrubbt, geschält, mit geeigneten Messern in atemberaubendem Tempo kunstvoll zerkleinert, Fleisch mariniert, da wurden Pläne an die Wand gehängt.

Der Koch wirkte erbost über die Störung. »Was soll das? Was machen Sie hier? Sie sehen doch, wir haben zu tun.«

Jerry erklärte sein Anliegen und sprach von der gerade beobachteten Szene mit dem Transporter.

»Ach der«, sagte Hirtel. »Der Typ hat behauptet, es gebe eine Bestellung, wie immer, nur dieses Mal etwas mehr, und die wollte er hier abliefern. Ich habe nichts bestellt und Marisa auch nicht. Im Gegenteil, ich habe frisch eingekauft, die Lager und das Kühlhaus sind voll, ich kann nichts mehr unterbringen. Das war doch ein Fake! So was habe ich noch nie erlebt.«

Jerry bat ihn und Marisa nach oben in ihre Wohnung, dort waren sie unter sich. Als sie die Küche verließen, sah er im Augenwinkel, dass die Beiköchin kopfschüttelnd und kraftvoll ihren Gemüseberg zerkleinerte. Er würde auch sie befragen. Später. Wenn er sie jetzt störte, würde sie vermutlich das nächstbeste Küchenmesser nach ihm werfen.

Marisa konnte sich nicht erklären, wer etwas bestellt haben sollte, der Koch schien auch ratlos.

»Und was ist mit Jojo Schwan?«, fragte Jerry.

Der Koch schaute Marisa an, die zog ihre Schultern hoch. »Haben Sie gesehen, wie wüst der Transporter aussah? Ich konnte einen Blick ins Innere werfen, da drin sah es nicht besser aus.«

Sie stockte, sah Jerry an. »Wieso haben Sie eigentlich mitgekriegt, was hier gerade passiert? Werde ich jetzt beobachtet?

Was soll das, was habe ich getan, dass die Kriminalpolizei in meiner Nähe lauert?«

Jerry bat darum, sich zu setzen, und erklärte mit knappen Sätzen, bei der Auswertung des zweiten Smartphones von Jojo Schwan auf Hinweise eines Lebensmittellieferanten gestoßen zu sein, dessen Geschäfte eindeutig ins Kriminelle wiesen. So hätte man von dem Liefertag erfahren.

»Sie beide wussten offenbar nichts von den Vereinbarungen, und jetzt verfolgt ein Kollege den Transporter, da uns interessiert, wo sich das Lager befindet. Mit den Verantwortlichen werden wir sprechen, glauben Sie mir. Nur aus dem Grund haben wir den ›Schwan‹ heute beobachtet.«

Hirtel und Marisa waren zunächst sprachlos. Der Koch fand schneller seine Sprache wieder. »Was meinen Sie mit kriminell, worauf bezieht sich diese Andeutung?«

»Bedaure, ich kann, nein, ich darf Ihnen im Moment aus ermittlungstechnischen Gründen nicht mehr sagen.«

Hirtel sprang auf, stellte sich hinter Marisa und legte ihr die Hände auf beide Schultern. Woran erinnerte Jerry diese Geste? Das machte man mit Menschen, die man kannte. Okay. Marisa kannte das Team des Restaurants, seit Jojo es zusammengestellt hatte.

»Jetzt lassen Sie uns hier nicht im Ungewissen.«

Der Hauptkommissar überlegte kurz. Vielleicht sollte er noch ein wenig mehr Ungewissheit säen und schauen, was daraus wuchs.

Er stand auf und ging sehr langsam mit bedächtig gesetzten Schritten und verschränkten Armen in Richtung Fensterfront, schaute auf den Fluss und atmete einmal hörbar ein und aus, bevor er sich wieder zu den beiden umdrehte.

»Frau Tauber-Schwan, uns ist bei der Durchsicht der Unterlagen und Kontakte, nicht zuletzt aber durch Ihre Information über den Besitzstand und das Konto aufgefallen, dass Sie eigentlich sehr wenig über das Restaurant, die Führung des Hauses und die finanzielle Situation wissen. Stimmt das so?«

Sie wischte mit einer schnellen Bewegung die Hände des

Kochs von ihren Schultern und stand auf, gesellte sich, ebenfalls mit Blick aufs Wasser und dicht verschränkten Armen, zu Jerry. Sie sprach ruhig.

»Ich bin doch dabei, mich einzuarbeiten. Alles Mögliche sollte nach der Hochzeit umgeschrieben werden. Ich habe meinen Arbeitsplatz gekündigt. Verstehen Sie, planmäßig sollte er jetzt zur Realität werden, Jojos Traum vom eigenen Restaurant. Er war so stolz und glücklich, wir waren glücklich.«

Hirtel mischte sich aus dem Hintergrund ein. »Jetzt kommen Sie, raus mit der Sprache. Was hat das mit dieser ominösen Lieferung zu tun?«

Jerry drehte sich um. »Wir wissen noch nicht, ob Jojo Schwan zur Abnahme dieser Produkte erpresst wurde oder ob es sich um einen Betrug seinerseits handelt. Vieles wurde offenbar zu einem sehr günstigen Preis gekauft, und das schon über Jahre.«

Der Koch hakte nach. »Günstig ist heute gar nichts mehr. Wie darf ich das verstehen?«

Jerry wurde von Marisa an einer schnellen Antwort gehindert. »Was heißt das, seit Jahren? Das Restaurant ist noch nicht eröffnet.«

»Der Reihe nach. Herr Hirtel, es handelt sich wahrscheinlich um preisgünstiger produzierte Produkte als auf der Speisekarte angegeben. Und, Frau Tauber-Schwan, es liegt der Verdacht nahe, dass Jojo Schwan bereits in anderen Küchen mit dem Lieferanten zu tun hatte.«

Hirtel gesellte sich zu ihnen ans Fenster, schaute Marisa an. »Das ist ein Verdacht, Marisa, hörst du, ein lächerlicher Verdacht. Das müssen die erst mal beweisen.«

Jerry wandte sich ab und ging ein paar Schritte in Richtung Wohnungstür, Marisa folgte ihm.

»Sie können doch jetzt nicht gehen und uns mit diesen Behauptungen einfach so stehen lassen.«

»Doch, das kann ich. Sie haben recht, bislang ist nichts spruchreif. Aber denken Sie doch bitte einmal darüber nach, warum Sie ein Auto im Wert von einer Viertelmillion Euro geschenkt bekommen haben und das Restaurant mit quasi null

Eigenkapital gebaut wurde. Hinzu kommt, dass eine andere Bank als die Private Solutions 24 ihrem Mann garantiert nicht einen so hohen Kredit gewährt hätte. Das Restaurant ist die Sicherheit. Wenn die Frage des Eigentums nicht bald geklärt ist und Sie nicht anfangen, den Kredit vertragsgemäß zu bedienen, dann gehört dieser Traum demnächst der Bank. Es war wohl in deren Interesse, dass Sie nicht im Grundbuch eingetragen sind.«

Jerry verabschiedete sich, Hirtel und Marisa schauten stumm auf ihn. Genau das wollte er bewirken, eine große Nachdenklichkeit.

Unten in der Küche ruhte die Geschäftigkeit, Jerry fand die Beiköchin rauchend auf der Terrasse, setzte sich zu ihr, worauf sie die Zigarette im Ascher ausdrückte und aufstehen wollte.

»Nicht so eilig, Frau Kramer, mit Ihnen wollte ich sprechen.«

»Es gibt nichts zu reden.«

»Das lassen Sie mal meine Entscheidung sein, setzen Sie sich bitte.«

Widerwillig schob sie den Stuhl so zurecht, dass sie Jerry nicht anschauen konnte. Er ließ sie gewähren.

»Frau Kramer, warum hatte ich vorhin den Eindruck, dass Sie Herrn Hirtel und seine Entscheidungen nicht ernst nehmen?«

»Ich habe nichts gesagt.«

»Manchmal reichen Blicke, das wissen Sie. Wenn alles in bester Ordnung wäre, würden Sie auch nicht unserem Blickkontakt bewusst ausweichen.«

Sie schaute über die Schulter. »Mache ich gar nicht.«

*  *  *

Toms Stimme überschlug sich fast, Karin hielt das Telefon zur Seite.

»Wo ist die Ablösung? Ich bleibe zwar drei Autos hinter dem Transporter, aber langsam könnte sich mal wer anders einreihen.«

»Der Wagen wechselt zu oft die Route. An der B8 bei Voerde hätte jemand gewartet, aber dann ist der Fahrer auf die Frankfurter Straße abgebogen, jetzt warten die bei der ehemaligen Polizeistation auf der anderen Seite des Ortes.«

»Mist, der biegt jetzt auf den Hammweg ab, knapp zweihundert Meter vor dem wartenden Kollegen. Und fährt ziemlich flott auf die Friedrichsfelder Straße nach Voerde rein.«

Karin schaute auf die Karte. »Das ist gut, sehr gut, dann kommt er gleich an der neuen Polizeistation vorbei, Ecke Teichacker. Ich sage schnell Bescheid, da gelingt es hoffentlich jemandem, sich anzuhängen.«

Sie wählte die Nummer, die ihr zur Verfügung stand, hielt Tom in der anderen Leitung. »Ich frage mich gerade, ob es günstiger gewesen wäre, den Transporter mit einem Peilsender auszustatten.«

»Das hätten wir auf keinen Fall unbemerkt hingekriegt, das hat die Situation nicht hergegeben. Verdammt, jetzt sind wir an der Wache vorbei, der fährt auf den Parkplatz von Edeka und parkt die Karre da. Er steigt aus und geht zum Einkaufszentrum, telefoniert schon wieder.«

Tom hörte, wie Karin die Situation an die Wache weitergab. Und wie sie laut wurde. »Oh nein, das ist jetzt nicht Ihr Ernst, mein Kollege braucht Sie. Jetzt.«

Auf der anderen Leitung erklärte sie Tom, dass die Unterstützung ausfiel, da die Kollegen zu einem Einsatz abberufen wurden. »Du musst schauen, wie du klarkommst. Ich weiß nicht, wo sich einer von uns auf die Schnelle postieren soll, um zu übernehmen, mitten aus dem Ort heraus kann er in viele Richtungen weiterfahren.«

»Ich bleibe dran. Der macht hier bestimmt nur Pause mit Imbiss, ich bleibe im Auto.«

»Vielleicht telefoniert er auch, und du kannst Details mithören.«

»Mensch, Karin, dazu muss ich in seiner Nähe sein. Dann kann ich mich gleich vorstellen und nachfragen, wohin er will. Ich bleibe im Auto. Habt ihr das Kennzeichen überprüft?«

»Ja, der Ducato ist angemeldet auf einen Obst- und Gemüsehändler namens Nino Heinrichs mit mehreren Filialen in, warte,

Lohberg, Walsum, Rheinhausen und Ruhrort. Ich bin gespannt, wohin er mit seiner Ladung fährt.«

»Da kommt er wieder und kaut, hat ein Brötchen in der einen und das Smartphone in der anderen Hand. Und, nein, das macht der nicht wirklich!«

»Was denn? Nun red schon.«

»Der startet den Transporter, mit vollen Händen, fett kauend und mit dem Telefon am Ohr. Ich muss los.«

»Wünschen wir uns Glück.«

✳✳✳

Die Beiköchin Luisa Kramer wurde im Laufe der nächsten Minuten zwar nicht zugänglicher, jedoch versuchte sie auch nicht, sich der Befragung zu entziehen. Sie saß mit abgewendetem Gesicht da und rauchte, eine nach der anderen. Jerry ging aufs Ganze.

»Wie lange kennen Sie Jojo Schwan schon?«

Sie wies mit dem Kinn nach oben. »Jedenfalls länger als dieses Modepüppchen. Bestimmt schon sechs, sieben Jahre.«

»Da hat er öfter mal den Job gewechselt. Und Sie?«

Luisa zündete mit ihrer letzten Fluppe die nächste an. »Ich bin immer mitgegangen. ›Meine Lui kommt mit‹, hat er gesagt und keinen Vertrag unterschrieben, wenn das nicht klar war.«

Jerry konnte die Rauchfahnen nicht leiden, die sich immer wieder in seine Richtung kräuselten, er rückte ein wenig vom Tisch ab, bevor er die Beiköchin damit konfrontierte, dass sie den Lieferanten doch kennen müsste, der heute unverrichteter Dinge wieder gefahren war.

»Mit dem kam Jojo gut klar. Kein Stress, immer großes Sortiment, immer pünktlich. Und jetzt schicken diese Idioten ihn fort. Das wird der sich nicht gefallen lassen.«

»Wenn Sie doch wussten, dass er kommen würde, warum haben Sie dem Koch nicht Bescheid gesagt?«

Jetzt drehte sie sich abrupt um. »Auf mich hört hier keiner. Ich bin nur die blöde Beiköchin. Dabei war ich an Jojos Seite und habe seine Finessen mitgekriegt.«

Sie wies in Richtung Küche. »Der sogenannte Koch da drin kann nichts, der versucht seit Wochen, sich die Gerichte zu erarbeiten. Er hat Jojo noch nicht genug über die Schulter geguckt. Das wird die Eröffnung eines zweitklassigen Restaurants, im nächsten Jahr gibt es hier mehr Gäste zu Kaffee und Kuchen als zur Abendkarte. Dabei wäre es einfach, etwas dagegen zu tun. Aber mich lässt keiner ran.«

»Was hat es mit den Lieferungen auf sich, sind das Spezialitäten?«

Luisa Kramer lachte auf, kurz, eher ein Krächzen. »Das ist billiges Zeug, aber Jojo hat das immer total aufgepeppt und als hochwertiges Essen verkauft. Die Stammkunden haben die Teller abgeleckt. Einige von denen stehen für morgen auf der Liste. Und die beiden Bekloppten lassen die komplette Charge einfach zurückgehen. Der Hirtel hat eingekauft, und wenn er sich weiter weigert, auf mich zu hören, dann kann ich mir einen anderen Job suchen. Wir alle sind dann dran. Das sieht er nicht, und die da oben hat sowieso von nichts eine Ahnung.«

»Wer ist der Lieferant?«

»Weiß ich nicht.«

Nach sieben Zigaretten stand sie auf. »Noch was?«

»Hat Jojo die Lieferungen freiwillig angenommen, oder wurde er davon, sagen wir mal, überzeugt?«

Luisa schnaubte verächtlich. »Was ist das für eine Frage? Wichtig war, dass es funktioniert hat. Und wenn es schmeckt, fragt doch niemand nach, ob der Herkunftsnachweis stimmt. Alle wollen das Besondere. Bei Jojo haben sie es serviert bekommen. Ich muss wieder rein.«

Jerry nickte nur und blieb noch einen Moment sitzen. Wie oft hatte er wohl ein gutes Essen genossen und viel Geld für eine zusammengemogelte Mahlzeit bezahlt? Wie gut, dass man nicht alles wusste.

*✳✳✳*

Der Fahrer mit den multifunktionalen Händen steuerte in Richtung Möllen und bog ab, kreuzte die B8 und fuhr die schmale Straße am Tenderingssee vorbei, an der neuen Auskiesung. Der Tenderingsweg war seit Langem eine Nebenverbindung mit Geschwindigkeitsbegrenzung auf der Route nach Wesel oder Dinslaken und wurde viel befahren. An den beiden besiedelten Stellen war der Weg durch versetzte Hindernisse verkehrsberuhigt. Den Fahrer des Lieferwagens interessierte das nicht. Tom hatte Schwierigkeiten, ihm zu folgen, schwitzte beim Überholen von Radfahrern, die der Transporter in unsicheres Schlingern und zu offensichtlichem Fluchen gebracht hatte.

Am Ende der Straße bog der Ducato an der Gabelung rechts in Richtung Lohberg ab, Tom folgte zwei Fahrzeuge hinter ihm. Lohberg, die geschlossene Zeche, die neuen Häuser auf der ehemaligen Anlage – Tom erinnerte sich an die Hochzeit von Burmeester mit seiner Yasmin. Ihr Vater wollte ihnen ein Haus auf dem Gelände schenken, beide hatten es abgelehnt, weil sie Schadstoffbelastung aus dem Boden fürchteten.

Der Transporter musste an der Fußgängerampel zwischen dem kulturell aufgepeppten Zechengelände mit den alten Gebäuden und der Stadt warten. Tom grinste. Es gab noch eine andere Erinnerung an diese traditionelle Arbeitersiedlung. Auf der Bühne im Ledigenheim, einem ehemaligen Wohnheim für Kumpel unter Tage, hatte es regelmäßig guten Jazz und noch mehr gute Kultur zu hören und zu erleben gegeben, er war oft dort gewesen.

Es ging also Richtung Dinslaken. Dachte der Hauptkommissar, bis der wilde Fahrer eine Dreiviertelkurve im Kreisverkehr machte und in Richtung A 3 fuhr.

Jetzt fiel Tom der Förderturm der Zeche Lohberg ins Auge. Massig, als einsames Bauwerk ragte er an der linken Seite vor ihm auf. Vielmehr war es das Gerippe des ehemaligen Förderturms, denn es befanden sich weder Seile noch Räder auf dem eisernen Gestell. Dafür war es von unten bis oben von einem nahezu kunstvollen, der Form angepassten Arbeitsgerüst ummantelt. Da wurde schon wieder für viel Geld eine Industrieruine saniert. Der Anblick hielt ihn gefangen, gerade noch sah er das Fahrzeug im nächsten Kreisverkehr rechts verschwinden und eilte ihm nach.

Abgewrackte Fördertürme für die Nachwelt erhalten, ging es ihm noch einmal ungewohnt spöttisch durch den Kopf, mit Geld, das Hilfsprojekte wie die Tafeln gut und sinnvoll unterstützen könnte. Schon wieder ein Kreisverkehr, erste Abfahrt, kurz darauf bog der Transporter mit einem Affenzahn links in Richtung Hiesfeld ab.

Karin meldete sich. »Wo bist du?«

»Der fährt über Schleichwege und durch mehrere Orte, jetzt in Richtung Hiesfeld. Das ist die Kirchstraße, sehr eng mit den geparkten Autos auf der rechten Seite, andauernd muss man hier ausweichen oder stehen bleiben.«

»Hat er dich schon bemerkt?«

»Nein, der ist beschäftigt mit Nebentätigkeiten wie Telefonieren, Essen, vermutlich auch Googeln, Posten und Die-Schuhe-Wechseln, der hält sich nur minimal an Verkehrsregeln.«

»Dann ist ja gut, Hauptsache, du kriegst mit, wo er seine Karre abstellt.«

∗∗∗

Burmeester meldete seinen Erfolg ganz leise und kleinlaut. Er widerstand nach einem kurzen Moment innerer Verunsicherung dem Impuls, aufzuzeigen und mit den Fingern zu schnipsen. Nur nicht mehr auffallen, nicht heimgeschickt werden. »Ich habe ihn.«

Von Aha schaute mit geröteten Wangen auf, immer noch beschäftigt mit der Durchsicht von Schwans Papieren. Er hatte bislang nichts zu irgendwelchen Versicherungen oder zusätzlichen Finanzquellen gefunden, und sein Blick sagte: Schon wieder du. So schnell wollte er nicht mit einem weiteren glorreichen Ergebnis dieses hellen Kollegenkopfes konfrontiert sein und wich ein wenig hilflos auf den berühmten niederrheinischen Dialog aus.

»Was?«

»Wie, was?«

»Na, was hast du?«

Mühselig drehte Burmeester sein Laptop so, dass von Aha auf den Bildschirm schauen konnte. Darauf zu sehen war ein Foto von einer Radarkontrollanlage.

Von Aha stand auf und beugte sich über den Schreibtisch. »Sag nicht, das ist der Fahrer eines Wohnmobils, fotografiert letzte Woche.«

»Jep.«

Von Aha las die aufgedruckten Daten. »Das Foto entstand knapp eine halbe Stunde nach der Tat in Marienbaum, es stammt aus einer transportablen Radaranlage auf der B8 zwischen Haus Aspel bei Rees und Mehrhoog.«

»Genau, Herr von Schlau.«

Von Aha überhörte diese kleine Spur von Überlegenheit in Burmeesters Stimme. Keep cool, Gero. »Wie hast du das hingekriegt?«

Am liebsten hätte sich Burmeester genüsslich zurückgelehnt und stolz gelächelt. Er beließ es bei bescheiden geäußerter, sachlicher Information.

»Ich habe bei den auswertenden Stellen, der Ordnungsbehörde der Stadt Wesel und der Kreisverwaltung, um Amtshilfe und schnelle Auswertung der Fotos vom Donnerstag ab dem Zeitpunkt der Tat gebeten. Das waren gar nicht so viele, Name und Anschrift waren aufgelistet, und die nette Frau im Straßenverkehrsamt hat mir die dazugehörigen Fahrzeugtypen genannt.«

Er beugte sich vor und tippte auf das Laptop. »Gero, ich konnte es nicht glauben. Das hier ist das einzige Wohnmobil, das an dem Tag in eine Radarfalle ging, der Fahrer hatte es sehr eilig. Ich habe den Fahrzeugtyp gegoogelt und mit dem Foto von der Überwachungskamera in der Sparkasse verglichen, auf dem nur ein Ausschnitt erahnbar ist. Auf einem Bild von der Breitseite ist der verkleidete Radstand zu erkennen. Das Muster der Lackierung passt exakt zu dem angemeldeten Fiat Capron Sunlight.«

Burmeester rief mit einem Klick die entsprechenden Bilder auf, von Aha umrundete den Schreibtisch und beugte sich vor, um besser sehen zu können, was der Kollege meinte.

Mit einem Ächzen lehnte sich der Verletzte zurück. »Wie du siehst, ist das Streifenmuster rund um den Reifenstand identisch.«

Von Aha nickte, Burmeester deutete von Weitem mit zittrigem Finger auf die Fotos. »Glaube mir, das da ist unser Mann.«

»Erst mal ist die Wahrscheinlichkeit gegeben, dass es das gesuchte Fahrzeug ist.«

»Du elender Wortfuchser.«

»Was?«

\*\*\*

Der Lieferwagen nahm jede kleine Straße in Richtung des neuen Wohngebietes Hühnerheide, ab einem bestimmten Punkt wusste Tom, dass der Fahrer ihn entdeckt hatte und sein Spielchen mit ihm trieb. Allerdings schien er ihn nicht abhängen zu wollen, nein, es war, als würde er auf etwas warten. Tom informierte Karin.

»Er fährt wahllos durch die ganze Siedlung, Hühnerheide, rechts vor links, ausweichen, im Wendehammer zurück, abbiegen auf die Kurt-Schumacher-Straße, ich weiß nicht, was das soll. Er weiß inzwischen, dass ich ihm folge.«

»Ich kann mir nur vorstellen, dass er Zeit gewinnen will, denn er könnte ja schon lange auf der A 3 sein, wenn er schnell und weit wegwollte.«

»Diese Straße mündet auch auf einen Zubringer, die Auffahrt ist nicht mehr weit entfernt.«

»Soll ich vorsorglich die Kollegenschaft von der Autobahnpolizei verständigen?«

Tom versuchte sich auf die Fahrt zu konzentrieren. »Nein, warte, da passiert jetzt etwas. Hinter der Scholtenstraße biegt er links in eine Sackgasse ab, das ist eine kleinere Gewerbeansiedlung. Ha!«

»Was ist?«

»Da ist auf der linken Seite ein blickdichter Zaun aus Plastiklamellen, ich sehe eine geöffnete Einfahrt, der biegt mit quietschenden Reifen ab und, da, darauf hat er gewartet.« Tom seufzte laut und trommelte zwei-, dreimal auf das Lenkrad. »Verdammt!«

»Tom, was ist? So ungeduldig habe ich dich ja noch nie erlebt. Nun rede doch.«

Er war ausgestiegen und stand vor der grauen Plastikwand. »Der hat darauf gewartet, dass dieses Tor öffnet und hinter ihm schnell wieder geschlossen werden kann. Hier ist kein Schild, kein Briefkasten, nichts, nur diese dämlichen grauen Lamellen, eine zwei Meter hohe Wand.«

»Befrage die Nachbarn, vielleicht wissen die, was sich dahinter befindet.«

»Ja, ich gehe mal rund.«

»Und ärgere dich nicht. Wir haben jetzt zumindest eine Adresse, das ist doch schon etwas.«

»Ja, ein grauer Zaun in einer Sackgasse im Gewerbegebiet, ein Standort am Ende der Welt.«

Karin beendete das Gespräch und schaute sich das Gelände auf Google Maps an. Eine ältere Satellitenaufnahme, auf der an dem von Tom beschriebenen Punkt noch gar nichts stand, kein Zaun, nicht einmal eine Hundehütte.

Wer konnte Auskunft über die jetzige Nutzung erteilen? Ein Amt im Rathaus Dinslaken, die Abteilung Wirtschaftsförderung? Sie googelte die Stadtverwaltung Dinslaken. Keine Chance, jemanden zu erreichen, es ging auf siebzehn Uhr zu. »Schon so spät!«

Sie zog die unterste Schublade des Containers unter ihrem Schreibtisch auf und holte eine angefangene Packung Schokolade hervor, brach einen Riegel ab, schaute die verlockende Süßigkeit an, zartbitter. Plötzlich erschien vor ihr das Gesicht ihrer Tochter, mit angeekeltem Gesichtsausdruck und dem Wort »Tierblut« auf den Lippen. Karin packte den Riegel zurück in das Stanniolpapier und legte die Tafel wieder in das Schubfach. Heute nicht.

Ihre Bürotür sprang auf, von Aha kam hereingestürmt. »Wir, nein, er, ich meine Burmeester, er hat ihn gefunden!«

Burmeester schlurfte langsam hinter ihm her, von Aha schob ihm einen Stuhl entgegen, damit er sich schnell setzen konnte. Karin hatte den Eindruck, als habe von Aha für einen Moment den Impuls gehabt, ihn zu stützen, die Euphorie stand ihm im Gesicht, während Burmeester eher leidend wirkte.

»Noch ein verzögerter Informationsfluss. Heute gibt es hier lauter kryptische Nachrichten. Männer, es geht auf siebzehn Uhr zu, macht hinne, ich will heim.«

Burmeester hob den Kopf. »Wir wissen, wem das Wohnmobil gehört, das zum Zeitpunkt der Tat an der Sparkasse in Marienbaum parkte.«

»Das ist ja mal ein Ergebnis. Und, wer ist es?«

»Ein gewisser Gerd Kleinschmidt, wohnhaft in Schermbeck.« Burmeester erzählte in Kurzform, wie er Name und Adresse ermittelt hatte, und schien dennoch sehr nachdenklich, was auch von Aha bemerkte.

»Ey, Kollege, dieses Mal sagen wir, du hast im Homeoffice gearbeitet, und es ist dein Ding.«

»Ach, darum geht es nicht. Ich meine, dem Mann gehört das Wohnmobil, wir haben den Verdacht, dass dieses Fahrzeug an der Bank gestanden hat. Es sind aber noch so viele Fragen offen. Saß der Besitzer wirklich hinter dem Steuer? Auf dem Radarfoto ist der Fahrer, zumindest sieht es nach einem Mann aus, nur ziemlich verschwommen zu erkennen, und es wirkt so, als habe er eine Maske auf. Da kann jeder gesessen haben. Und vielleicht kam der Schuss ja auch aus einer anderen Richtung. Karin, es ist alles weiterhin offen.«

Sie stand auf und griff nach Jacke und Rucksack. »Morgen früh fährt von Aha hin und überprüft ihn. Okay? Burmeester, in der Frühe hast du einen Aufstand gemacht, weil dein Name nicht im Protokoll stand, und jetzt am Abend weinst du fast über ein Top-Ergebnis. Ich kann das nur auf deinen desolaten Zustand zurückführen. Komm, ich bringe dich jetzt nach Hause. Und morgen denkst du darüber nach, ob du mal einen Tag Pause daheim machst. Schick mir eine Nachricht, ob ich dich mitnehmen soll oder nicht.«

Er nickte matt.

✳✳✳

Man stellt sich immer durchdringende, anhaltende Geräusche vor, wenn etwas Außergewöhnliches zerstört oder beschädigt wird, wenn zum Beispiel zwei Autos zusammenstoßen. Klirr, krach, quietsch, schepper, schepper. Dabei ist der Zusammenstoß ein Ereignis von wenigen Sekunden, das Geräusch ungewohnt, meist aber kurz, eine Art Kakofonie aus unterschiedlichen, spontan aufeinanderstoßenden Materialien.

Was in dieser Nacht von Mittwoch auf Donnerstag am Rheinufer und links an der Fischertorstraße um zwei Uhr achtundvierzig geschah, wurde von zwei Nachtschwärmern, die es sich im Gebüsch am Flussufer gemütlich gemacht hatten, folgendermaßen beschrieben.

Er: »Also erst kam ein Auto.«

Sie: »Ja, da war sonst nicht mehr viel unterwegs, aber der wendete auf dem Parkplatz, und dann blieb er gleich hinter der Kurve vor dem neuen Glaskasten stehen.«

Er: »Mit laufendem Motor, ich dachte noch, warum steht der da in der Kurve, das ist doch blöd.«

Sie: »Dann gingen zwei Türen auf und … Das war so irre, wir konnten ja da unten nichts sehen, nur hören …«

Er: »Ja, so wie eine kurze Tonaufnahme von einem riesigen Wasserfall, klirr, schwumms, klirr, schwumms. Ich habe echt nicht kapiert, was da ablief.«

Sie: »Zwei Türen wurden wieder zugeschlagen, und nix wie weg, mit Vollgas.«

Er: »Und dann haben wir uns, ähm, wieder angezogen und sind gucken gegangen.«

Sie: »Das war wie ein Spuk, boah, da ging das Licht in diesem

Glashaus an, und eine Frau schrie, und ich konnte erkennen, dass zwei von diesen riesigen Glasscheiben nicht mehr da waren. Also, nicht mehr heile, da steckten noch Teile in den Rahmen, spitz und gefährlich.«

Er: »Die Frau konnte nicht mehr aufhören, die heulte, schrie, und ich wusste nicht, was da passierte, ob da noch jemand in dem Restaurant war, Überfall, Raub oder so.«

Sie: »Und da habe ich schnell die 110 angerufen.«

Er: »Dann sind wir rüber zu der Frau. Ich habe von außen gerufen und bin dann vorsichtig durch das Loch gestiegen. Da war nur die Frau, überall lagen Scherben, ich habe gerufen, und als sie mich sah, hat sie mir die Arme entgegengestreckt.«

Sie: »Ja, und dann hat mein Freund sie in den Arm genommen, bis Sie da waren. Ich war so froh, dass Sie so schnell gekommen sind.«

## SIEBEN

Der Polizeibericht über die nächtliche Sachbeschädigung, den Hauptkommissarin Karin Krafft am nächsten Morgen auf ihrem Schreibtisch fand, fiel sachlicher aus:

»Gegen zwei Uhr achtundvierzig hielt ein Wagen auf der Fischertorstraße in Höhe des Restaurants Schwan, zwei Personen stiegen aus und schlugen zwei Fenster in der Front ein. Sie konnten sich in ihrem Pkw unerkannt vom Tatort entfernen. Zwei Zeugen, die alles gehört, jedoch nichts gesehen hatten, kümmerten sich bis zum Eintreffen der Streife um die unter Schock stehende Besitzerin, Frau Marisa Tauber-Schwan. Als Tatwerkzeuge fanden die Kollegen zwei Pflastersteine, die sichergestellt und zur Kriminaltechnik gebracht wurden.«

Mein Gott, der Frau bleibt auch nichts erspart, dachte Karin und ging mit der Kopie der Anzeige rüber zu Burmeester, der allein in von Ahas Büro saß, weil sein Gegenüber auf dem Weg nach Schermbeck war, um Gerd Kleinschmidt aufzusuchen. Sie rief Tom und Jerry hinzu, eine kurze Besprechung folgte, gemeinsam kamen sie zu dem Schluss, dass dieser nächtliche Anschlag auf das Restaurant als Reaktion auf die abgelehnte Lieferung vom Vortag zu werten war. Das konnte kein Zufall sein.

Jerry sah eine der Thesen aus der Ermittlungsarbeit bestätigt. »Also gibt es doch einen erpresserischen Hintergrund. Kann da ein Motiv liegen? Handelte der Koch im Sinne seines verstorbenen Chefs, als er die Lieferung ablehnte? Wir wissen ja, dass dies, ich nenne es mal ›die Zusammenarbeit‹ mit dem Lieferanten, schon lange läuft. Was, wenn Schwan sich lossagen wollte? Wenn die kaputten Scheiben auf deren Konto gehen, dann wird es noch übler kommen.«

Tom berichtete über das hermetisch abgeriegelte Ziel des Lieferwagens im Dinslakener Stadtteil Hiesfeld. Die wenigen Nachbarn konnten nicht sagen, was sich hinter dem dichten Zaun befand.

»Die Anwohner haben sich gewundert, als vor einem Jahr gebaut wurde, dass niemand die Runde machte, um sich vorzustellen, das sei eigentlich üblich. Es gibt Fahrzeugbewegungen, das Tor öffnet sich knapp vor der Ankunft und schließt sich direkt nach der Einfahrt. Keiner konnte sagen, ob jemand ständig dort ist, es gibt anscheinend auch nächtliche Aktivitäten. Das wissen die Nachbarn nur deshalb, weil das Gelände gut ausgeleuchtet ist. Niemand traut sich, über den Zaun zu linsen, weil alles kameraüberwacht ist.«

Burmeester nuschelte etwas in den Raum, das niemand verstand, Karin bat um Wiederholung.

»Eine Drohne kann da helfen, so was haben wir doch im Materialbestand, oder? Einmal über den Zaun schauen, dann sind wir vielleicht etwas schlauer.«

Karin stimmte zu, Tom wollte den Einsatz organisieren. Sie selbst würde sich durch die städtischen Ämter in Dinslaken telefonieren, um herauszufinden, wozu das Gelände offiziell genutzt wurde. Jerry würde den Besitzer des Lieferwagens, den Obst- und Gemüsehändler Nino Heinrichs, zur Nutzung des Fahrzeugs befragen. Er hatte in Erfahrung gebracht, dass er am Vormittag in seinem Geschäft in Walsum am Kometenplatz zu finden war.

Karin wollte auch im »Schwan« vorbeischauen, mit dem Koch und mit Marisa sprechen und bei der Gelegenheit die durchgeschauten Papiere zurückgeben. Das Wichtigste lag kopiert vor, und so konnte sie sich weiterhin einen Eindruck von der Lage verschaffen.

»Ein Tag vor der Eröffnung, ich bin gespannt, wie sie das meistern will. Leute, ihr haltet mich auf dem Laufenden, die kleine Lage machen wir morgen um neun Uhr. Auf geht's.«

∗∗∗

Gerd Kleinschmidt lebte nicht in Schermbeck, sondern ein gutes Stück entfernt im Ortsteil Gahlen auf einem ehemaligen Bauernhof am Waldrand. Ein großzügig angelegtes Grundstück, fand von Aha, als er mit seinem Dienstwagen die breite Zufahrt nahm, durch hoch umzäunte Pferdewiesen auf die Gebäude zufuhr. Er erkannte eine ausgebaute Scheune, einen Pferdestall und andere Nebengebäude, zu denen ein schmaler Weg rechts neben dem Haupthaus führte. Offenbar war ein Teil des Anwesens vermietet, es standen zahlreiche Autos und drei Pferdetransporter auf dem Hof.

Die Tür zum Haupthaus stand offen, von Aha klopfte ans Türblatt. »Hallo? Herr Kleinschmidt? Ist da jemand?«

Eine kräftige Männerstimme rief ihm entgegen. »Kommen Sie durch zur Küche, immer geradeaus.«

Der Mann saß mit seinem Laptop an einem breiten Küchentisch, der mit Papieren übersät war. Von Aha fühlte sich fast zu Hause. Er wies sich aus, Kleinschmidt deutete auf einen leeren Stuhl.

»Auch einen Kaffee?«

»Gerne.«

Während der Mann zur Anrichte ging und Kaffee aus einer riesigen Warmhaltekanne in einen Becher goss, verschaffte sich von Aha mit geübten Augen einen Überblick. Offenbar bildete diese Küche den Mittelpunkt des Hofes, hier gab es neben der Tür eine Garderobe mit vielen unterschiedlich großen Jacken, eine ganze Batterie von Kaffeebechern stand parat, und am anderen Ende der Arbeitsplatte bot eine Spülmaschine Blick auf eine stattliche Reihe gebrauchter Gefäße. Es gab Pinnwände, an denen Zettel neben- und übereinanderhingen, ein Schlüsselbrett, mehrere Kalender mit Platz für unterschiedliche Nutzer, viele Einträge.

Kleinschmidt schob ihm den Becher hin. »Milch und Zucker?«

»Schwarz.«

»Dachte ich mir.«

Sie schauten sich einen Moment an. Von Aha trank und war als Kenner guten Kaffees überrascht von dem Aroma. »Der ist gut, schön stark.«

Während von Aha Papiere aus der Innentasche seiner Jacke

holte, sagte Kleinschmidt: »Sie kommen bestimmt wegen der Anzeige.«

»Welcher Anzeige?«

»Na, ich habe doch den NABU und das LANUV verklagt. Wer es nicht mit Abkürzungen hat: Das sind der Naturschutzbund und das Landesamt für Natur-, Umwelt- und Verbraucherschutz. Wegen den Wölfen.«

»Ach, deshalb die hohen Zäune vorne bei den Pferden?«

»Ja, die haben mir zwei Tiere getötet, erst da habe ich den Zaun beantragen dürfen, und auf die Zahlung vom Land warte ich immer noch. Jetzt fürchte ich um die Pferde. Scheißviecher, keiner hier will die Wölfe haben. Unter besonderem Schutz stehen die.«

Von Aha sah sich zu einem Statement verpflichtet. »Der Wolf war immer da und ist nur aus Aberglauben und wegen seinem falschen Ruf ausgerottet worden. Man kann seine Nutztiere doch schützen.«

Kleinschmidt musterte ihn mit verächtlichem Blick, der sagen sollte: noch so ein Öko-Schönredner, der keine Ahnung hat. »Meine Pferde sind länger hier als diese Wölfin, diese Gloria. Die sind den Mädels hier ans Herz gewachsen. Was meinen Sie, was hier los war, als wir die toten Tiere gefunden haben? Und jetzt hat diese Gloria, so edel haben sie diese Killerwölfin benannt, auch noch einen Kerl und vier Welpen. Und es werden in der Region immer häufiger Wolfssichtungen gemeldet, da bildet sich ein regelrechtes Rudel. Wissen Sie, was die an Nahrung brauchen?«

»Ein kontroverses Thema.« Von Aha musste den Ausweg aus dieser Diskussion finden. Er gab Kleinschmidt das Foto aus der Radarfalle. »Ich bin aus ganz anderen Gründen hier. Auf dem Bild, das ist doch Ihr Wohnmobil, richtig?«

Kleinschmidt schaute lange auf das schlechte, völlig verpixelte schwarz-weiße Foto. »Ja, das ist mein Kasten, genau, also die Nummer da drunter stimmt. Wann ist denn das aufgenommen worden? Ich habe den lange nicht mehr bewegt.«

»Letzte Woche Donnerstag, als vor knapp acht Tagen. Und das sind Sie am Steuer, richtig?«

Kleinschmidt gab ihm das Foto zurück und lachte.« »Das ist doch ein Witz. Das bin ich nie und nimmer, nehmen Sie mal eine Lupe und schauen Sie genau, da ist doch niemand erkennbar. Und was soll das überhaupt?«

Er wies lebhaft mit dem Arm in Richtung Eingang. »Diese Bestien da draußen, da kümmert sich keiner drum, aber wenn jemand zu schnell fährt, dann kommt gleich die Kripo? Seit wann ist das denn so?«

»Wir gehen davon aus, dass der Wagen eine Rolle in einem Tötungsdelikt gespielt hat. Ich bin vom Kommissariat 1 aus Wesel, wir ermitteln bei Mord und Totschlag.«

»Was? Mein Kasten und Mord? Das gibt es doch gar nicht.«

»Herr Kleinschmidt, wo waren Sie am letzten Donnerstag gegen Mittag?«

»Na, bestimmt hier, ich weiß nicht, da muss ich in den Kalender schauen. Wissen Sie immer aus dem Gedächtnis heraus, wo Sie zu bestimmten Zeiten waren?«

Er stand auf, murmelte etwas von Mord auf seinen Weiden und nahm einen der Wandkalender in die Hand. »Da steht es, ich habe Futterzusatz beim Landhandel auf der Ringstraße in Dorsten geholt.«

Von Aha reichte ihm Zettel und Stift. »Dann brauche ich bitte Adresse und Name des Handels und der Person, die Sie bedient hat. Jemand wird sich da an Sie erinnern.«

»Was soll der Quatsch?«

»Das ist Ihr Fahrzeug auf dem Bild, zur fraglichen Zeit nicht weit von einem Tatort entfernt aufgenommen. Und Sie erzählen mir, dass Sie beim Landhandel waren. Was soll ich davon halten? Sie brauchen ein Alibi, Herr Kleinschmidt, sonst muss ich Sie mitnehmen.«

Kleinschmidt notierte kommentarlos und reichte den Zettel zurück. »Das kann doch jeder gewesen sein.«

»Wieso?«

Er deutete auf das Schlüsselbrett. »Die Tür ist immer offen, jeder kann sich hier den Schlüssel nehmen, den er gerade braucht.«

»Zeigen Sie mir den Schlüssel des Wohnmobils?«

Der Mann kam um den Tisch und wollte danach greifen.

»Nein, bitte nicht anfassen. Wenn Sie das Wohnmobil nicht gefahren haben, dann könnten Spuren von der Person, die ihn benutzt hat, darauf zu finden sein.«

Von Aha tütete den Schlüssel ein. »Und jetzt zeigen Sie mir bitte Ihren Kasten, wie Sie ihn nennen. Ich rufe die Spurensicherung, die sollen ihn hier vor Ort untersuchen.«

Kleinschmidt war irritiert, ging kopfschüttelnd vor in Richtung der Nebengebäude, von denen eines als Remise genutzt wurde. Er schob ein großes Tor zur Seite.

Von Aha ging rein. »Nichts anfassen. Der Kollege Heierbeck ist gleich da. So lange ist der Bereich hier gesperrt.«

Kleinschmidt stand voller Unverständnis vor seiner Remise. Von Aha ging auf ihn zu. »Haben Sie einen Waffenschein? Sind Sie im Besitz einer Waffe?«

»Na klar, man muss sich doch verteidigen können gegen diese Biester da draußen.«

»Dann zeigen Sie mir jetzt beides, Schein und Waffe.«

Immer noch über die Wölfe lamentierend, ging Kleinschmidt zurück zum Haus.

✳✳✳

Es war schwer, am Kometenplatz in Walsum einen Parkplatz zu finden. Jerry Patalon entschied sich, sein Fahrzeug in einer Parkbucht an der Wache abzustellen, die für Polizeiwagen reserviert war. Bevor er die Straße überquerte, erkannte er auf den ersten Blick eine Mischung aus Freifläche, Wohnhäusern, einem kleinen Einkaufszentrum, Ladenlokalen und Gastronomiebetrieben. Jerry betrat das Polizeigebäude, sagte Bescheid und nutzte die Gelegenheit, mit der anwesenden Beamtin ein paar Worte über den Händler zu wechseln, den er aufsuchen wollte.

»Der Nino Heinrichs? Das ist ein Netter, hat seinen Laden dahinten am Einkaufszentrum. Da gibt es nie Klagen, der macht seine Arbeit und bringt ab und zu einen Obstkorb zur Wache. Ihr braucht Vitamine, sagt er immer, da laufen so viele Bekloppte herum, da draußen, ihr müsst gute Abwehrkräfte haben. Was soll sein mit ihm?«

»Es geht um eines seiner Fahrzeuge, wir müssen etwas über-prüfen im Zusammenhang mit einem Tötungsdelikt.«

»Das kann nicht mit Nino im Zusammenhang stehen. Der kann keiner Fliege was tun, es sei denn, die knabbert seine Erd-beeren an.«

Mit dieser Vorinformation aus gesicherter Quelle machte Jerry sich auf den Weg. Mehrere schwarzhaarige junge Männer saßen auf einer der Bänke und beschallten den Platz mit orien-talischer Musik. Einer von ihnen schrie Jerry, dem die Herkunft aus der Karibik anzusehen war, hinterher: »Ey, Ausländer raus!«

Jerry drehte sich um und blickte in breit grinsende Gesichter. Der Junge, der breitbeinig auf der Banklehne saß, rief ihm zu: »Kennst du, ne? Wir auch.«

Merkwürdiger Humor, dachte Jerry. Das hier war schon Duisburg, Walsum die Verbindung zwischen dem Niederrhein und dem Ruhrpott.

Er fand den Laden mit ordentlich präsentierter Auslage auf dem Bürgersteig seitlich vom Einkaufszentrum. Einige Kunden suchten Früchte und Gemüse aus, ein Mann stand locker in der offen stehenden Tür und nickte ihm grüßend zu. Jerry sprach ihn mit Namen an, er nickte, während der Hauptkommissar ihm seinen Ausweis zeigte. »Können wir kurz reden? Ungestört, meine ich.«

Der Mann mit der Schürze und der schwarzen Schiebermütze deutete lächelnd ins Ladeninnere und wies eine junge Frau an, seinen Platz einzunehmen. Sie nahm sich eine Lage gerade ab-gewogener Erdbeerkästchen und ging hinaus.

»Meine Tochter, eine ganz Fleißige. Habe ich richtig gelesen, Sie sind von der Kriminalpolizei? Was kann ich für Sie tun?« Er griff sich mehrere der leuchtend roten Früchte aus einer großen Lage und hielt Jerry die Hand entgegen, während er selbst eine Beere vom Stiel kaute.

Jerry lehnte ab, nannte das Kennzeichen des hellen Ducato Transporters und fragte, wozu dieses Fahrzeug genutzt wurde.

»Das kann ich Ihnen nicht sagen. Es sind ungefähr fünfzehn Fahrzeuge für mich unterwegs, wir müssen bei der Beschaffung frischer Ware schnell im Einsatz sein. Worum geht es überhaupt?«

»Der Lieferwagen ist gestern im Rahmen unserer aktuellen Ermittlung aufgefallen. Er wollte Lebensmittel für ein Restaurant in Wesel liefern.«

»Ein Restaurant beliefern? Junger Mann, wir haben genug mit der Bestückung unserer Läden zu tun, wir liefern nichts aus.« Seine Miene drückte Unverständnis aus, als habe Jerry ihm etwas Unmögliches unterstellt.

»Sie betreiben keinen Lieferservice?«

»Nein, uns geht es um Laufkundschaft, alle Läden liegen so zentral wie dieser hier.«

Eine weitere Frau saß an der Kasse und schaute zu ihm rüber, erkannte die Ernsthaftigkeit des Gesprächs und fragte, was da los sei. Heinrichs erklärte, das sei eine Cousine.

»Alles okay«, rief er zu ihr rüber und wandte sich wieder Jerry zu. »Das Auto, um das es geht, gehört mir?«

»Ja.«

»Nennen Sie mir doch einmal das Kennzeichen.«

Jerry gab ihm das Papier mit seiner Aufzeichnung in die Hand. Nino Heinrichs schaute, runzelte die Stirn, schüttelte den Kopf, während er die letzte der Erdbeeren genüsslich im Mund zergehen ließ.

»Das ist ja ein Ding! Der Wagen sollte längst umgemeldet sein, den habe ich einem Mann aus Hiesfeld verkauft, vor drei Wochen, der hat bar bezahlt. Er machte einen seriösen Eindruck und wollte ihn in der gleichen Woche ummelden.« Er reichte den Zettel zurück.

»Kommen Sie mit, ich habe im Büro einen Kaufvertrag, in dem das alles geregelt steht. Ich mache Ihnen eine Kopie und werde dann wohl besser persönlich zum Straßenverkehrsamt gehen und den alten Transporter abmelden.«

»Machen Sie das. Wenn etwas passiert, kommt man auf Sie zurück, so wie ich jetzt.«

»Dann informiere ich mich gleich darüber, ob das mit dem anderen Fahrzeug schon geregelt ist, ich habe zwei der alten Autos an einem Tag verkauft.« Er schaute Jerry an. »Man kann sich einfach auf niemanden mehr verlassen. Meine Tochter sagte noch, Papa, sagte sie, du bist einfach zu gutgläubig.«

Er kopierte den Kaufvertrag, eine einfache Vorlage aus dem Internet, auf dem Name und Adresse des Käufers eingetragen waren.

Jerry bat noch um die Kopie des zweiten Kaufvertrags. »Vorsichtshalber.«

Er hatte keinen Zweifel an der Glaubwürdigkeit dieses Mannes und verließ den Laden mit einem Kilo Erdbeeren, das er ordentlich bezahlt hatte, obwohl Nino Heinrichs sie ihm schenken wollte.

Die jungen Männer auf der Bank sahen die Tüte mit der Aufschrift »Ninos Obst und Gemüse« und reagierten prompt. »Ey, Ausländer, du warst bei Nino, der Mann ist korrekt, da kannst du das Grünzeug aus der Tüte essen.«

✳✳✳

Tom Weber hatte den Fachmann für die ermittlungstechnische Drohnennutzung in der Kreispolizeibehörde ausfindig gemacht, die Dringlichkeit seines Anliegens plausibel erklärt und war um fünfzehn Uhr mit ihm und dem Kofferraum voller Equipment unterwegs nach Hiesfeld. Der Kollege war wortkarg. Tom genoss es, im Einsatz einmal nicht am Steuer zu sitzen, schaute in die Landschaft und erfreute sich an dem frischen, satten Maigrün.

Der Kollege nahm die schnellste Route über die Autobahn, und vom Zubringer zur A 59 aus bog er auf die Kurt-Schumacher-Straße ab. Er fuhr an dem blickdichten Zaun vorbei und parkte den Astra Kombi am Ende der Sackgasse. Nur zwei weitere Fahrzeuge standen dort, in einem saß eine Frau mit einem Kaffeebecher. Der Chef des Drohneneinsatzes ließ sich nicht irritieren, kontrollierte das Gerät, hängte sich die Fernbedienung um, stellte das Laptop auf das Autodach, setzte sich eine Kappe auf und war innerhalb von zehn Minuten startklar.

Erst als Tom sich von den anderen Fahrzeugen abwandte und sein Holster mit Waffe sichtbar wurde, stieg die Frau aus und kam auf die Männer zu. Mit einem harten Summen startete das Fluggerät mit Kamera von der Straßenmitte aus. Die Frau tippte Tom Weber auf die Schulter, der drehte sich um und schaute auf einen Ausweis, den sie ihm vor die Augen hielt. »Alice Karun, Hauptkommissarin Landeskriminalamt Düsseldorf, Dezernat 12, Wirtschaftskriminalität. Und wer sind Sie?«

Tom Weber zeigte seine Legitimation.

»Mord und Totschlag, soso. Tagchen, die Herren Kollegen.«

Sie grüßten knapp. Landeskriminalamt, das war nicht die beliebteste Behörde, mit der die Kollegen zusammenarbeiteten. Tom wollte den Drohnenpiloten schon auffordern, das Fluggerät wieder einzupacken. Wenn jemand vom LKA auftauchte, gab es meist Ärger, Kompetenzgerangel, der Informationsfluss gestaltete sich schwierig, kurzum, er hatte keine Lust, in dieser kleinen Sackgasse im Hiesfelder Gewerbegebiet mit dem LKA aneinanderzugeraten.

Der Drohnenpilot war sichtlich in seinem Element. »Dann wollen wir mal. Ich zeichne auf, wollt ihr einzelne Fotos oder ein Video?«

Statt Tom antwortete Alice Karun. »Geht beides? Mich interessiert, was sich dort verbirgt, Gebäude mit Rückseite, Eingänge, Fahrzeuge, alles.«

Beide Männer schauten sie erstaunt an. Tom meinte, dass er seine Chefin informieren müsse, wenn plötzlich jemand in laufende Ermittlungen einsteigen würde.

Karun winkte ab, das ließe sich nachholen. »Männer, das ist doch ein Glück, dass wir hier zu dritt vor diesem gepflegten Zaun des Grauens stehen. Ich biete hiermit eine umfassende Kooperation an. Wir sind vom BKA in Wiesbaden darüber in Kenntnis gesetzt worden, dass IKPO-Interpol eine international operierende Organisation entdeckt hat, die Restaurants und Einzelhändler zur Abnahme minderwertiger oder gefälschter Ware erpresst. Ich bin erst seit zwei Stunden mit dem Fall beauftragt und sollte hier Stellung beziehen. Diese Adresse ist uns seit zwei Wochen bekannt. Da kommt es mir zupass, dass Sie ganz offensichtlich über den Zaun gucken wollen.«

Tom überlegte kurz. »Kein Kompetenzgerangel, keine Übergabe der bisherigen Ergebnisse an das LKA, keine Behinderungen, weil dies hier Teil der Ermittlung in einem Tötungsfall ist?«

Alice Karun lachte. »Nein, nichts von alldem. Ich bin für bedingungslose Kooperation.« Sie wies mit ausgestrecktem Zeige- und Mittelfinger zwischen seinen und ihren Augen hin und her. »Auf Augenhöhe.«

Tom sah sie immer noch skeptisch an, diese Frau im mittleren Alter in Jeansrock und Sweatshirt, mit Pagenschnitt und einem freundlichen Lächeln.

Der Mann mit der Fernbedienung für die Drohne wurde ungeduldig. »Was ist nun?«

Der Hauptkommissar aus Wesel lud Alice Karun vom LKA mit einer Geste dazu ein, gemeinsam auf dem Laptop den Flug zu beobachten. »Start.«

Surrend erhob sich das Gerät von den vier Beinen, schwirrte hoch, kreiste probeweise über ihren Köpfen. Der Pilot ließ den fliegenden Fotoapparat über das Nebengrundstück zur hinteren Seite des Areals fliegen, kontrollierte die Position auf seinem Display.

Eine Halle, die etwa die Hälfte des Areals einnahm, tauchte auf dem Bildschirm auf, mit Wänden aus Hohlblocksteinen, geschützt durch ein Blechdach, offenbar ohne Hintertür. Lüftungspropeller in den Wänden ließen auf Klimatisierung schließen. Offenbar wurde das Objekt gespeist durch eine Photovoltaikanlage mit unzähligen Paneelen auf dem Dach und auf dem Gelände. An der Seite standen zwei Sondergutcontainer, bis zu diesem Bereich waren Einfahrt und Vorplatz ordentlich gepflastert.

Alice Karun pfiff durch die Zähne. »Sehr nobel, die ganze Anlage war nicht billig.«

»Und die Nachbarn behaupten, von alldem nichts bemerkt zu haben.«

Sie schaute Tom an, reckte anerkennend den Daumen. »Das wäre meine nächste Frage gewesen. Nach dem Kaffee hätte ich bei den wenigen Leutchen geschellt.«

Sie wies auf den Zaun. »Ich garantiere, dass diese hässlichen Plastikstreifen zuerst montiert wurden, und niemand wird einfahrende Handwerker und Lkw mit Material beobachtet oder gezählt haben. Wenn sich niemand persönlich vorgestellt hat, bleibt so ein Gelände mit seinen Leuten anonym.« Sie zeigte auf die Container neben der Halle. »Erst wenn die Dinger stinken, wird sich jemand darüber beschweren.«

Plötzlich wurde die Frau lebhaft. Die Kamera der Drohne bot ein vergrößertes Bild von drei Fahrzeugen, die ordentlich vor der Halle parkten. Ein Ford Ka, ein Ducato Transporter, und was sie in Wallung versetzte, war etwas Rotes, das mit einem Ladekabel an eine Wallbox angeschlossen war. »Wow, Männer, das ist ein Elektroauto der Luxusklasse, ein Porsche Taycan.«

Beide Kollegen schauten sie an. Eine Frau, die sich im Luxussegment der fahrbaren Untersätze auskannte, war nicht alltäglich. Tom erfragte Details.

»Ohne Extrawünsche muss man hundertzwanzigtausend Euro dafür hinlegen«, erklärte sie. »Dafür hast du dann vierhundertvierzig Kilowatt, sprich 598 PS unter der Haube. Wenn du die auch nur annähernd ausfährst, kommst du nicht weit, bei hundertzwanzig Kilometern pro Stunde reicht die Speicherleistung für eine Entfernung von rund vierhundertvierzig Kilometern.«

Sie schaute die beiden an. »Oh, habe ich euch geduzt, das macht nichts, oder? Ich bin Alice, nett, euch kennenzulernen. Und ich prahle hier mit Halbwissen. Ein Freund von mir arbeitet in der Autobranche. Ich darf immer mal Probe fahren, wenn ich bei ihm was Besonderes auf dem Hof stehen sehe. Das ist geil, sage ich euch.«

Der Drohnenpilot, wortkarg und humorlos, reagierte nicht, während sie Tom zum Lachen gebracht hatte.

Der Mann an der Fernbedienung war beseelt von dem Ehrgeiz, noch ein Foto von den Nummernschildern zu machen, wozu er die Drohne tief absinken lassen musste. In dem Moment, in dem drei Männer aus der Tür stürmten, zog er sie wieder hoch. Auch von ihnen gab es eine gute Aufnahme.

Mit einem kleinen zufriedenen Lächeln holte er sein Baby in Sichtweite, ließ es sanft landen und verstaute es mit der gleichen Sorgfalt, mit der er es ausgepackt hatte, erneut im Kofferraum des Kombis.

In der Zwischenzeit hatte sich ein lebhaftes Gespräch zwischen Alice Karun und Tom Weber entwickelt. Mit einem demonstrativen Blick auf die Armbanduhr deutete der Drohnenpilot auf sein Auto.

Alice Karun bemerkte es aus dem Augenwinkel. »Du musst fahren, Tom Weber.«

Er hob für einen Moment den Blick, was der Frau nicht entging.

Sie blickte den Kollegen mit dem besonderen Aufgabenbereich der Drohnennutzung an. »Fahr ruhig schon mal. Es ist schon spät, ich bringe den Kollegen Weber nach Wesel, dann kann ich mir gleich anschauen, wo ich mich morgen in der Frühe wieder einfinden soll, um mich mit seiner Vorgesetzten zu besprechen.«

Er fuhr grußlos davon, sie wies mit dem Kopf in seine Richtung. »Hat er mehr als zehn Worte mit dir gewechselt?«

»Ich glaube nicht.«

»Komm, steig ein, dann quatsche ich dich jetzt zu. Das hast du davon, wenn du spontan mit der Alice vom LKA zusammenarbeitest.«

\*\*\*

Die großen Fensterlöcher im »Schwan« waren von beiden Seiten mit Plexiglasscheiben gefüllt, die mit Unmengen Silikon an die in den Rahmen verbliebenen Scherbenstücke geklebt waren. Ob das besser aussah als eine Wand aus Sperrholz, mochte Karin Krafft nicht entscheiden, aber auf die Ordnung und die helle Atmosphäre wirkte es störend. Auf jeden Fall waren die Löcher dicht, es gab weder Zugluft, noch konnten die restlichen, relativ großen Scherbenstücke herausbrechen. Karin ging zum hinteren Eingang und schellte.

Marisa hatte Ringe unter den Augen, die sich nicht mehr überschminken ließen. Nachdem sie Karin hereingelassen hatte, schlurfte sie zum Sofa, neben sich ein Tablet und ihr Telefon, sie wirkte verlangsamt in Bewegung und Reaktion.

»Haben Sie etwas genommen?«

»Ja, ich hatte noch Valium von der letzten Woche. Keine Sorge, in meinem Kopf bin ich klar. Ich habe das heute Nacht nicht mehr ausgehalten. Mika war hier, sie ist eben gegangen, muss nachher arbeiten, dann kommt Adrian her.«

Mit leeren, verweinten Augen schaute sie hoch. Um Jahre gealtert. Das hält kein Mensch aus, was ihr widerfahren ist, dachte Karin.

Marisa schaute emotionslos ins Leere. »Wissen Sie schon, wer das war?«

»Nein, ich kann noch nichts sagen.«

»Was machen Sie denn die ganze Zeit?«

»Jede Ermittlung ist ein riesiges Puzzle, nur dass wir nie wissen, aus wie vielen Teilen es besteht. Und wir haben keine Vorlage, wissen nicht, wie es aussehen soll. Wir sind dran.«

Karin ging zur Küchenzeile und ließ Wasser ablaufen, füllte dann ein Glas und stellte es vor Marisa hin. »Haben Sie einen Verdacht, wer das getan haben könnte?«

»Ich weiß nicht, wer frisch vermählte Ehemänner tötet und eine Woche später Scheiben eines Restaurants einwirft, das im Countdown zur Eröffnung steht. Passend zu diesem Desaster rief vorhin der Bestatter an und sagte, er könne noch keinen Termin für die Beisetzung festlegen, da das Krematorium in

Duisburg langfristig nicht nutzbar ist und alle anderen somit überlastet sind. Ich kann den Gästen nicht einmal mitteilen, wann die Beerdigung sein wird.«

»Das tut mir leid, auch das noch. Wie soll das denn morgen Abend laufen?«

Nur langsam löste sich Marisa von den Nachrichten des Bestatters. Dann setzte sie sich auf und war gedanklich wieder mit der Organisation beschäftigt. »Gleich werden Orangenbäume und Oleandersträucher geliefert, die stellen wir draußen vor die kaputten Scheiben. Von innen wird dann sofort ein Vorhang montiert, davor stelle ich riesige Zimmerpflanzen. Ein Tisch weniger. Drinnen waren alle reserviert.«

»Wollen Sie nicht doch verschieben?«

Marisa bewegte sich nicht, schien auf den Rhein zu schauen und fuhr mit leiser Stimme fort, nachdem sie einem Schluck Wasser genommen hatte.

»Nein, undenkbar. Alles ist vorbereitet in der Küche, heute Abend kommt die Blumendekoration für die Tische. Vorne am Ring bei Foto Lipka muss ich noch das vergrößerte Bild von Jojo abholen, das stelle ich auf einen Stehtisch vor die Pflanzen. Die Inhaber sind so rührig, sie werden es rahmen, da muss ich mich nicht kümmern.«

Eine Nachricht erreichte ihr Smartphone, sie nahm es langsam auf, las, legte es zurück. »Das war der Elektriker, der nachher die Überwachungskameras installiert. Er hat alle Geräte da und wird in einer halben Stunde hier sein.«

»Sehr gut, die soll er möglichst hoch anbringen und möglichst mit Sicht auf das Umfeld des ganzen Gebäudes. Was ist mit Bewegungsmeldern?«

»Ja, die bringt er auch an. Ich bin doch nachts ganz alleine in diesem großen Haus. Ab jetzt wird jedes kleinste Geräusch mich wecken. Ich will nicht andauernd runterlaufen und nachschauen.«

Wie in einer Endlosschleife, die ihren Kopf besetzte, fuhr sie mit ihrer Aufzählung fort. »Die Kisten mit dem Sekt stehen kalt. Die Bürgermeisterin hat zugesagt, und die Presse wird hier sein. Lebensart, neue und gute Gastronomie, das interessiert die Leute hier. Es kommen Stammgäste aus den besten Restaurants, in denen sie Jojos Küche kennengelernt haben und zu schätzen wissen. Frau Krafft, ich kann doch nicht alles absagen, ich muss den Laden ans Laufen bringen. Jojo hätte es so gewollt.«

Karin ließ sie reden, beherrschte sich. Ihr Gefühl sagte etwas anderes, sie wollte sie schütteln, damit sie die Gesamtheit des aufkommenden Debakels erkannte.

»Mein Vater hat mir heute Morgen einen Brief in den Postkasten gelegt. Er entschuldigt sich für das Verhalten von ihm und seiner Trixi. Meine Güte, Yorkshire Terrier heißen Trixi, aber doch nicht Frauen Ende fünfzig. Er hat von dem Anschlag auf das Haus erfahren und ist beunruhigt. Er bietet an, morgen ab dem späten Nachmittag zu helfen. Und er fragt, ob es hilfreich sei, wenn er, nur er, ein paar Tage zu mir zieht.«

»Und? Werden Sie ihm antworten?«

Zum ersten Mal schaute sie Karin mit matten Augen an. »Sie glauben doch nicht, dass er ohne seine Trixi herkommt. Und wenn doch, wird sie eine Stunde später an seiner Seite stehen.«

»Denken Sie darüber nach, Frau Tauber-Schwan, das ist die beste Unterstützung, die Sie im Moment haben. Vereinbaren Sie klare Regeln, delegieren Sie, wer Ihrem Vater sagt, was er zu tun hat, und wer Trixi wieder fortschickt, wenn sie auftauchen sollte.«

Karin dachte sich hinein in das Szenario, ein Alptraum, so wie sie das Paar Tauber senior erlebt hatte. Die junge Frau tat ihr leid in ihrem von Trauer geprägten Ehrgeiz, dieses Haus zu eröffnen.

Was, wenn sie sich unter die Gäste mischen würde? »Haben Sie draußen noch Plätze frei? Dann komme ich morgen gegen achtzehn Uhr mit meiner Familie.«

War das eine Regung in Marisas Gesicht? Leuchtete da eine Spur Erleichterung auf? »Machen Sie das. Sie sind eingeladen.«

»Nein, nein, so meine ich das nicht. Wir kommen als Gäste vom ›Schwan‹.«

Karin war schon auf der Treppe, als Marisa ihr hinterherrief: »Meinen Sie, dass jemand ganz gezielt verhindern will, dass der Schwan losfliegt?«

»Ich weiß es nicht. Bislang liegen unsere Puzzleteile noch ungeordnet auf dem Schreibtisch. Ruhen Sie sich aus und lassen Sie die Beruhigungspillen weg, Sie wollen doch, so gut es geht, glänzen.«

Draußen wurde der Oleander angeliefert, der Koch hatte die Einweisung der riesigen Pflanzenkübel übernommen. Die Orangenbäume in unterschiedlichen Größen wurden vor die restlichen Scheiben gestellt. So war zumindest die erste Reihe großer Glasflächen ein wenig geschützt. Karin schaute auf. Dieser ganze Kasten aus Glas, transparente Architektur. Jede Nacht konnte hier ein Irrer wahllos Kopfsteinpflaster werfen, jeder Stein hätte ein Ziel.

Sie nahm das Telefon zur Hand, rief in der Wache an. »Krafft hier, K1. Sagen Sie, ist es möglich, dass Ihre Leute heute und in den kommenden Nächten die Fischertorstraße öfter mal kontrollieren? … Ja, genau, wegen dem Restaurant am Bogen zur Promenade. … Richtig, es müssen ja nicht noch mehr Scheiben zu Bruch gehen.«

Nach dem Gespräch rief sie Maarten an. »Schatz, ich weiß, wo wir morgen am Abend essen, ahnst du es?«

»Gefälschte, aber teure Lebensmittel im ›Schwan‹? Das habe ich mir immer schon gewünscht.«

»Fast richtig, aber die Ladung mit dem falschen Zeug ist abgelehnt worden. Sagst du Hannah Bescheid und trägst den ›Schwan‹ im Familienkalender für achtzehn Uhr ein?«

Sie hörte Hannah im Hintergrund mit ihrer Proteststimme brüllen. »Nur wenn ich anziehen darf, was ich will.«

Das konnte heiter werden.

✳✳✳

Die Frage von Hannahs Bekleidung für den Restaurantbesuch hatte am nächsten Morgen auch das Frühstück mit ihrer Familie beherrscht. Selten war sie an einem Freitag so motiviert und gern zur Dienststelle in Wesel gefahren.

Sie fragte in der Wache nach, ob es zu einem weiteren nächtlichen Vorfall gekommen war, und hörte erleichtert, dass alles okay war. Voller Energie spurtete sie die Etagen zum Kommissariat hinauf. Viel zu früh.

Oben angekommen bemerkte Karin sehr lebhafte Stimmen, eine männliche, eine weibliche, die aus dem Büro von Tom Weber kamen. Beides sehr ungewöhnlich. Sie konnte sich nicht daran erinnern, jemals so einen einfühlsamen Plauderton von Tom gehört zu haben. Und zu wem gehörte diese nette Frauenstimme?

Die Tür stand offen, Karin trat ein. Tom und eine ihr nicht bekannte Frau saßen hinter dem Schreibtisch und schauten gemeinsam auf den Bildschirm. Was sollte sie sagen? Wer ist das, und was macht sie da vor deinem PC? Blöd. Noch etwas erschien ihr ungewöhnlich. Hatte sie Tom jemals so dicht neben einer Frau erlebt?

Er stellte die beiden einander vor. »Alice, das ist Hauptkommissarin Karin Krafft, die Chefin vom K1. Karin, das ist Alice Karun, Hauptkommissarin vom Dezernat 12, Landeskriminalamt Düsseldorf. Wir sind uns gestern in Hiesfeld bei dem ominösen Firmengelände begegnet und schauen uns gerade die Ergebnisse des Drohneneinsatzes an. Sehr interessant, was sich dort verbirgt.«

Wir. Uns. Mit dem LKA aus Düsseldorf. Ohne sie zu informieren.

Tom wusste genau, was in ihrem Kopf vor sich ging. »Das LKA Düsseldorf hat über das BKA Wiesbaden von einem Fall internationaler Lebensmittelfälschung mit bandenmäßiger Erpressung erfahren.«

Alice übernahm nahtlos. »Die wiederum haben einen Tipp von der IKPO-Interpol bekommen, ihr Büro ist dort im gleichen Haus. Ich habe gleich vor Ort geklärt, dass es kein Kompetenzgerangel geben wird, ich hoffe, das ist in deinem Sinn, dass wir unser Wissen austauschen und gemeinsam ermitteln.«

»Das hört sich vielversprechend an. Sagt noch mal, wie heißt Interpol jetzt?«

Alice trat vor. »Sie stellen die Abkürzung für Internationale Kriminalpolizeiliche Organisation, IKPO, voran, haben aber nie selber operativ ermittelt, sondern reichen ihre Erkenntnisse weiter ans Bundeskriminalamt, den Rest des Weges kennst du. Wir sagen doch Du? Ist einfacher.«

Karin nahm ihren Handschlag an. »Ja, dann, solange es hier unkompliziert und auf Augenhöhe läuft, können wir jede Unterstützung gebrauchen. Ich überlege mal, wie ich die zeitlich begrenzte Aufstockung unseres Personals der Behördenchefin erkläre. Bestimmt hat sie nichts dagegen, Hauptsache, du stellst ihr keine Spesen in Rechnung. Macht weiter. Kleine Lage in einer halben Stunde.«

Sie hat ein gewinnendes Wesen, dachte Karin, als Alice sich der Runde bei der Lagebesprechung vorstellte. Im Nu hatte sie alle Anwesenden davon überzeugt, dass ihre Anwesenheit und ihr Wissen ein Gewinn für das K1 sein würden.

Tom wollte mit ihr gemeinsam das Ergebnis des Einsatzes präsentieren, nachdem Karin die Auskünfte der Abteilung für wirtschaftliche Förderung der Stadt Dinslaken vorweggeschickt hatte:

»Das Gelände ist im letzten Jahr verkauft worden, dort residiert eine Importfirma für südländische Feinkostprodukte, ›OLOL‹ für Olio Olivio, ein bekloppter Name. Ist merkwürdigerweise nirgendwo zu finden, nicht bei Google, nicht im Internet, nirgendwo, eingetragen als Eigentümer ist ein Barnabas Routi, den es überall und nirgends gibt.«

In ungewohnter Weise, nämlich abwechselnd, stellten Tom und Alice ihre Ergebnisse vor. Das hermetisch abgeriegelte Gelände war bestens mit Solartechnik ausgestattet, die Halle verfügte über Klimatisierungstechnik, es gab zwei verschließbare Container, die sich der Lebensmittelentsorgung zuordnen ließen, und drei Autos, die unterschiedlicher nicht sein konnten.

»Der Halter des Ford Ka wohnt in Dinslaken und ist der

Auslieferer, dem ich hinterhergefahren bin, ich habe ihn erkannt. Zu dem Transporter wird Jerry etwas berichten, dessen Kennzeichen gehört noch zu einem Obst- und Gemüsehändler aus Duisburg.«

Jerry Patalon berichtete vom Barverkauf des Ducato und dem Versprechen des Käufers, den Wagen umzumelden. »Der Nino Heinrichs verkauft regelmäßig die Firmenwagen, wenn sie in die Jahre gekommen sind, für kleines Geld über eBay. Der Mann hat nichts damit zu tun, davon bin ich überzeugt.«

Tom blendete das Foto der Drohne ein, auf dem drei Männer auf dem Vorplatz der Halle nach oben blickten. Alice übernahm.

»Der rechte Mann ist uns bekannt, das ist Rolando Mercuri, der Eigner des Taycan. Ein Mann mit zwei Pässen, einem deutschen und einem griechischen. Er bewegt sich im Grenzbereich zwischen seriösen Geschäften und dem Untergrund. Ein Windhund, wenn ihr mich fragt, und garantiert ist der andere auf dem Bild Barnabas Routi, seine ausführende Hand. Der Mann, ebenfalls mit Pässen zweier Länder, Deutschland und Bulgarien, ist überall da bekannt, wo es um Geldgeschäfte in großem Ausmaß geht. Uns fehlen nur die Beweise, er ist ständig unterwegs, sonst wäre er schon hinter Gittern.«

»Oh, oh«, meinte Burmeester aus dem Hintergrund, »das ist eine gefährliche Mischung, da können wir mit allem rechnen. Alice, sind beide Namen schon direkt in Zusammenhang mit Tötungsdelikten genannt worden?«

»Nein, nicht direkt. Sie gehören nicht zur Ebene der Ausführenden, und das ist auch nicht der Kopf von Olio Olivio. Der sitzt woanders. Unser Ansatz beim LKA ist es, so viele Filialen wie möglich zu zerschlagen, so wie die in Dinslaken, bis der Kopf sich zeigt oder wir den Weg zu ihm kennen. Allein der Betrug mit gefälschten Lebensmitteln wirft Gewinne im Millionenbereich ab. Da gibt es Handlungsbedarf. Uns fehlt nur das Personal für den umfassenden Einsatz. Wenn wir mit Lebensmittelprüfern oder Gewerbeaufsicht auftauchen, dann ist immer alles original und in bester Qualität. Was sie ausliefern, ist etwas anderes, im Ernstfall ist der kleine, unbedeutende Fahrer derjenige, der eigenmächtig alles ausgetauscht hat.«

Karin hakte nach. »Traust du denen zu, dass sie Scheiben einwerfen, wenn man sie ärgert?«

»Ja, das dürfte noch eine der harmlosen Reaktionen sein. Wer sich lossagen will, muss viel bezahlen, oder es geht dem Laden an den Kragen. Niemals mit Angriffen auf Personen, sondern sie hinterlassen ein Schlachtfeld mit materiellem Schaden.«

Jerry fasste zusammen. »Weder der Koch Marius Hirtel noch Marisa Tauber-Schwan haben eine Ahnung davon gehabt, was sie mit der Ablehnung der Lieferung anrichten.«

Karin sprach über die Eröffnung am Abend. »Wir sollten den ›Schwan‹ gerade heute im Auge behalten, drinnen und draußen. Wenn es beim Eröffnungsessen zu unangenehmen Zwischenfällen kommt, ist das der größte Schaden, den man anrichten kann.«

Noch bevor von Aha gemeinsam mit Burmeester über ihre Ergebnisse zu dem Wohnmobil berichten konnte, hatte Karin festgelegt, dass es eine Sonderschicht im Restaurant geben würde, sie alle sich verteilt im Innen- und Außenbereich aufhalten würden, fröhlich die Eröffnung feiernd. Zusätzlich würde sie zwei zivile Streifen anfordern, die die Fischertorstraße in beide Fahrtrichtungen beobachten sollten.

»Gero, Nikolas, jetzt ihr.«

Von Aha hob ein eingetütetes Gewehr auf den Tisch. »Leider ist das nicht die Tatwaffe, dieses Gewehr ist lange nicht mehr benutzt worden. Sein Besitzer, Gerd Kleinschmidt, behauptet, es wegen den Wolfangriffen auf seine Pferde im Haus zu haben. Dafür hat er einen Waffenschein, und es wird in einem verschlossenen Schrank untergebracht.«

»Und wer ist dieser Kleinschmidt?«, fragte Alice.

Von Aha gab das Wort an Burmeester. Der berichtete über das Radarfallenfoto und die Ermittlung des Halters des Wohnmobils, den von Aha aufgesucht hatte. Dieser übernahm wieder.

»Jeder auf dem Gelände kann sich in der Küche an den Autoschlüsseln bedienen, das wird nicht weiter auffallen, zumal die

Fahrzeuge vom Pferdehof, die nicht täglich gebraucht werden, in einer Remise stehen. Heierbeck hat Fingerabdrücke von Kleinschmidt genommen und das Wohnmobil auf den Kopf gestellt, um die Abdrücke zu vergleichen. Erstaunlich ist das Ergebnis. Es gibt von dem Eigentümer keine Fingerabdrücke in dem Wagen.«

Nicht nur Karin fand das merkwürdig. »Moment, es ist sein Wohnmobil, und nirgends hat er Abdrücke hinterlassen?«

Von Aha nickte. »Es sind überhaupt keine Abdrücke zu finden. Jemand hat ordentlich alle Flächen im Innenraum gereinigt. Komplettreinigung, sagt Kleinschmidt, das ließe er einmal im Jahr machen.«

»Und ausgerechnet in dieser Woche?«, bemerkte Karin. Das brachte sie nicht weiter, die aufkeimende Euphorie wurde schier ausgebremst.

Von Aha schaute in die Runde und lächelte. »Da ist noch was. Heierbeck ist ja ein Fuchs auf seinem Gebiet. Er hat am Rahmen des Fensters im Dach Schmauchspuren gefunden. Mit aller Wahrscheinlichkeit haben wir das Fahrzeug gefunden, von dem der tödliche Schuss in Marienbaum abgegeben wurde. Jetzt brauchen wir nur noch den Täter.«

Ja! Das war doch die gute Nachricht des Morgens. Bewegung kam ins Team, Gemurmel brach durch, von Aha schaute zu Burmeester, der grinste zufrieden, Tom und Alice sprachen intensiv miteinander, bis die LKA-Kollegin auf ihre Uhr schaute und sich verabschiedete. Sie hätte in Düsseldorf noch ein Team, das ebenfalls auf die Ergebnisse wartete.

»Es gefällt mir, mit euch zusammen einen Schritt vorwärtsgegangen zu sein, ich halte Tom auf dem Laufenden, wenn wir dem Kopf von OLOL näher kommen.«

Tom brachte sie noch runter zum Ausgang, was bei den Kollegen zu Spekulationen über sein außergewöhnliches Verhalten führte. Als er den Besprechungsraum wieder betrat, schauten ihm alle neugierig entgegen. Gero von Aha grinste breit.

»Und?«

»Was, und?«

»Na, kommt sie auch zur Eröffnung vom ›Schwan‹?«

»Das weiß sie noch nicht.«

Jerry grinste noch breiter als Gero. »Ich könnte darauf wetten, dass sie kommt.«

Tom setzte sich mit bekannt ernster Miene wieder an seinen Platz, ignorierte die fragenden Blicke. »Machen wir weiter.«

Im Laufe der weiteren Besprechung wurde ihnen klar, dass sie Baldur Fabiani, den Konkurrenten von Jojo Schwan, bislang nicht auf dem Schirm gehabt hatten. Ihn umgab eine wabernde Wolke von Gerüchten und Anschuldigungen, und Karin war neugierig darauf, seine Position kennenzulernen. Sie würde sich gemeinsam mit Jerry ein Bild von ihm machen, während Tom auf Neuigkeiten aus Düsseldorf wartete und von Aha sich mit Burmeester weiter mit Noble Cars und OLOL beschäftigte und die Restaurants kontaktierte, in denen Jojo Schwan in den letzten Jahren gekocht hatte. Irgendjemand von ihnen musste doch zumindest einen Verdacht gehabt haben, dass etwas mit diesem Lieferanten anders lief als üblich.

Karin und Jerry starteten gegen Mittag, da das »Baldur« erst um dreizehn Uhr öffnete, sie wollten pünktlich dort eintreffen. Auf der Fahrt über die B8 Richtung Rees wurden sie sich der Baumaßnahmen für die Güterstrecke der Betuwe-Linie bewusst. Hinter Mehrhoog wurde links der Straße in großem Umfang gebaut, Karin erinnerte sich an den Widerstand aus den anliegenden Städten und Dörfern, ihre schicksalhaften Tage in einem alten Bauwagen, in den eine ehemalige Freundin, damals Aktivistin, sie verschleppt und festgehalten hatte. Sie hatte lange an dem Trauma ihrer Entführung gearbeitet, die Erinnerung schmerzte nicht mehr.

In Rees stellte sie den Wagen auf dem Parkplatz beim Schulzentrum ab, gemeinsam liefen sie die malerische Promenade entlang bis zu dem schmiedeeisernen Tor, das offen stand und die Stufen hinauf zum Restaurant freigab. Ein perfekt gekleideter Kellner begrüßte sie auf der Terrasse des »Baldur« und fragte nach ihrer Reservierung. Karin zeigte ihren Ausweis und fragte ohne Umschweife nach dem Chef. Der Mann verschwand in der Küche, Baldur Fabiani erschien, wie Karin sich einen Koch vorstellte, in Arbeitskleidung mit einem vor den Bauch gebundenen Tuch und einer hohen Kochmütze, fragte, was er für sie tun könne, wies auf einen Tisch in der Nähe.

»Setzen wir uns. Kriminalpolizei?«

Karin bestätigte, der Koch lachte sonor, mit dunkler Stimme und bebendem Bauch. »Wissen Sie, seit Tagen warte ich darauf, dass jemand von Ihnen hier auftaucht. Sie sind wegen dem toten Schwan hier, richtig?«

»Ja.«

»Und weil Sie gehört haben, dass Jojo Schwan und Baldur Fabiani nicht gerade Freunde waren?«

»Stimmt.«

Er lachte den Kellner an, beide reckten einen Daumen in die Höhe, Fabiani fuhr ungefragt fort. Hier war klar, wer das Sagen hatte.

»Wir hatten hier eine Wette laufen, wann die Kripo herkommt und Fragen stellt, wir beide haben gesagt, nach knapp einer Woche. Damit haben wir gewonnen. Wir können die ganze Fragerei auch gleich abkürzen. Niemand vom ›Baldur‹ hat mit seinem Tod zu tun. Das Gehabe zweier Konkurrenten wie mit aufgefächerten Pfauenschwänzen, das übliche Poltern belebt das Geschäft. Ich habe es nie nötig gehabt, seine Speisekarte zu kopieren oder seine Kreationen testen zu lassen, das waren alles freche Behauptungen. Und ich bedauere zutiefst, dass er nicht mehr lebt. Mit wem soll ich jetzt solche Scheingefechte führen?«

Karin fühlte sich vorgeführt, was sollte sie noch sagen? Jerry übernahm mit unterkühlter Überlegenheit das weitere Gespräch, sie ließ ihn gewähren und lehnte sich zurück.

»Wo waren Sie am 12. Mai so um diese Zeit, gegen dreizehn Uhr?«

Der große Fabiani lachte erneut laut los. »Wo bin ich wohl gewesen? Na, hier. Ich lasse niemanden sonst an meine Töpfe. Und falls Sie jetzt nach dem Personal fragen, alle waren an Bord.«

»Sie sagten, dass alle von Schwan aufgestellten Behauptungen nicht der Wahrheit entsprachen. Wieso kam es dann zu der einstweiligen Verfügung gegen Sie?«

Die hohe Kochmütze schwankte ein wenig, als sich der Meister vorbeugte. »Ich hatte keine Zeit und keine Lust mehr auf dieses Blabla, das war doch lächerlich. Deshalb habe ich zu allem Ja und Amen gesagt. Ich hatte und habe mir nichts vorzuwerfen. Sollte der Schwan doch glauben, was er wollte. Das ›Baldur‹ ist und bleibt die erste Adresse am rechtsrheinischen Niederrhein, und damit basta. Noch Fragen? Wir müssen, da kommen die ersten Gäste.«

Derart wollte Karin sich nicht abservieren lassen. »Ist Ihnen ein Lebensmittellieferant namens OLOL bekannt?«

»Nie gehört.«

»Mag sein, dass wir noch einmal auf Sie zukommen, um Ihre Lieferantenverträge zu prüfen.«

»Ich wüsste nicht, welchen Anlass Sie dafür finden könnten. Aber bitte schön, stets zu Ihren Diensten. Ich habe nichts zu verbergen. Mögen Sie noch einen Kaffee? Geht aufs Haus.«

Zwischen blühendem alten Blauregen zu sitzen und bei einem Kaffee auf den Rhein zu schauen, das hatte was. Karin nahm das Angebot dankend an.

Nach dem ersten Schluck beugte sich Jerry zu ihr vor. »Das können wir vergessen, ich glaube ihm.«

»So leicht lässt du dich beeindrucken? Also ich streiche ihn noch nicht von der Liste. Aber der Kaffee ist fast so gut wie der von Gero. Ein paar Minuten bleiben wir noch, okay?«

\*\*\*

Im Kommissariat wollte sich jeder auf den abendlichen Einsatz vorbereiten, und da es keine nennenswerten Ergebnisse gab, konnte die nächste Besprechung getrost auf den Mittag des Folgetags gelegt werden.

Burmeester wollte nicht mit zur Eröffnung, zu kaputt vom Tag. Karin fuhr ihn nach Hause. Die anderen würden sich im Laufe des Abends im »Schwan« am Rhein einfinden.

Sie erkannte Maarten von Weitem, als er ihr von ihrem Haus in Lüttingen entgegenwinkte. Allein?

\*\*\*

Im Grunde war Karin froh, dass sich Hannah nicht auf das gemeinsame Essen eingelassen hatte. Die Kleiderfrage stellte wieder ein unüberwindliches Problem dar, ihre Tochter hatte nach ausgiebigen Diskussionen die letzte Fähre über den Rhein genommen und war mit dem Rad weiter zur Oma nach Bislich-Büschken gefahren. Dort wollte sie übernachten. Johanna Krafft brachte immer Verständnis für ihre Enkelin auf, und Karin konnte sich darauf verlassen, dass ihre Tochter am nächsten Tag gelassener wieder heimkehrte.

Maarten bemerkte, gleich nachdem sie den Schwan betreten hatten, ihren sichernden Rundumblick und wusste spätestens, als Gero, Tom und Jerry erschienen, dass er ab sofort in kriminalistischer Mission unterwegs war. »Was geht hier ab? Wen suchen wir? Bin ich Teil eines verdeckten Einsatzes?«

»Wie meinst du das?«, fragte Karin.

»Nicht eine Frage mit einer Gegenfrage beantworten. Schau dich nur gründlich um, ich geh eben zu deinen Kollegen.«

Man kannte sich auf privater Ebene, man hatte nicht nur zuletzt auf Burmeesters Hochzeit ausgiebig gemeinsam gefeiert. Maarten ging zu den dreien und begrüßte sie herzlich, nahm von Aha an der Schulter zur Seite. »Du sagst mir jetzt, was ihr hier macht, Karin schweigt ja lieber.«

Von Aha sah sich zu einer Erklärung genötigt und fasste sich kurz. »Die kaputten Scheiben zur Straße hin sind das Ergebnis eines Anschlags von letzter Nacht. Wir halten die Augen offen, damit die Eröffnung ohne Zwischenfälle abläuft. Und jetzt hole deine Frau her, wir stoßen gemeinsam auf den ›Schwan‹ an, am Stehtisch da draußen. So können wir in gemütlicher Runde die Lage in alle Richtungen beobachten.«

»Aber ich habe Hunger, ich träume von drei Gängen, das klappt zu fünft am Stehtisch nicht mal mit Pommes.«

Er ging zu Karin, und gemeinsam ließen sie sich von Marisas Vater einen Tisch auf der Terrasse zuweisen.

Sie stupste Maarten an und deutete ins Innere des Restaurants. »Da ist sie. Kein Vergleich zum letzten Mal, sie hat alle Sorgen überschminkt und hinter ihrem Lächeln versteckt.«

Maarten blickte zum Eingang. Marisa Tauber-Schwan trug ein schwarzes Etuikleid und hatte sich die Lippen knallrot geschminkt. Zum ersten Mal, seit Karin sie kannte, wirkte sie wie die Dame des Hauses, souverän und schön. Sie begrüßte eine Reihe von Gästen, in ihrem Rücken immer eine Kellnerin mit einem Tablett, darauf gefüllte Sektgläser, die sie den Neuankömmlingen anbot, mit jedem dezent anstieß. Viele Gäste trugen sich in das Kondolenzbuch ein, das neben dem großformatigen Foto und einer Vase mit langstieligen roten Rosen auf dem Tresen lag.

Nach der Auswahl der Speisen und nachdem sie sich mit dem Rest in ihren Sektgläsern zugeprostet hatten, stieß Karin ihren Mann erneut an. »Ich habe es mir fast gedacht.«

»Was?«

»Da, guck, die Bürgermeisterin erscheint zeitgleich mit der Presse und lässt sich bei der Begrüßung mit Marisa exakt vor dem Rahmen mit Jojos Bild fotografieren. Ein zuckersüß pathetisches Bild, das wird morgen im Lokalteil sein. Ob die so viele Blazer hat wie einst unsere Kanzlerin?«

Die Weseler Prominenz war anwesend, Lokalpolitiker einzelner Parteien, Künstlerinnen, Geschäftsleute, alle buhlten um Aufmerksamkeit und trugen sich in das ausliegende Kondolenzbuch ein. Viele suchten ein kurzes Gespräch mit Marisa und ließen sich letztlich zu ihren Tischen leiten oder standen in Grüppchen um die wenigen Stehtische verteilt. Manchmal verriet zu lautes Gelächter, dass man sich kannte. Viele Gäste brachten Blumensträuße oder in Folie verpackte Zimmerpflanzen inklusive Grußkarten mit, die den Bereich vor dem provisorischen Vorhang füllten.

Karin schaute erstaunt auf, als sie eine Person entdeckte, mit der sie nicht gerechnet hatte. Trixi Tauber, die Frau von Marisas Vater, erschien aus dem Bereich für das Personal, ebenfalls schwarz gekleidet, jedoch mit glitzernden Pailletten besetzt, und was sie trug und wie sie es trug, wirkte eine Spur zu eng. Zwar hielt sie mit beiden Händen ein Tablett mit Sekt hoch, ihre Art, sich zu bewegen und mit den Gästen zu sprechen, gab ihr jedoch einen anderen Status als den einer Bedienungshilfe.

»Ich kann es nicht glauben. Die ungeliebte Stiefmutter hat sich als Hilfe eingeschleimt und mimt jetzt hier die heimliche Gastgeberin.«

»Meinst du die glitzernde Frau, die alle in Grund und Boden lächelt?«

»Genau. Und ich habe Marisa noch geraten, das Angebot ihres Vaters anzunehmen. Er wollte sie unterstützen, nach festen Absprachen und Regeln, ohne seine Frau. Aber die kann einfach nicht im Hintergrund bleiben. Warum habe ich ihr zugeredet, seine Hilfe zu nutzen? Wie blöd.«

»Mach dir keinen Kopp, die sind nicht wegen dir hier, sondern weil die junge Frau sie an ihrer Seite braucht.«

Zu den drei Hauptkommissaren am Stehtisch gesellte sich Alice Karun. Tom wurde lebhaft begrüßt, was Maarten nicht entging. »Wer ist denn die Frau, die sich so angeregt mit Tom unterhält, eine neue Kollegin? Das hast du mir gar nicht erzählt.«

Karin lachte und schaute rüber. Alice passte gut ins Team. Sie erzählte Maarten, wie sie als Toms Vorgesetzte heute beschlossen hatte, mit dieser sympathischen und sehr kompetenten Kollegin vom Landeskriminalamt zusammenzuarbeiten.

Maarten gab sich erstaunt. »Das gibt doch immer Ärger, das erzählst du jedes Mal nach Begegnungen mit der Behörde aus Düsseldorf.«

Karin wies zu den Kollegen. »Schau rüber, sieht das nach Abgrenzung und Stunk aus? Sie geht offen auf jeden zu, ist privat eine Autonärrin. Die hat auch schon solche Geschosse wie einen Porsche Taycan gefahren. Allein schon dass sie das über sich preisgibt, hat alle aufhorchen lassen. Die würde gut zu uns passen. Es ist aber unwahrscheinlich, dass jemand aus dem LKA sich jemals wieder in eine Kreisbehörde versetzen lässt.«

»Außerdem habt ihr doch keine Planstelle frei, oder?«

»Nein. Ich meine ja nur.«

Die Speisenfolge ließ sie zufrieden und satt werden, jedoch blieb die geschmackliche Begeisterung aus. Zerkochtes Gemüse und der Fisch zu streng gebraten, der Teller mit der Mousse au Chocolat hatte einen phantasievollen Namen, war aber altbacken angerichtet, es war insgesamt nicht das, was man von einem neuen Nobelrestaurant erwartet hatte.

Karins Blick blieb aufmerksam in den Innenraum gerichtet, ab und zu prostete ihr ein Kollege vom Stehtisch zu, alles blieb ruhig, die Nervosität des Personals ließ nach, Marisa schien zufrieden, es sei denn, sie begegnete der Frau ihres Vaters. Zwischen denen blitzte es.

Maarten saß mit Blick auf den Fluss. Völlig entspannt schaute er gelegentlich an Karin vorbei den Schiffen nach, blickte auf die sich elegant spannende Rheinbrücke, freute sich an den Farben des Sonnenuntergangs, der sich über den grünen Wiesen der gegenüberliegenden Rheinseite breitmachte.

Was er nicht bemerkte und was auch niemand anderem ins Auge fiel, war das Boot, ein kleines privates Boot mit Verdeck, das mehrere Male nahe des Ufers talwärts vorbeidümpelte und wenig später auf der anderen Flussseite wieder zu Berg fuhr, im Bereich des Hafens wendete und sich erneut in das Schiffsaufkommen einfädelte. Die Person am Ruder hob jedes Mal ein Fernglas vor die Augen und schaute auf den Glaskasten, in dessen Scheiben sich nun die Abendsonne spiegelte.

Der Maiabend bot ein laues Lüftchen. Für den »Schwan« ging die Eröffnung nach Mitternacht zu Ende, das Personal saß noch zusammen auf der Terrasse. Marisa beäugte die Frau ihres Vaters. Trixi Tauber dankte jedem persönlich für den Einsatz am heutigen Tag. Die konnte es nicht lassen. Selbst die Beiköchin rang sich nach dem zweiten Glas Rotwein ein Lächeln ab, als Trixi in ihrem Paillettenkleid vor ihr stand.

Marisa schaute zu Marius Hirtel, der ihr mit einer Geste bedeutete, aufzustehen und sich gegen Trixi zu behaupten. Sobald die Frau im glitzernden Kleid sich gesetzt hatte, ergriff Marisa das Wort.

»Ich bin so froh, unser ›Schwan‹ ist eröffnet. Ihr habt alle einen guten Job gemacht, ich wusste, dass Jojo nur die Besten einstellt. Er hat bestimmt vom Himmel aus zugeschaut. Lasst uns gleich alles richten, ab morgen zieht hier der Alltag ein, wir müssen fit sein. Danke noch mal, ihr Guten.«

Die Lichter im Glashaus waren lange erloschen. Kaum hörbar und zunächst auch nicht einmal bemerkt, wurden in der Nacht weitere Glasscheiben beschädigt. Die Schüsse waren nicht zu hören, gingen unter im Tuckern der Motoren der Frachter auf dem Fluss. Niemand bemerkte, dass wieder geschah, was nicht hätte sein dürfen. Da halfen auch die Kameras nicht, die auf einen engen Radius um das Haus eingestellt waren. Davon bemerkten auch die Besatzungen der Streifenwagen nichts, die halbstündlich die Fischertorstraße Richtung Rhein entlangfuhren.

Plöpp, zisch, ein einziges Klirren, kleine Löcher, fünf, sechs, das Glas splitterte nur im Bereich des Einschusses, die Kugeln fraßen sich in die hölzerne Ausstattung im Hintergrund.

Selbst die Nachtschwärmer, die am Pfeiler der alten Eisenbahnbrücke saßen und entspannt einen Joint kreisen ließen, nahmen nichts Außergewöhnliches wahr.

Da wurde der Schwan in aller Stille abgeschossen.

❋❋❋

Karin Krafft hatte frei. So stand es auf dem Dienstplan, doch Maarten hatte sie beim Frühstück mitgeteilt, dass es sie ins Büro zog. Der Fall musste warmgehalten werden, sie wollte die Protokolle der Befragungen noch einmal durcharbeiten, die Ergebnisse des Vortages besprechen.

Maarten maulte. »Unsere Tochter ist nicht da, ich dachte, wir nutzen die Gelegenheit und gehen gleich noch einmal rauf, *om wat meer liefde te maaken*.«

»Ein verlockendes Angebot, mein Lieber, aber es ist unser Töchterchen, das momentan weniger Aufmerksamkeit von mir bekommt als du. Ich hole sie gleich mit der Fiets in Bislich-Büschken ab, und am Mittag fahre ich nach Wesel.«

Wie immer zeigte er letztlich Verständnis und ließ sie ziehen, der Gute.

Am Anleger unterhalb des Restaurants Zur Rheinfähre erreichte sie der Anruf aus dem Kommissariat 1. Gero von Aha – sie hörte ihm seine Aufregung an – schien aufgebracht, stand im Gastraum des »Schwan« und hatte schon Heierbeck aus seinem freien Tag geholt. Der stand bereits auf der Leiter und pulte Kugeln aus der Holzvertäfelung und der Decke.

»Stell dir vor, sechs Fenster mit Durchschusslöchern, vermutlich vom Wasser aus gezielt abgegeben. Niemand hat etwas beobachtet, selbst die Streife hat nichts bemerkt. Weißt du, wie groß der Schaden ist? Durchlöchertes Spezialglas, das kostet ein Vermögen.«

»Verdammt.«

»Die Reinigungskraft hat die Zerstörungen am Morgen bemerkt und Marisa gleich informiert«, erklärte von Aha. »Sie ist zusammengebrochen und wird gerade von ihrem Vater versorgt. Hier unten läuft diese Trixi Tauber herum und macht alle nervös. Dauernd wird Heierbeck gefragt, ob er schon etwas sagen kann. Sie will den Schaden gleich begutachten lassen, überlegt, wie sie den Laden öffnen kann, obwohl die Scheiben hin sind.«

»Ist meine Anwesenheit notwendig?«

»Das wäre gut, Karin, du hast die Frauen hier bestimmt besser im Griff. Wenn diese Trixi Tauber mich noch einmal mit ihrem Chefinnengehabe anspricht, explodiere ich.«

So viel zu Karins Plänen.

Stattdessen stand Maarten eine halbe Stunde später mit dem Rad am Fähranleger, und sie lenkte ihr Auto erneut auf den Parkplatz des »Schwan«. Bereits an der Tür wusste sie, was von Aha meinte. Diese Tauber lief wahllos zwischen den Tischen hin und her, von Aha oder Heierbeck im Blick, hatte das Smartphone in der Hand oder am Ohr, versuchte Gläser zu erreichen, die heute, an einem Samstag, rauskamen, um den Schaden zu beheben. Einer von ihnen schien ihr zu raten, erst den Gutachter abzuwarten.

»Ich habe keinen Gutachter, ich weiß nicht, ob diese Scheiben überhaupt versichert sind. Ich will nur, dass der Schaden behoben wird, das Glas muss gesichert oder ausgetauscht werden, und zwar richtig schnell, das hier ist ein Restaurant der gehobenen Klasse, unsere Gäste erwarten eine gediegene, aber vor allem gepflegte Atmosphäre, verstehen Sie?«

Kurz, nur kurz ließ sie den Glaser zu Wort kommen, um gleich wieder weiterzureden.

»Ach, *Sie* haben diese hässlichen Plexiglasscheiben hier so unschön eingeklebt … Was soll das heißen, es ging nur um Sicherung? Wie wollen Sie die Schusslöcher sichern? … Was meinen Sie damit? Keine Scheiben auf Lager? … Vier bis sechs Wochen!? Das geht gar nicht! Wie sieht das denn aus, wenn wochenlang nichts gemacht wird, sollen wir Ihr Firmenbanner daran befestigen? Darunter ein Schild: So sieht es aus, wenn eine Glaserei nichts tut … Hallo? Sind Sie noch da, hallo?«

Ungläubig starrte Trixi Tauber auf das Smartphone, blickte zu Karin und kam gestikulierend auf sie zu. »Aufgelegt, der Kerl hat einfach aufgelegt. Kann ich den anzeigen, wegen unterlassener Hilfeleistung oder so?«

»Wohl kaum, ein Handwerker ist nicht zur Annahme von Aufträgen verpflichtet. Und so, wie Sie mit ihm geredet haben, wird er hier nichts, aber auch gar nichts mehr machen. Diese Art, die Scheiben zu sichern, scheint effektiv und funktional richtig zu sein. Schön ist ein Schaden nie, dafür können Sie einen Glaser nicht verantwortlich machen. Und dass Sondergrößen nirgendwo auf Lager sind, das ist auch logisch. Also hören Sie auf, hier die Rolle der ungenießbaren Chefin zu geben.«

Sie ließ sie stehen und wollte zu von Aha, da geiferte die Frau hinter ihr her. »Hier muss doch jemand das Heft in der Hand halten! Ich helfe meiner Stieftochter nur. Wir können doch nicht einen Tag nach der Eröffnung gleich wieder schließen!«

Karin hatte den Papp auf. »Wenn Sie jetzt keine Ruhe geben, erkläre ich dieses Haus auf der Stelle zum Tatort, dann wird es abgeriegelt, versiegelt und darf bis zur Freigabe durch mich nicht mehr betreten werden. Wenn Sie das so haben wollen, bitte schön, das lässt sich sofort umsetzen.«

Trixi Tauber verschlug es die Sprache, Karin setzte noch eins drauf. »Lassen Sie die Leute hier die notwendige Arbeit in aller Ruhe und mit Sorgfalt erledigen. Und jetzt raus mit Ihnen!«

Als sie bei der Tür war, rief sie der Tauber mit lauter Stimme noch ihren Ärger hinterher. »Und wenn Sie jetzt nach oben gehen, lassen Sie Marisa gefälligst in Ruhe. Wenn nicht … Echt, ich lasse Sie mit einer Streife aus dem Haus führen. In Handschellen! Haben Sie mich verstanden?«

So energisch war Karin Krafft selten zu erleben. Als sie sich umdrehte, schaute sie in die erstaunten Gesichter ihrer Kollegen.

Heierbeck, der Stille, der Wortkarge, nickte anerkennend. »Sie können ja richtig energisch werden, Respekt.«

»Ich bin Ehefrau und Mutter eines Teenagers und leite das K1. Noch Fragen?«

Heierbeck rang sich ein Lächeln ab, bat sie und von Aha, mit nach draußen zu kommen. Er lotste sie über die Terrasse in Richtung Flussufer. Dort hielt er einen kleinen Exkurs über Einschusswinkel und Entfernung.

»Zunächst habe ich überlegt, ob jemand hier oben auf dem öffentlichen Fußweg, der zum Hafen führt, gestanden haben könnte. Diese Theorie habe ich verworfen. Für sechs Schüsse braucht man etwas Zeit. Das war eine großkalibrige Waffe, vermutlich musste der Täter nachladen. Das ist in der Nähe zur Straße zu kompliziert und damit zu gefährlich für ihn selbst.«

Von Aha unterbrach ihn. »Es muss zwischen zwei und sieben Uhr passiert sein. Gegen halb zwei haben die Angestellten sich verabschiedet, und die Eigentümerin sagt, sie habe sofort danach eine Schlaftablette genommen und sei schnell eingeschlafen. Um sieben Uhr hat die Reinigungskraft die Löcher entdeckt.«

»Das grenzt die Tatzeit nicht sehr weit ein. Aus dieser Entfernung jedenfalls wären die Scheiben zu Bruch gegangen, die Person, die geschossen hat, muss sich also weiter weg postiert haben.«

Karin schaute sich um, hinter ihr lag der Fluss, am anderen Ufer nur ein Kiesstrand und frischgrüne Weiden, auf denen Kühe grasten. Dahinter stand die längliche Ruine der alten Eisenbahnbrücke, die zum Ende des Zweiten Weltkrieges zerstört worden war. »Was ist mit dem gegenüberliegenden Ufer? Oder mit einem Zielfernrohr von der Ruine aus?«

»Das war meine nächste Idee, nur stimmt dann der Einschusswinkel nicht mehr. Fünf der sechs Kugeln habe ich aus der Decke gepult.«

Von Aha schaute auf den Fluss, ein Schubschiff mit vier Leichtern voller Kohle stampfte bergwärts, hinterließ riesige Heckwellen, hier am Rhein ein typisches Bild. »Dann bleibt ja nur ein Schiff.«

»Genau. So große Scheiben kann man auch von einem Boot aus leicht treffen. Die Entfernung reicht, um die Scheiben zu zerstören, ohne dass sie komplett zerspringen.«

Karin schüttelte den Kopf, sprach in die Richtung ihres Teamkollegen. »Erst ein Wohnmobil, dann ein Boot, von dem aus geschossen wurde. Was sagt uns das?«

»Der oder die Täter haben es nicht nur auf Jojo Schwan abgesehen, sondern auch auf dieses Restaurant.«

»Siehst du, Gero, genau das sollen wir glauben.«

»Ach, du hast eine andere These?«

Karin blickte auf den Fluss, diese malerische niederrheinische Ansicht mit den Schwarzbunten am anderen Ufer, die bis zu den Knien im Wasser standen, um zu trinken.

»Ich glaube, dass es sich hier um unterschiedliche Täter handelt. Der Mord an Jojo Schwan war eine geplante Tat. Er wurde aus dem Weg geräumt. Warum, das ist mir noch nicht klar. Die zerschossenen Scheiben gehören für mich auf das Konto dieses Lebensmittelsyndikats, das passt zu dem, was Alice uns erzählt hat. Es gibt immer gezielten Sachschaden, wenn jemand aussteigt oder es versucht, nie kommt eine Person zu Schaden. Das sind zwei verschiedene Fälle.«

Heierbeck setzte sich wieder in Bewegung, drehte sich noch einmal um. »Ich habe noch nichts Konkretes, aber meine bisherigen Erkenntnisse stützen die These von Frau Krafft. Es handelt sich mit hoher Wahrscheinlichkeit um unterschiedliche Kaliber, dementsprechend suchen wir zwei Präzisionswaffen.«

Damit ließ er die beiden am Ufer stehen.

Rheinblick entspannt. Von Aha wurde nachdenklich. »Weißt du noch? Vor zwei Jahren haben wir dort in dem alten Café die Frauen festgenommen, die unweit von hier an einem Totschlag beteiligt waren.«

»Stimmt. Jerry mimte den englischsprachigen Touristen, um sie zu belauschen, das war eine kluge List.«

»Ja, und nach der Festnahme ist er zurück zu seinem Tisch gegangen, um den besten selbst gemachten Kuchen der Region aufzuessen. Dafür war die kleine Bude bekannt. Nun steht hier stattdessen dieses architektonisch einmalige Haus. Es bietet mittelmäßige Küche und wird doch in aller Munde sein, weil der Koch erschossen wurde und jemand die Glasscheiben durchsiebte. Was ist denn das für ein Start?«

Karins Smartphone klingelte, eine fremde Nummer.

»Guten Morgen, Karin, Alice hier. Ich bin schon auf dem neuesten Stand, wie tragisch. Du, ich muss in Hiesfeld aktiv werden. Ich möchte dich darüber informieren, dass wir in einer Stunde das Lager von Olio Olivio ausnehmen werden. Ich habe einen Durchsuchungsbeschluss in der Tasche und Haftbefehle für Barnabas Routi und Rolando Mercuri. Ich habe eine Mannschaft zur Verfügung und eine Sondereinheit gebildet, bin auf alles vorbereitet. Kannst du Tom informieren? Ohne seine Drohnenaktion wäre das nicht möglich, ich hätte ihn gerne dabei. Er soll seine schusssichere Weste parat haben. Punkt elf Uhr.«

»Ich gebe dir seine Nummer durch, erzähle es ihm selber, er kommt bestimmt. Wieso hast du dich zu dieser zeitnahen Aktion entschieden?«

»Ich habe zeitig noch die Drohnenbilder durchgegeben und in einer Bildschirmkonferenz mit meinem Team gechattet. Das Auto von Mercuri war ausschlaggebend. Der verleiht das nicht, musste also vor Ort sein. Ein Team hat dann, während wir im Restaurant waren, das Gelände observiert und ihn verfolgt, als er gestern die Anlage verließ. Der war die Nacht über bei einer Frau in Dinslaken und ist am Morgen zurückgekehrt, sie wird auch gleich Besuch kriegen. Ein Lieferwagen ist raus, den haben wir fahren lassen, der wird verfolgt und kann sich nicht absetzen, wenn meine Aktion beginnt. Ein zweiter steht bei der Halle.«

»Achtet auf großkalibrige Präzisionswaffen.«

»Gebe ich gleich durch.«

»Das alles in kurzer Zeit zu organisieren, klasse.«

»Danke. Ich habe gestern dieses Restaurant gesehen und mir gedacht, das kann doch jetzt nicht im Rhein versinken, weil diese kriminellen Elemente die Besitzer erpressen. In dieser Region werden einige Gastronomen aufatmen, wenn wir einen Riegel vor die zwielichtigen und illegalen Geschäfte schieben. Bist du am Nachmittag auch noch im Dienst?«

»Ja.«

»Dann kann Tom dich über das Ergebnis informieren. Wenn ich ihn nicht erreiche, melde ich mich bei dir.«

Karin gab ihr Toms Nummer durch, wünschte ihr Glück und berichtete anschließend von Aha vom Inhalt des Telefonats.

»Donnerwetter, die ist gut«, kommentierte er.

»Und Alice hält Wort, das gefällt mir. Wir müssen uns nicht mit dem gut begründeten Antrag für das Großaufgebot an Personal bei der Behördenchefin auf die Matte stellen. Die hat alles organisiert, die Staatsanwaltschaft arbeitet mit, bestimmt ist der zuständige Haftrichter auch schon in Bereitschaft. Das ist Düsseldorf, Gero, alles eine Spur schneller als hier.«

»Nun beschwer dich nicht, mit unserem Hausstaatsanwalt Nilsson klappt es doch auch reibungslos.«

»Du hast recht. Kehren wir zurück zu diesem Tatort.«

Von Aha hielt sie auf. Noch standen sie in Ufernähe an einem Strauch, von Aha zog sie zu sich, um sie beide zu verbergen.

»Was ist los?«

»Marisa krabbelt gerade zwischen die Oleandersträucher.«

Von der Straße aus war sie dort nicht zu sehen. Der kleine Abstand der mediterranen Sträucher zum Gebäude bot Karin und von Aha von ihrem seitlichen Standpunkt aus jedoch Sicht auf ein verborgen geführtes Telefonat.

»Das kann doch nicht wahr sein.«

Ein praktisches Versteck war angeliefert worden. Marisa war sich ganz sicher, dass niemand sie beobachten konnte. Ganz hinten an der Wand griff sie in ihre Hosentasche und holte ein Smartphone hervor, von dem niemand wusste, dass es existierte. Niemand traute ihr ein solches Geheimnis zu.

»Ich konnte nicht anders, ich muss deine Stimme hören.«

»Bist du sicher, dass das ein günstiger Moment ist? Kann jemand dich beobachten?«

»Nein, ich hocke zwischen rot blühenden Oleandersträuchern.«

»Sieht bestimmt hübsch aus. Wenn ich dich so sehen könnte.«

»Besser nicht. Hier sind noch mehr Scheiben zerstört worden. Der Ärger hört nicht auf.«

»Was?«

»Es geht immer weiter.«

»Soll ich zu dir kommen?«

»Nein, nicht. Die Polizei ist da. Und mein Vater mit seiner Frau.«

»Alles klar. Mach besser Schluss und pass auf, dass dich niemand sieht. Alles wird gut, glaube mir. Wir müssen das noch eine Weile durchhalten.«

»Manchmal glaube ich, ich schaffe das nicht.«

»Halte durch, bitte. Ich denke an dich.«

So als habe sie sich nur die Sträucher intensiv angeschaut, trat sie wieder hervor, schnupperte an den Blüten, ging weiter, die Reihe der Orangenbäume entlang, pflückte Blüten und hielt sie zwischen beide Hände, vergrub ihre Nase darin. Sie nahm diese Handvoll Blüten mit, saugte den Duft ein, den sie eine Weile verströmen würden, kehrte um und schloss die Eingangstür auf.

Von Aha und Karin schauten sich an. Das aufgekeimte Mitgefühl, von dem Karin heute Morgen beseelt schien, plumpste hart zu Boden. War das eine Wendung in ihren Ermittlungen? Wer war es, mit dem Marisa nur heimlich sprechen konnte und von dem niemand wissen durfte? Und wieso hatte das versierte K1 diesen Kontakt bei ihrer Suche nach Hinweisen nicht gefunden?

Karin konnte nicht fassen, was sie gerade beobachtet hatten. »Die hat heimlich telefoniert, hier draußen, versteckt, damit Papa sie nicht entdeckt.«

»Was schließt du daraus, Frau Hauptkommissarin? Wann verbirgt eine Frau, dass sie geheimen Kontakt zu jemandem aufnimmt?«

Karin sah ihn von der Seite an, während beide langsam hinter ihrem Sichtschutz hervorkamen. Spontan hatte sie nur einen Gedanken. »Da fällt mir als Erstes eine geheime Liebschaft ein. Nein, das kann doch nicht sein. Das Zweite wäre Kontakt zu jemandem, der sie unter Druck setzt.«

»Vielleicht ist auch alles ganz anders, und sie will nicht, dass jemand erfährt, dass sie, was weiß ich, Kontakt zu einem Therapeuten aufgenommen hat. Das kann doch auch ganz harmlos sein.«

»Sollen wir sie darauf ansprechen? Das Handy wieder mitnehmen?«

»Da gab es keine Kontakte, die uns fraglich erschienen.«

Karin sah von ihrer Position aus, dass Marisa wieder oben angekommen war und ihr Vater mit einer Tasse auf sie zuging.

»Wenn wir es jetzt abholen, können wir sehen, mit wem sie heimlich telefoniert hat, los. Wir sagen einfach, wir glauben, dass ihr Gerät überwacht wird und unsere Spezialisten für Viren und gemeines Zeugs es checken und auf den aktuellen Sicherheitsstand bringen müssten.«

Von Aha grinste, als sie auf das Haus zuliefen. »Das ist so schlicht, damit kommst du nicht durch, wetten?«

»Angenommen. Du wartest, ich mach das ohne dein Grinsen neben mir.«

Karin Krafft verschwand im Haus, fünf, zehn Minuten, Gero von Aha stand am Wagen und schaute andauernd auf die Uhr. Nach vierzehn Minuten erschien Karin und winkte mit dem Smartphone.

»Gewonnen. Wir treffen uns im Büro.«

\*\*\*

Tom staunte nicht schlecht über das Ausmaß an Manpower und Technik, das Alice in kurzer Zeit organisiert hatte. Die kleine Sackgasse in Hiesfeld schien zunächst friedlich und verschlafen wie immer, alle Einsatzkräfte hatten auf der Kurt-Schuhmacher- und der Scholtenstraße in Dinslaken geparkt, nirgends ein Blaulicht, kein lautes Wort, ein Beamter in Zivil ging rund, um die Anwohner zu informieren und dazu aufzufordern, in den Häusern zu bleiben. Schräg gegenüber der Sackgasse parkte ein Gefangenentransport. Fragend sah er Alice an.

»Ich will verhindern, dass sie Absprachen treffen können, in dem Transporter sind Einzelzellen drin.«

Alice leitete den Einsatz versteckt hinter dem Transporter, mit knappem Blick auf den Zaun. Zuvor hatten Beamte in Zivil zeitgleich alle Überwachungskameras außer Betrieb gesetzt. Auf ihr stummes Kommando hin gerieten zwanzig Leute in Bewegung, hoch konzentrierte Männer und Frauen, vorweg die Sondereinsatztruppe mit einer Ramme. Alice ging mit, gebot Halt, schob einen Spiegel per Teleskopstange knapp über die Zaunkante und warf so einen Blick auf das Gelände.

Sie sprach leise in ihr Headset. »Alle da. Mindestens drei Personen. Der Transporter wird gerade beladen. Schnelle Festnahme, schneller Zugriff auf Technik, keine Chance lassen, jemanden zu informieren oder etwas zu vernichten. Alle richten jetzt den Blick zu mir. Handzeichen zum Einsatz, Start bei drei.«

Die Männer mit der Ramme standen in Position, die anderen an beiden Seiten der Zufahrt, alle blickten zu Alice. Die hob die

Hand, reckte den Daumen für eins, Zeigefinger hieß zwei, der Mittelfinger drei. Zwei wuchtige Schläge mit der Ramme, das Tor sprang auf, und dann ging alles sehr schnell.

Zunächst die Sicherung der Personen. Der Fahrer wurde gleich draußen festgenommen. Da die Tür zur Halle offen stand, war es ein Leichtes, in das Gebäude einzudringen. Gänge mit Regalen, drei Büroräume, eine Toilette, ein Kühlraum. Die Einsatzkräfte verteilten sich systematisch und kamen mit insgesamt vier Männern wieder zum Vorschein.

Dass keiner sich verteidigte oder auch nur versuchte, sich aus dem Staub zu machen, lag an der gezielten Arbeit der Einsatzfachkräfte. Alle vier wurden nun an Streifenbeamte übergeben, die inzwischen den Gefangenentransport in die Einfahrt gestellt und den festgenommenen Fahrer bereits hineinbugsiert hatten.

Eine Beamtin hatte eine Lieferkiste geleert und eine Reihe von Smartphones, drei Laptops und einige neue Geräte samt nicht registrierten SIM-Karten gesichert, ein Kollege durchsuchte die geparkten Autos nach weiteren Geräten. Die Ausbeute war beträchtlich.

Einer der Festgenommenen, Rolando Mercuri, schaute zu Alice herüber und schien einen Fluch auszusprechen. Sie ließ sich nichts anmerken. Erst als der Transport mit den Männern losfuhr, redete sie wieder, lobte den schnellen Einsatz und erteilte weitere Anweisungen.

»Können sich noch Personen im Gebäude verborgen halten? Was ist mit dem Kühlraum? Gibt es ein Kellergeschoss? Unter den Regalen kann auch niemand liegen? Haben Sie ein Hauptaugenmerk auf Waffen jeder Art, speziell großkalibrige Präzisionswaffen, die durchaus in Futteralen verstaut sein können. Schauen Sie bitte noch einmal durch, auch nach verborgenen Räumen.«

Tom erreichte sie und sprach ihr seine Anerkennung aus. »Einwandfreier Ablauf, voller Erfolg.«

»Danke, aber noch sind wir nicht durch. Das Gebäude ist neu, es kann durchaus einen Escape Room geben, den wir noch nicht entdeckt haben. Die Kollegin mit der roten Armbinde wird mit Infrarotkamera und eigenem Gespür die Wände abgehen und auch abklopfen. Der kleinste Unterschied in Temperatur oder Klang kann ein Hinweis sein. Der Organisation ist alles zuzutrauen.«

Ihr Blick fiel auf den roten Taycan, der ordentlich geparkt und nun mit offenen Türen vor ihr stand. Zum ersten Mal bei diesem Einsatz sah Tom sie strahlen. »Vielleicht kann ich ja nachher den Wagen nach Düsseldorf fahren.«

Nach zwei Stunden war alles gelaufen, man hatte eine Menge Bargeld gefunden, offenbar hatte Rolando Mercuri gerade die Einnahmen in den Safe gelegt und es nicht mehr geschafft, ihn zu schließen. Im Safe lagen auch zwei Handfeuerwaffen, die ebenfalls mitgenommen wurden. Es schien nichts auf Papier Gedrucktes zu geben in diesen Büros, keine Aktenordner, nichts.

»Frag mich mal, wie so etwas bestehen kann. Wie haben die jemals mit dem Finanzamt, mit der Stadt über Einkommens- oder Gewerbesteuern gesprochen? Dass so eine Halle überhaupt existiert, ist eigentlich schon ein großer Skandal.«

»Vielleicht haben sie nicht nur mit Erpressung gearbeitet, sondern auch den einen oder anderen Obolus in die Hände derjenigen gelegt, die Entscheidungen treffen oder über gewisse Vorschriften hinwegsehen.«

»Stimmt, alles ist drin. Nur ein Präzisionsgewehr wurde nicht gefunden. Aber wir sind ja auch noch nicht durch für heute.«

»Was steht noch auf dem Plan?«

»Hier überlasse ich das Feld nun der Spurensicherung, die rückt jetzt an. Die Kollegen werden nachher die Halle verschließen und versiegeln. Ich habe vorhin die Namen und Adressen aller Beteiligten durchgegeben, da werden neue Durchsuchungsbeschlüsse ausgestellt. Pro forma, natürlich gehen wir rein, auch wenn die Beschlüsse noch nicht hier sind.« Mit einer bedauernden Geste sagte sie: »Gefahr im Verzug.«

Tom stimmte zu. »Ganz meine Meinung, bei jeder einzelnen Adresse. Also reisen wir noch ein wenig durch den Niederrhein?«

»Ja, ich bin gespannt. Landschaftlich jedenfalls eine schöne Region.«

»Gespickt mit kriminellen Elementen.«

Beide lachten. Mit einem Seufzer übergab Alice den Schlüssel des E-Porsche an einen Spurensicherer. »Vielleicht steht er ja später bei den anderen beschlagnahmten Fahrzeugen, und ich kann mal von ihm träumen.«

Die Straßenränder leerten sich, Neugierige bahnten sich den Weg zum offenen Tor des Geländes. Alice gab per Headset durch, dass jemand sich um die Sicherung der Einfahrt kümmern müsste. »Dicke, nicht knackbare Fahrradketten, am besten zwei Stück. … Genau. Wenn die Fahrzeuge raus sind, hat hier niemand etwas zu suchen.«

Tom hatte viel zu berichten in Wesel.

## ACHT

Statt die Daten und den Speicher des Smartphones von Marisa Tauber-Schwan selbst anzuschauen, hatte Karin Krafft es direkt an die Spurensicherung weitergereicht. Heierbeck freute sich nicht gerade, er sah sogar ein bisschen verzweifelt aus. Schließlich hatten sie Arbeit im Übermaß. Er delegierte.

Sein junger Kollege, der sich auf die Auswertung von Kommunikationstechnik spezialisiert hatte und dem die Daten der letzten Auswertung noch vorlagen, stöhnte auf. Fast zweifelte er an seinen Fähigkeiten, aber eben nur fast, und rief im K1 an.

»Also vielleicht gibt es ein neues Programm, mit dem Gespräche unwiderruflich und nicht wiederherstellbar gelöscht werden, dann kenne ich dies noch nicht. Aber kriminaltechnisch ist immer etwas in Bewegung. Oder, und das ist die wahrscheinliche These: Mit diesem Smartphone ist zu der von Ihnen genannten Zeit gar nicht telefoniert worden. Wie schätzen Sie die Besitzerin ein, ist sie ein versierter Technik-Freak und auf dem aktuellen Stand, so eine Art Nerd? Sozial isoliert, technikfixiert?«

»Sie wirkt jedenfalls nicht so«, sagte Karin. »Nein, eher nicht. Kann es denn nicht sein, dass die Daten von Telefonaten auch von Laien völlig gelöscht werden können?«

»Für den Laien wirkt es zwar ziemlich einfach. Man löscht die Telefonliste und ist auf der sicheren Seite. Das denkt man jedenfalls. Aber dann gibt es noch die Verbindungsnachweise vom Anbieter. Bei dieser Nummer hier ist weder beim Anbieter noch auf der existierenden Liste ein Kontakt vermerkt. Keiner hat sie angerufen, sie hat niemanden angewählt.«

»Und was ist mit den anderen Möglichkeiten? In den unterschiedlichen Social-Media-Apps kann man auch telefonieren. Oft ist die Qualität fragwürdig, aber es geht. Mit und ohne Video.«

Er fühlte sich fast brüskiert. »Das habe ich doch alles gecheckt, auch Sprachnachrichten oder Tonaufnahmen, da war nichts. Zwei Gespräche gab es heute, mit der Wache und mit dem Anschluss Tauber.«

»Das ist ja merkwürdig.«

»Die Lösung ist ganz einfach. Jemand war bei ihr und hat ihr aus irgendeinem Grund sein Smartphone geliehen. Freundlicherweise, weil angeblich der Akku fast leer war oder sie ihres verlegt hatte.«

Karin überlegte kurz. Natürlich konnte sich Marisa für ein Gespräch das Telefon ihres Vaters ausgeliehen haben. Für ein Gespräch, von dem niemand wissen sollte, wäre es aber sicherer gewesen, ungestört mit einem eigenen Handy zu telefonieren. Das wollte sie nicht mit dem Kollegen weiter erörtern. »Danke. Ich hole das Handy nachher ab.«

Nachdem sie das Gespräch beendet hatte, ging sie rüber zu von Aha. »Du, sag mal, Marisa hat sich richtiggehend versteckt zum Telefonieren, oder?«

»So würde ich es sehen, ja, genauso kam es mir vor.«

»Und sie hat doch auch telefoniert?«

»Sie kann natürlich auch eine Sprachnachricht gesendet haben. Wieso fragst du?«

Karin erklärte, dass der Fachmann nur zwei Verbindungen gefunden hatte. »Sie hat heute Morgen mit der Wache telefoniert und mit ihrem Vater. Da ist keine andere Kommunikation gelaufen. Weißt du, was ich langsam glaube?«

Dieses Mal ließ sie von Aha zappeln und dehnte ihre rhetorische Pause in die Länge, bis er die Antwort einforderte. »Jetzt sag's, oder ist dein Gedanke noch nicht fertig?«

»Doch, klar, ich finde ihn nur ungeheuerlich. Marisa Tauber-Schwan hat aller Wahrscheinlichkeit nach auch ein zweites Smartphone. Die hatten beide etwas voreinander zu verbergen.«

»Was? Traust du ihr das ernsthaft zu?«

»Eben nicht, das macht mich ja gerade so fassungslos. Seit der ersten Begegnung in Marienbaum ist sie für mich die trauernde junge Witwe, die schuldlos in ein Dilemma geraten ist und um ihre Existenzgrundlage kämpft. Eine Frau, die ein bisschen naiv erscheint, aber mit genügend Energie und Unterstützung von Freunden die Dinge für sich regelt. Ich wäre nie auf die Idee gekommen, dass sie etwas verbirgt, und sei es nur ein blödes Smartphone.«

Von Aha bot an, für beide einen Kaffee zu machen, Karin nickte, war gedanklich noch bei Marisa. War sie zu blauäugig gewesen? Hatten Marisas Betroffenheit und Hilflosigkeit sich auf sie übertragen?

Von Aha erschien mit zwei Delfter Tassen, modern, mit flotten Fietsmotiven, Karin nahm daraus einen ersten kleinen Schluck. Ihr Gesicht entspannte sich. »Köstlich, wie immer.«

Von Aha stellte seinen Becher ab und schaute sie an. »Und jetzt rück mal mit den Gedanken raus, die dir noch durch den Kopf schwirren.«

»Du, das ist nicht einfach. Über den bereits sortierten Teil kann ich sprechen. Gero, ich habe mich von Marisas Schicksal einlullen lassen. Die steht bei mir gar nicht auf der Liste derer, die ich näher beleuchten wollte. Sie ist diejenige, die das Haus mit ungeklärtem Eigentumsrecht am Hals hat, die ihren Job gekündigt hat, um in das Restaurant einzusteigen, die von ihrem Vater belabert und von der Stiefmutter belagert wird, der nur das Cabrio gehört. Eine traurige junge Frau, sonst nichts.«

»Und dann beobachten wir gemeinsam zum gleichen Zeitpunkt und von einem Standort aus, beides rein zufällig, dass diese unschuldige junge Frau sich hinter Strauchwerk verbirgt, um zu telefonieren. Sich ein bestens getarntes Plätzchen aussucht.«

»Genau.«

»Und jetzt bricht dein Bild von dieser heiligen Jeanne d'Arc zusammen?«

»Richtig. Können wir hingehen und ihr sagen, dass wir sie beobachtet haben und sie das zweite Handy rausgeben soll?«

Von Aha antwortete nicht sofort, schien abzuwägen. »Das

könnten wir tun. Und wenn sie alles abstreitet, haben wir nichts in der Hand, um die Wohnung erneut zu durchsuchen.«

»Wir werden schon einen Grund finden. Was spricht dagegen? Ey, die verarscht uns doch.«

Gero von Aha war mit dem letzten Tröpfchen Kaffee aus seinem Becher beschäftigt, hob plötzlich die Hand. Stopp.

»Dagegen spricht, wen immer sie am Telefon hatte, dass sie in diesem Augenblick gewarnt wäre. Nein, ich bin für Observation. Lass sie unbehelligt weiter ihre Rolle mimen und taste den Status der jungen Witwe nicht an. Sei wie immer. Wenn sie jetzt schon vor Ungeduld oder Sehnsucht heimlich telefoniert, dann wird das öfter geschehen, immer wenn sie sich in Sicherheit wiegt. Protokolliere deine Gedanken und unser Gespräch, das könnte von Nutzen sein.«

Wenig später erschien Tom, hielt seine schusssichere Weste umklammert, grüßte die beiden durch die offene Tür. »Ich bringe die eben weg und schließe meine Waffe ein, bin gleich da. Gibt's Kaffee, Gero?«

»Für dich immer.«

Selten hatte Karin ihn so erfolgsbeseelt erlebt, minutiös berichtete er von der Großaktion in Hiesfeld, die erst ein Ende fand, als auch die Wohnungen aller Festgenommenen und selbst die Bleibe der Frau, bei der Mercuri die Nacht verbracht hatte, durchsucht waren. Es sprudelte nur so aus ihm hervor.

»Den Mercuri hättet ihr sehen sollen. Der hat nicht damit gerechnet, dass er ausgerechnet in Hiesfeld verhaftet wird. Dabei hätte er Lunte riechen können, nachdem er am Vortag eine Drohne über dem Gelände gesehen hat. Unser Pilot war aber auch fit, der hat das Ding dermaßen schnell hochgezogen, dass Mercuri nicht ahnen konnte, was es alles aufgenommen hat. Es scheint, als habe Mercuri heute das Geld aus dem Safe holen wollen.«

Karin betrachtete ihren Kollegen zufrieden, der immer weiterredete.

»Reibungslose Abläufe in großem Umfang, keiner zu früh,

niemand zu spät, das Ergebnis einer lückenlosen Ermittlung, und der Einsatz kam nur zustande, weil Burmeester die Idee mit der Drohne hatte und Alice Karun den Hintergrund kannte. Wir waren zum richtigen Zeitpunkt in dem Gewerbegebiet. Ich werde das gleich mal protokollieren.«

»Mach das.«

Von Aha grinste. »Wann hast du zum letzten Mal mit solcher Begeisterung gearbeitet?«

»Keine Ahnung, was du meinst.«

Karin fragte nach, ob sie Waffen gefunden hätten. Das Thema hatten sie bisher vernachlässigt, das war nicht gut.

»Ach ja, zwei Sportgewehre, sogenannte Selbstladebüchsen von Haenel, lagen bei einem Fahrer von Rolando Mercuri in einer Kiste im Keller. Ich kannte die noch nicht. Die Leute von Alice haben sie mitgenommen, sie werden auf Schmauchspuren untersucht, und die Ergebnisse aus dem Vergleichsbeschuss wird sie uns senden, sobald sie vorliegen.«

Karin meinte, dass Burmeesters Idee unter seinem Namen ins Protokoll gehörte. »Mach aus der letzten Besprechung eine Telefonkonferenz unter Kollegen.«

Tom stimmte zu. Von Aha erinnerte an Heierbecks Erkenntnis, dass die Kugeln auf die Scheiben des »Schwan« von einem Boot aus abgefeuert worden seien. Er fragte nach und dachte sofort an eine Verbindung zu Mercuri.

»Wir sollten zusätzlich in den umliegenden Marinas nachfragen, ob er dort ein Boot liegen hat. Er selber kann es nicht gewesen sein, er war bei dieser Frau und ist die ganze Zeit über beschattet worden. Der zweite Fahrer auch nicht, ich gehe aber davon aus, dass es noch andere Helfer gibt, die uns nicht bekannt sind. Schließlich arbeiten die nicht nur am Niederrhein, sondern quer durch die Republik und in mehreren europäischen Ländern.«

Um die Marinas würden sie sich am Montag kümmern. Karin bedankte sich für die gute Arbeit und stand mit nachdenklicher Miene auf.

»Sorgt dafür, dass der ›Schwan‹ bewacht wird. Es dürfte kein

Problem sein, das zu organisieren, da ist immer noch Gefahr im Verzug. Ich hole Marisas Smartphone bei der Spurensicherung ab und werde es zurückbringen. Mal sehen, ob sie heute öffnen oder eine Pause einlegen müssen. Und danach fahre ich heim und schaue, ob mich meine Familie wieder aufnimmt, nachdem ich sie heute sitzen lassen musste.«

Nachdem sie gegangen war, fragte Tom, was mit ihr los sei.

»Sie zweifelt an der Rechtschaffenheit von Marisa Tauber-Schwan, wir haben sie per Zufall dabei beobachtet, wie sie sich zum Telefonieren hinter dem Oleander versteckte«, berichtete von Aha. »Auf ihrem Smartphone war jedoch kein Kontakt zu finden in der Zeit, in der wir sie gesehen haben. Und jetzt spult es in Karins Kopf, und sie fragt sich, ob sie die Frau vielleicht falsch eingeschätzt hat.«

Tom schüttelte den Kopf. »Karin doch nicht, auf deren feines Gespür kann man sich verlassen.«

Von Aha stimmte zu. »Meist früher und hin und wieder später.«

***

Trixi Tauber wollte an der Haustür verhindern, dass die Hauptkommissarin Marisa traf, bot an, ihr das Smartphone zu bringen. »Die Arme braucht Ruhe, das können Sie sich denken. Ich und mein Mann, wir bleiben heute hier. Die Polizei kann sie nicht schützen, das hat sie gestern bewiesen …«

Oben stand Marisa an der Tür und unterbrach sie barsch. »Du lässt gefälligst meinen Besuch durch, was soll das denn jetzt! Frau Krafft, kommen Sie rauf, ich bin so froh, dass ich mein Handy wiederhabe. Und Papa, du packst jetzt diese Frau in dein Auto und fährst mit ihr zusammen nach Hause, ich habe genug von euch.«

Trixi lief an Karin vorbei. »Aber Marisa, du hast gestern um Hilfe gebeten, und wir sind sofort da gewesen. Am Morgen hast du uns wieder hergeholt, und jetzt schickst du uns fort? Das ist undankbar.«

»Ich bin euch sehr dankbar, aber du verstehst einfach nicht, wann es genug ist. Ich kann gut auf mich selber aufpassen. Außerdem kommt bald die Mannschaft, zu siebzehn Uhr öffnen wir, da bin ich sowieso wieder unten. Dann sind genügend Leute im Haus.«

Karin war verdattert. »Was ist mit den beschädigten Scheiben? Sind Sie sicher, dass die nicht mit dem nächsten Windstoß Ihren Gästen auf Köpfe und Teller fallen?«

»Kommen Sie mit, ich zeige Ihnen, wie es unten aussieht.« Marisa nahm Karin am Arm und kehrte den anderen den Rücken zu, rief über die Schulter: »Wenn ich wieder raufkomme, seid ihr zwei verschwunden.«

Im Gastraum zeigte sie auf die Scheiben. Die Löcher waren mit kleinen durchsichtigen Quadraten aus Plexiglas gesichert. »Ich habe Adrian gefragt, und der kannte einen Glaser, den die Frau meines Vaters noch nicht beleidigt und vergrault hat, der kam vor einer Stunde und hat das Okay gegeben. Wir können jetzt nicht schlappmachen.«

Alles wieder gerichtet, selbst die Löcher im Holz in der Täfelung hatte er zugekittet, Karin nickte anerkennend.

»Ich habe drei gute Nachrichten für Sie. Erstens, Ihr Smartphone ist gesichert. Und zweitens gehen wir davon aus, dass die Urheber der Anschläge auf den ›Schwan‹ durch Beamte des Landeskriminalamtes festgenommen wurden. Aber noch können wir ihnen nichts nachweisen und warten auf die Auswertung der Spuren.«

»Die Festnahme ist die beste Nachricht, da fällt mir ein Stein vom Herzen. Das ging aber schnell. Um wen handelt es sich?«

»Das hängt zusammen mit dem Lebensmitteltransport, den Ihr Koch und Sie am Mittwoch abgelehnt haben. Bei den Lieferungen handelt es sich um organisierte Kriminalität, und in solchen Fällen schrecken die Täter vor nichts zurück.«

Marisa rückte zwei Stühle zurecht, schaute Karin ernst an. »Was ist da los, wie kann das alles passieren? Und kann es sein, dass die auch Jojo … ich meine, haben die das getan?«

»Das können wir noch nicht sagen.« Karin verschwieg, dass

ab jetzt jemand rund um die Uhr ein Auge auf das Restaurant halten würde. Marisa sollte sich in Sicherheit wiegen.

»Und die dritte gute Nachricht? So etwas brauche ich jetzt, das tut so gut, Frau Krafft.«

»Am Montag können Sie Ihr Cabrio abholen. Ich habe es mir vorhin angesehen, der Spezialreiniger hat gute Arbeit geleistet.«

»Dann frage ich Mika nachher, ob sie mit mir zusammen zu dem Autohändler nach Xanten-Birten fährt.«

»Da ist noch etwas. Geblieben ist das Loch in der Karosserie, in dem das Geschoss steckte, der Fachmann beseitigt Spuren, aber keine Schäden.«

»Ja. Ein Grund mehr, dieses Auto wieder loszuwerden. Ich hätte auch ohne ein Loch im Blech keine Freude mehr daran.«

»Ich kenne den Händler und weiß, dass man mit dem schlecht handeln kann. Der wird den Schaden zum Anlass nehmen, Ihnen nicht das zu zahlen, was dieses Auto wert ist. Vielleicht schauen Sie sich doch nach einem anderen Abnehmer um und lassen sich etwas Zeit mit dem Verkauf.«

»Das geht leider nicht. Ich brauche Geld. Ich muss das Team bezahlen, die Lieferanten, die Raten für den Kredit, den Glaser. Ich muss schnell handeln, Versicherungen sind auch abzuschließen. So etwas wie mit den Scheiben darf nicht mehr passieren, das kann doch niemand bezahlen!«

Die weiß doch gar nicht, ob dieser Kasten ihr überhaupt gehört, dachte Karin spontan. Sie zwang sich zur Ruhe. Besonnen bleiben.

»Das kann ich verstehen, bloß sollte der Unterschied zwischen dem, was Ihr Wagen wert ist, und dem, was man Ihnen bietet, nicht zu groß sein. Der Händler, Markus Poot, kennt mich schon und weiß, dass ich keinen Spaß verstehe. Ich möchte Ihnen anbieten mitzukommen.«

Ein Lächeln überzog das Gesicht der jungen Frau. »Das ist total nett von Ihnen. Ich nehme das Angebot gerne an.«

»Gut, wir telefonieren am Montag. Dann wünsche ich Ihnen nette Gäste heute.«

Auf der Treppe war Gezeter zu hören, Marisa horchte auf.

»Gute Wünsche, und zeitgleich reist das Trixi-Baby ab. Was will ich mehr von diesem Samstag?«

Sie breitete die Arme aus, drehte sich einmal um die eigene Achse und lachte auf. »Es geht aufwärts.«

Karin nickte und verabschiedete sich.

Draußen wollte sie die Nummer von Maarten wählen, doch ein Anruf von Ahas kam ihr zuvor.

»Ja?«

»Bist du noch beim ›Schwan‹?«

»Ja, ich stehe gerade am Parkplatz vor meinem Wagen.«

»Kannst du bis einundzwanzig Uhr dort bleiben? Es sind alle Leute eingeteilt, nur bis zu dieser Uhrzeit habe ich niemanden. Ich löse dich nachher ab und bleibe dann bis zum Morgen.«

Karin sagte zu, stieg ein und fuhr in Richtung Eisenbahnbrücke davon, bog ab auf den Parkplatz vor dem Welcome Hotel mit Blick auf den Anleger der »River Lady«, eines beliebten Ausflugsschiffs, das einem Raddampfer nachgebaut war, und wählte Maartens Nummer. Sie erklärte die Lage und merkte an seinen Reaktionen, dass er richtig sauer war.

»Tut mir echt leid.«

»Mir auch.«

»Kurz nach einundzwanzig Uhr bin ich da.«

»Okay.«

Er hatte einfach aufgelegt. Das war noch nie passiert. Minutenlang starrte sie auf das Display, er meldete sich nicht, sie wählte seine Nummer noch einmal.

»Ja? Willst du mir sagen, dass es noch später wird?«

»Nein, ich werde kurz nach einundzwanzig Uhr da sein. Und nichts wird mich vor Montagmorgen wieder über diese Brücke bringen. Ich möchte nicht, dass du einfach auflegst, ich mache hier meine Arbeit.«

»Ich weiß. Wir haben den ganzen Tag auf dich gewartet, jetzt ist Hannah wieder zu ihrer Freundin. Wenn du mich nachher suchst, ich bin am Hafen.«

»Okay.«

Das war ein wenig besser als Auflegen. Karin fuhr zurück

zum »Schwan« und stellte den Wagen auf dem Parkplatz unter den Pappeln ab.

*\*\**

Von Aha war pünktlich, Karin übergab wortkarg, nichts Nennenswertes war im Restaurant passiert.

»Ist was?«, fragte er.

»Ja, ich hatte heute frei und war den ganzen Tag in Wesel. Maarten ist stinksauer, und ich habe keine Ahnung, was mich daheim erwartet.«

Von Aha schaute an ihr vorbei und hielt inne. »Duck dich! Schau mal zum Hintereingang.«

Beide kauerten sie neben ihrem Wagen und stierten durch die Seitenfenster. Im fahlen Licht der untergehenden Sonne standen zwei Personen, die sich herzlich umarmten. Eng umarmten, die Köpfe gegenseitig auf die Schulter gelegt.

Eine der Personen war Marisa – das schwarze Etuikleid, die eleganten schwarzen Schuhe, ganz eindeutig. Eine Hand strich Marisa über das Haar. Die andere Person war gekleidet wie ein Koch. Marisa löste sich aus der Umarmung, der Koch stand mit dem Rücken zum Parkplatz, rief ihr noch etwas nach. Sie betrat wieder das Haus. Der Koch nahm eine Schachtel Zigaretten aus der Hosentasche und zündete sich eine an.

Dann flüsterte von Aha: »So ist das also. Die Tauber-Schwan und ihr Koch.«

Karin stieß ihn an. »Nix da. Sieh hin.«

Die rauchende Person war nicht Marius Hirtel. Die beiden vom K1 schauten sich an. Damit hatten sie nicht gerechnet. Wieso eigentlich nicht? Das galt es zu einem anderen Zeitpunkt zu klären.

»Das ist ja Luisa Kramer.«

## NEUN

Eine lange E-Mail aus Düsseldorf beschäftigte Karin am Montag gleich zu Dienstbeginn, sie bedeutete von Aha, der den Kopf zur Tür hereinsteckte, ruhig zu sein, und las konzentriert weiter.

Die Ergebnisse von Schmauchspuren und Vergleichsschuss waren da, und es stand fest, dass Fahrer Nummer zwei der Firma Olio Olivio die Schüsse auf das Restaurant abgegeben hatte. Der Mann gehörte noch nicht lange zu der Organisation, man hatte ihm Zeugenschutz zugesagt, und er plapperte wie ein Wasserfall.

In seiner ersten Nacht war er mit Mercuri rausgefahren, die erste Tat für die Firma war ein geworfener Pflasterstein. Über Liefervereinbarungen sprach er, die Art, wie das Geld eingefordert wurde, teilte er wie nebenbei mit. Er verriet, dass das Boot, von dem aus er geschossen hatte, jemandem gehörte, den die Firma auch unter Druck setzte. Es stand in der Weseler Marina, er nannte Namen des Eigners und des Bootes.

Die E-Mail von Alice las sich wie eine Offenbarung, ein Teil ihrer Ermittlungen konnte abgeschlossen werden, lag jetzt beim Landeskriminalamt. Alice dankte herzlich, im Besonderen dem Drohnenpiloten und ganz besonders Tom für die Unterstützung während des Einsatzes.

Karin sendete die E-Mail lächelnd an ihn weiter. Dann lud sie den Staatsanwalt zur Besprechung ein. Aaron Nilsson kam wie immer mit freundlichem Gesichtsausdruck um die Ecke und war gespannt.

In der morgendlichen Lage wurden alle auf den Stand gebracht. Die bisherigen Ergebnisse konnten sich sehen lassen. Karin übergab die Leitung der Besprechung an Tom, der aus erster Hand über die sehr kurzfristig beschlossene und durchgeführte Zusammenarbeit mit dem LKA Düsseldorf berichtete. Er achtete auf eine übersichtliche Darstellung und reihte Fakten aneinander.

Innerhalb von zehn Tagen hatte das K1 viele Hintergründe und Zusammenhänge geklärt. Dass das noble Restaurant »Schwan« momentan keinen Eigentümer hatte, dass die Witwe des Ermordeten nicht im Grundbuch eingetragen war. Es war nicht versichert und auch nicht ansatzweise bezahlt, alles auf Pump. Dass die Witwe des berühmten Kochs naiv wirkte, dass sie ahnungslos war, aber unnachgiebig von dem Ziel getrieben, den Traum des Toten in die Realität umzusetzen. Der war jahrelang dazu erpresst worden, einer kriminellen Organisation minderwertige Lebensmittel abzukaufen und diese teuer zu bezahlen. Einzig sein großes Geschick an den Töpfen und Pfannen hatte ihn daran verdienen lassen, er verwandelte das Gelieferte trotz allem in hochgelobte Küche.

Informationen über das Ausmaß dieser Fälschungen, in Fachkreisen Food Fraud genannt, waren als internationales Problem von IKPO-Interpol an das BKA Wiesbaden und von dort an die Landeskriminalämter übergeben worden.

Mangelnde Kooperation der Gastronomen mit der Firma oder gar eine Ablehnung führte stets zu Bedrohungen durch Zerstörung von Eigentum. Das LKA in Düsseldorf nahm sich des Lieferanten vom Niederrhein an, der zeitgleich vom K1 entdeckt wurde. Das Lager in Dinslaken wurde ausgehoben, fünf Männer wurden verhaftet. Ein Fahrer gestand die Anschläge auf das Restaurant »Schwan« und plauderte bereitwillig über weitere Interna. Zu den Details verteilte Karin die E-Mail von Alice Karun, Hauptkommissarin LKA, Dezernat 12, Wirtschaftskriminalität.

Zumindest die Anschläge auf das inzwischen eröffnete Restaurant konnten so zeitnah aufgeklärt werden. Marienbaum war zusätzlich von drei gewalttätigen Kleinkriminellen befreit worden. Die jungen Männer, die so gern mit allem handelten, was illegal zu konsumieren war, saßen in Untersuchungshaft, da zwei von ihnen Hauptkommissar Burmeester schwer verletzt hatten.

Und dann gab es noch den Autohändler Poot, dem man seine Gangstermethoden nur noch nicht stichhaltig nachweisen konnte. Er hatte von Jojo Schwan offenbar mehr Geld als ursprünglich vereinbart erwartet, was dieser jedoch verweigerte. Der konkurrierende Gastronom in Rees schien über jeden Zweifel erhaben, er hatte mitsamt seinem Team am Tattag am Herd gestanden.

Es gab keinen festen Ort, von dem der tödliche Schuss auf Jojo Schwan abgefeuert worden war, sondern ein an der Strecke der Hochzeitskolonne geparktes Wohnmobil, aus dessen Dachfenster mit einem Präzisionsgewehr geschossen worden war. Es gehörte einem Pferdewirt aus Schermbeck. Der Schlüssel hing bei ihm für alle zugänglich in der offenen Küche, der Innenraum des Fahrzeugs war bis auf Schmauchspuren am Dachfenster penibel gereinigt worden, der Pferdewirt selbst stand in keinem Zusammenhang mit Jojo Schwan und hatte ein Alibi.

So weit reichten also die Ermittlungsergebnisse, immerhin. Doch noch war vieles rätselhaft geblieben, und das schützte bis jetzt den wahren Mörder. Oder die Mörderin. Wer im Umfeld des Paares Tauber-Schwan konnte ein Interesse daran haben, ihn zu töten und die junge Frau zur Witwe zu machen? Die Frage war immer noch nicht beantwortet.

Man hatte bislang alle Personen, die sich im Konvoi des Hochzeitspaares befunden hatten, als Tatverdächtige ausgeschlossen. Hieß das gleichzeitig, dass auch keiner von ihnen indirekt mit dem Mord in Verbindung zu bringen war?

Zum Schluss beschrieben Gero von Aha und Karin Krafft ihre Beobachtungen vom Samstag. Die Witwe, die sich zum Telefonieren hinter einem Strauch versteckte. Ihr Smartphone, von dem aus sie nicht telefoniert haben konnte. Ihre Eltern, speziell die Frau ihres Vaters, Trixi Tauber, die sich immer noch wie eine Chefin aufführte. Nicht zuletzt die Beiköchin Luisa Kramer, die bei einer liebevollen Umarmung mit Marisa beobachtet worden war. Was hatte das zu bedeuten?

Die Namen aller bislang bekannten und in irgendeiner nachweisbaren Weise in den Fall verstrickten oder verdächtigen Personen standen nun an der Medienwand, mit Pfeilen und Strichen in einem abstrakten Gemälde verbildlicht. Nur wer von ihnen zog die Fäden? Und war vielleicht zu weiteren Taten gezwungen, zu Verdeckungstaten?

Nilsson stand auf, schritt längs der Wand und schaute sich die Fakten und Namen noch einmal an. »Und nun?«

Karin bedankte sich bei Tom und übernahm. »Nun werden wir uns alle Personen noch einmal vornehmen, ganz gezielt.«

*** *** ***

Wie sollten sie die Corvette C1 nach Xanten-Birten bringen? Marisa stand weinend vor dem Fahrzeug und war nicht in der Lage einzusteigen. Ihr traumatisches Erlebnis war noch zu frisch, Karin konnte das nachvollziehen. Da Marisa niemanden hatte, den sie zur Unterstützung an diesem Montagvormittag anrufen konnte, wählte Karin die Nummer von Gero von Aha. Der erklärte sich sofort bereit, das wertvolle Cabrio zu fahren.

In Rekordzeit stand er neben den Frauen in der Großgarage, hatte eine alte Schiebermütze aus seinem Schrankfach gekramt. Mit dem klassisch-eleganten Modell, seinem dunklen, langärmeligen Hemd und der Weste darüber sah er stattlich aus, niemand würde vermuten, dass dieses Auto, das er gerade mit glänzenden Augen umrundete, nicht ihm gehörte. »Meine Damen, ich bin bereit zur Überführung des Wagens.«

Marisa stieg schweigsam zu Karin in den Wagen, diese beobachtete im Rückspiegel, wie von Aha sich in dem teuren Zweisitzer aufführte. Als Erstes kurbelte er das Seitenfenster hinunter und legte seinen linken Ellenbogen in die Türöffnung, lenkte betont lässig, während er mit der Rechten entgegenkommende Cabriofahrer breit grinsend grüßte. Er verschmolz förmlich mit dem Fahrzeug. Auf der geraden Strecke zwischen Büderich und Ginderich verfiel er in postpubertäres Schlangenlinienfahren, bestimmt nur, um die Lenkung zu testen. Karin sah zu Marisa, die schaute nach vorn und schien von der kindlichen Freude des Hauptkommissars nichts zu bemerken.

Vom Abbieger zum Birtener Gewerbegebiet aus entdeckte Karin an der kleinen Imbissstation am linken Fahrbahnrand eine Reihe ordentlich geparkter Harley-Davidson-Motorräder. Die Männer in lederner Kluft standen um die Stehtische herum, jeder hatte eine Getränkedose vor sich. War das nicht wieder die wilde Gang, die vor Tagen Markus Poot in Schrecken versetzt hatte, weil sie einfach nur friedlich an seinem Randstreifen geparkt hatte? Easy Biker, die guten Jungs vom Niederrhein.

Im Rückspiegel sah Karin, dass von Aha kurz anhielt und mit den Männern sprach, zwei von ihnen umkreisten den Wagen, belächelten ihn. Männliche automobile Anerkennung.

Markus Poot stand an seiner Zufahrt und schaute in ihre Richtung, das Auftauchen von Kerlen in Kutten schien ihn immer noch zu beunruhigen. Von Aha ließ es sich nicht nehmen, bei der Einfahrt die Hupe zu betätigen, eine Tonlage, die im heutigen Straßenverkehr untergehen würde.

Poot folgte dem Fahrzeug zu den Parkbuchten, von Aha stellte es neben Karins Wagen ab, die drei stiegen aus. Marisa hielt die Fahrzeugpapiere in einer Klarsichthülle in Händen. Karin wollte nicht die Rolle der Freundin oder der begleitenden Mutter übernehmen.

Von Aha reichte den Schlüssel an Marisa weiter. »Denken Sie daran, dieses Kleinod ist eine Viertelmillion wert, lassen Sie sich nichts anderes erzählen.«

Er stellte sich zu Karin, während Markus Poot näher kam, das Fahrzeug umkreiste, die Motorhaube und den Kofferraum öffnete, den Motor kurz startete, Licht und Blinker kontrollierte. Mit einem skeptischen Blick zu den beiden Kommissaren bat er Marisa Tauber-Schwan in sein Büro.

Karin zuckte kurz auf, der Impuls, ihnen zu folgen, wurde jäh beendet, als von Ahas Hand sie zurückhielt. »Das ist einzig und allein ihre Sache. Wenn die sich jetzt auf einen winzigen Betrag einlässt und einen Vertrag unterschreibt …«

Karin reagierte erbost. Sie ahnte, dass Marisa jedes ihr angebotene Geld nehmen würde, um es in das Restaurant zu investieren.

Von Aha hielt dagegen. »Dann können wir versuchen, sie davon zu überzeugen, sofort davon zurückzutreten. Das ist bei allen Verträgen innerhalb von zwei Wochen möglich. Je nach Betrag könnten wir ihr noch raten, ihn wegen unlauterem Wettbewerb anzuzeigen.«

Gespannt schauten beide zur Ausstellungshalle, in der sich das Büro befand. Es dauerte, dann erschien Poot breit lächelnd und hielt Marisa die Tür auf. Er folgte ihr nach draußen und steuerte auf das Cabrio zu, während Marisa zu ihnen kam. Sie sah sich zu einer Rechtfertigung genötigt, während Poot den Wagen in die Werkstatt lenkte.

»Er soll die Nummernschilder abmontieren, die will ich mitnehmen.« Sie brach ab.

Karin sah sie auffordernd an, es dauerte, bis Marisa weitersprach.

»In dem Moment, als … also in dem Jojo getroffen wurde, hatte er sich vorgebeugt und mich angeschaut. Haben Sie das Loch hinter seinem Sitz in der Karosserie gesehen? Im Kofferraum sieht man, wo die Kugel sich in das Blech rechts hinten gebohrt hat. Der Wagen ist beschädigt. Der kann so nicht mehr zum Originalpreis verkauft werden, sagt Herr Poot.«

Das alles wollten die beiden Kripo-Leute nicht wissen, von Aha stellte seine Frage ganz direkt. »Was hat er Ihnen gezahlt?«

Poot hielt vor der Werkstatt die Nummernschilder hoch, Marisa lief hin und ergriff sie. Während sich das Rolltor der Werkstatt hinter dem Cabrio quietschend schloss, nannte sie den Betrag. »Er hat mir fünfzigtausend Euro gegeben, zumal Jojo ihm anscheinend noch Geld schuldete. So ist alles verrechnet, und ich bin dieses unglückbringende Auto los.«

Von Aha schlug sich eine Faust in die Hand. »Dieser Verbrecher. Frau Tauber-Schwan, sollen wir Ihnen beistehen, das Geschäft rückgängig zu machen? Würde Ihnen das helfen? Woanders bekommen Sie bestimmt mehr dafür.«

Sie winkte hektisch ab, öffnete die hintere Wagentür und stieg ein, Karin folgte ihr in den Wagen. Gero schaute auf Poot, der aus der Seitentür der Werkstatt trat und immer noch grinste, während er leichten Schrittes zurück in sein Büro ging. Karin sah, was von Aha vorhatte, beschloss blitzartig, zu ihm zu gehen.

Flott stieg sie wieder aus. »Nein, Gero, das ist nicht unser Ding, hast du eben selbst gesagt. Sie will nicht, dass wir uns hier einblenden.«

»Das ist so ein Verbrecher!«

»Das wissen wir doch, der schreckt vor nichts zurück für seinen Vorteil. Wir geben unsere Erkenntnisse weiter an die Abteilung Betrug, das ist der Weg. Der kommt nicht ungeschoren davon.«

Von Aha schäumte innerlich, ballte die Linke zur Faust. »Ich würde ihm so gerne die Fresse polieren …«

»Du spinnst wohl, los, steig ein, oder ich lege dir Handschellen an.«

»Das wagst du nicht!«

»Doch, du kennst mich. Eine Frau, ein Wort.«

Sie standen sich gegenüber, der wutschnaubende Gero von Aha und Karin Krafft mit strenger Miene, bewegten sich nicht, bis Marisa ihre Autotür wieder öffnete.

»Bitte, für mich ist doch alles okay, ich will nicht, dass hier jemand meine Entscheidung in Frage stellt. Es reicht, wenn mein Vater und seine Schrulle ständig versuchen, mich zu bevormunden. Was soll das jetzt?«

Die Situation blieb absurd, ein schäumender von Aha, dem die Schiebermütze schräg auf dem Kopf hing, voller Emotion und getrieben von Gerechtigkeitssinn, eine energische Karin Krafft, die sich ihm mit versteinerter Miene in den Weg stellte, und eine junge Frau, der man das Fremdschämen ansah, weil beide sich nicht bewegten.

Die Klügere gab nach. Karin wollte nicht länger warten und ließ ihren Kollegen stehen. Bevor sie in den Wagen stieg, rief sie über das Dach hinweg: »Ich starte jetzt. Entweder steigst du ein, oder du kannst sehen, wie du zurück nach Wesel kommst!«

Er rührte sich nicht. Sie knallte die Autotür zu, startete den Wagen und fuhr flott vom Gelände.

Marisa saß hinter ihr und schrie auf. »Was machen Sie denn da?«

»Der Mann ist erwachsen, der muss wissen, was er tut. Sie

sind meine Zeugin, ich habe ihn gewarnt. Ich bringe Sie jetzt zurück nach Wesel, der kann sich ja ein Taxi kommen lassen. Das heißt, wenn er wirklich seine Wut an Poots Laden auslässt, dann kommt er vielleicht umsonst mit einem Streifenwagen zurück. Mensch! Männer!«

Die Frauen saßen wie auf der Hinfahrt schweigend im Wagen, dieses Mal mit ernster Miene und ohne den feixenden von Aha im Rückspiegel.

Im Kommissariat sah Jerry seiner Chefin von Weitem an, dass sie sauer war, und zwar so sauer, dass er leise rückwärtsgehend wieder in seinem Büro verschwand, statt sie zu begrüßen und nach dem Grund zu fragen.

Jeder konnte deutlich hören, dass sie die Tür hinter sich zuknallte.

Eine halbe Stunde später, ihr Adrenalinspiegel hatte sich wieder gesenkt, die Laune war ebenfalls nicht mehr auf dem Siedepunkt, sprang Karins Tür auf.

Jerry stand im Rahmen und deutete in den Flur. »Das musst du sehen, komm.«

Sie folgte ihm zum Fenster am Gang im Obergeschoss des stattlichen Polizeigebäudes an der Reeser Landstraße, Tom und Burmeester standen schon dort und blickten nach unten.

Zehn Motorräder wendeten auf dem Parkplatz, da hielten mit röhrenden Motoren chromblitzende Harley-Davidsons mit wild wirkenden Fahrern in Kluft, manche mit alten Militärhelmen. Mittendrin stieg von Aha leichtfüßig von einem der Rücksitze, auf denen man sonst leicht bekleidete, wohlgeformte Mädels vermutete. Er reichte dem Fahrer seinen Helm, der wies ihn an, das Teil in seinen Seitenkoffer zu packen.

Von Aha lächelte und verabschiedete sich mit einem schwungvollen Handschlag von seinem Fahrer, die Männer winkten und ließen ihre Motoren noch einmal aufheulen, bevor sie den Vorplatz zum Polizeigebäude verließen und an der Ampel zur Reeser Landstraße standen.

Karin musste grinsen. Der Kollege da unten schien sich wieder gefangen zu haben. Gut.

∗∗∗

Es gab ein Testament. Wenn auch vieles ungeklärt oder nicht auffindbar war, ein Testament hatte Jojo Schwan verfasst. Das wusste Adrian Deventer genau, weil er es ihm übergeben hatte. Nun lag es beim für Nachlassangelegenheiten zuständigen Weseler Amtsgericht, das einen Termin zur Eröffnung bekannt geben würde. Da dies bis zu sechs Wochen dauern konnte, war es reine Spekulation, über den Inhalt auch nur nachzudenken.

Adrian konnte nichts dazu sagen, er hatte es in einem geschlossenen Umschlag entgegengenommen. Nun hatte er Marisas Stiefmutter am Telefon, seine Anwaltsgehilfin hatte den Anruf weitergeleitet, weil sie beim Namen Tauber dachte, es handele sich um Marisa Tauber-Schwan, und sie die Anweisung hatte, diese Frau auf jeden Fall durchzustellen.

»Frau Tauber, ich kann Ihnen beim besten Willen nichts über das Testament sagen.«

»Erzählen Sie mir bitte nicht so etwas. Sie waren Jojos bester Freund, sein Trauzeuge und gleichzeitig sein Anwalt, hat er nie um Beratung in dieser Frage gebeten? Haben Sie nie mit ihm über das Für und Wider diskutiert? Oder war das vielleicht sogar Ihre Idee, ihn schon in seinen frühen Jahren daran zu erinnern, dass das Leben schnell vorbei sein kann? Wissen Sie, Mädels, die miteinander befreundet sind, die reden über alles. Wie ist das in einer Männerfreundschaft? Sie sind bestimmt oft bei ihm eingekehrt, haben vielleicht sogar in seiner Küche gesessen und mit ihm zusammen gespeist, gezecht, Sie beide waren doch –«

Adrian Deventer unterbrach sie. »Frau Tauber, ich kenne den Inhalt nicht und kann Ihnen rein gar nichts dazu sagen. Ich denke, wir können dieses Gespräch –«

»Wissen Sie, ich will doch nur das Beste für Marisa. Alleine ist sie so hilflos. Ich muss einfach wissen, womit sie rechnen kann, es geht um ihre Existenz, um das Restaurant. Ihr bleibt jetzt nur der ›Schwan‹, ich kann sie nicht damit alleinlassen. Ich brauche Klarheit über ihre Situation, um ihr beizustehen.«

»Das kann ich jetzt nicht glauben. Sie sind letztens des Hauses verwiesen worden, erinnern Sie sich? Und zur Eröffnung hat Marisa Ihren Vater dabeihaben wollen, Sie sollten im Hintergrund bleiben, was Ihnen nicht gelungen ist. Lassen Sie Marisa in Ruhe, halten Sie sich fern von ihr. Und rufen Sie mich bitte nicht mehr an.«

Adrian Deventer ging in sein Vorzimmer und sah seine Anwaltsgehilfin mit ungewohnt ernster Miene an. »Das war Frau Tauber, holen Sie sich die Nummer aus der Anrufliste und markieren Sie die mit dem roten Stift. Die wird nie wieder durchgestellt. Die andere Frau mit ähnlichem Namen ist Marisa Tauber-Schwan.«

»Die darf?«

»Nicht nur das. Die müssen Sie durchstellen.«

✳✳✳

Karin wusste genau, wer an ihre Tür klopfte, zählte innerlich bis fünf. »Ja, herein.«

Von Aha stand vor ihr wie ein Schuljunge, der zum Rektor zitiert worden war. Sie schauten sich lange an, bis er sich regte. »War doof. Gut, dass du mich davon abgehalten hast, den Kerl zu verprügeln.«

»Das übernimmt jetzt hoffentlich nicht die wilde Horde, die dich hergebracht hat?«

»Wie? Ach, du meinst die Jungs. Nein, die sind wirklich harmlos, die nutzen nur das schlechte Image von Bikern in Kluft, um Eindruck zu schinden.«

»Soso, dann arbeite du mal an deinem guten Eindruck und mach dich an die Arbeit. Es gibt einiges, was wir noch nicht überprüft haben. Mich interessiert ganz besonders das Alibi von Luisa Kramer zur Tatzeit.«

»Das habe ich noch in Erinnerung. Sie war doch mit den anderen bei der Vorbereitung für das Festmahl. Ich glaube, niemand aus dem Team hätte das so stehen lassen, wenn es nicht stimmte. Sie ist zwar oft mürrisch, aber macht ihre Arbeit. So einer Kollegin, die nicht unbedingt beliebt ist, der würde man keine Lüge durchgehen lassen, die wäre ganz schnell aufgeschmissen. Nein, von den Mitarbeitern war jeder vor Ort.«

»Ich werde sie dennoch erneut befragen. Wenn Marisa und sie eine Beziehung haben, dann passt der frühe Tod von Jojo gut in den Rahmen. Noch eine Weile die Liebe verbergen, und dann geht wie ein Urknall ein neuer kulinarischer Stern auf, weil Luisa weiß, wie es geht.«

Von Aha konnte ihr gut folgen, blieb aber skeptisch. »Was haben wir denn da gesehen? Zwei Frauen, die sich umarmen. Da gab es keine wilde Knutscherei oder Ähnliches, einfach eine lange Umarmung.«

»Du willst mir sagen, dass meine Phantasie mit mir durchgeht?«

»Nicht so direkt, Chefin. Wir sollten nur auf dem Teppich bleiben.«

»Dann sag mir, mit wem sie hinter dem Oleander telefoniert hat.«

Von Aha ging zur Tür und drehte sich noch einmal um, zog die Schiebermütze aus der hinteren Hosentasche, in die er sie hineingeknubbelt hatte, und zog sie auf. »Genau das werden wir jetzt rausfinden.«

Burmeester war es, der den Gedanken zum ersten Mal aussprach und mit Gero von Aha erörterte. »Das Wohnmobil mit den Schmauchspuren am Dachfenster, das steht doch in der Remise eines Bauernhofs am Rand des Niederrheins, habe ich das richtig abgespeichert?«

»Ja, stimmt, draußen in Schermbeck, nein, warte, es ist der Ortsteil daneben, das ist Gahlen. Ländliche Gegend.«

»Und der gehört einem Gerd Kleinschmidt, richtig?«

»Genau. Und er selber hat ein Alibi, das ist schon überprüft worden.«

»Jetzt erkläre mir doch mal den Zusammenhang, der fehlt

mir noch. Was hat dieser Mann mit dem Wohnmobil mit all den Menschen zu tun, die drüben an der Medienwand neben ihm aufgelistet sind? Er hat ein Wohnmobil, jeder kann in seiner Küche den Schlüssel vom Brett genommen haben, um ihn nach der Tat wieder dorthin zu hängen.«

»Ja, der Flur und die Küche sehen aus, als würde dort ständig jemand ein und aus gehen. Es hängen zig Jacken an einfachen Haken, eine ganze Abteilung von Reitstiefeln steht darunter. Wie zur Mahnung, wer der Feind aller Pferde ist, hängen vorne an der Tür laminierte Zeitungsartikel über den Riss zweier Kleinpferde durch den Wolf. Du weißt, seit die Raubtiere hier zugewandert sind oder auf der Suche nach neuen Revieren durchziehen, gibt es bei uns am Niederrhein immer wieder Nutztierrisse, große Aufregung und wachsende Ängste, so eben auch bei Pferdebesitzern. So weit, so gut. Worauf willst du hinaus?«

Burmeester versuchte sich vorzubeugen, zog es jedoch vor, in seiner Position zu verharren, um auszusprechen, was ihm durch den Kopf kreiste. »Du kommst als Unbekannter auf einen Bauernhof, siehst per Zufall das Wohnmobil in der Remise. Du siehst Leute durch die stets geöffnete Tür ins Haus gehen und mit Schlüsseln wieder herauskommen. Dann denkst du dir, da schaue ich doch mal nach, vielleicht gelingt es mir, ein Tatfahrzeug zu kapern?«

»Was willst du mir sagen?«

»Ich halte es für unwahrscheinlich, dass ein Unbekannter sich das Fahrzeug ausgeliehen hat. Jemand kennt sich da aus, Gero. Wir müssen kontrollieren, wer da ein und aus geht, und eine Verbindung zu Jojo Schwan finden. Das ist doch ein Pferdehof, schauen wir uns einfach mal an, wer dort ein Tier stehen hat. Und da laufen noch eine ganze Menge Leute herum. Die Ställe werden in Ordnung gebracht, es gibt einen Tierarzt, einen Hufschmied, eine Schar von Helferinnen, die striegeln und Hufe auskratzen, um einmal reiten zu können. Die haben alle Eltern mit Führerschein. Nehmen wir den Hof mal genauer unter die Lupe.«

Von Aha nickte, ja, das war durchaus vielversprechend. »Okay. Wie sieht es aus, kommst du mit?«

»Nein, ich klebe hier an der Tastatur fest, geh nur. Wenn du Namenslisten hast, sende mir Fotos per E-Mail, ich mache alles, was sich hier erledigen lässt.«

»Ich fahre raus, und beim kleinsten Verdacht stellen wir dem Wolfshasser die Bude auf den Kopf. Ich sage Karin noch eben Bescheid.«

\* \* \*

Karin Krafft erhielt einen Anruf von Marisa, die wieder einmal mit der Frau ihres Vaters im Clinch lag.

»Mein Freund Adrian, Jojos Trauzeuge, Sie erinnern sich an ihn, den Anwalt?«

»Ja, was ist mit ihm?«

»Der hat mich gerade angerufen. Frau Krafft, das ist so unglaublich, was diese Tochter eines Scheusals, diese Trixi, wieder gebracht hat. Stellen Sie sich vor, die wollte von Adrian wissen, was in Jojos Testament steht.«

»Es existiert also eins?«

»Ja, ich weiß auch nur, dass er Adrian mal einen Umschlag übergeben hat. Das hat diese Frau nicht zu interessieren. Angeblich will sie alles nur wissen, weil es um mein Wohlergehen geht, um meine Zukunft. Ich ärgere mich so sehr darüber, dass ich die und meinen Vater wieder ins Haus gelassen habe, das können Sie sich nicht vorstellen. Natürlich müssen wir alle jetzt bis zur Testamentseröffnung warten, und das kann noch dauern. Die tickt doch nicht richtig, oder?«

»Da muss ich Ihnen recht geben, das ist nicht nur taktlos, es ist dreist, hinter Ihrem Rücken solche Aktionen zu starten.«

»Wissen Sie, was ich manchmal glaube?«

»Nein, sprechen Sie weiter.«

»Das ist so ein ungeheuerlicher Gedanke, den kann ich nur schwer formulieren.«

»Dann versuchen Sie es.«

Marisa zögerte noch, schließlich sprach sie laut und deutlich. »Manchmal glaube ich, sie ist verantwortlich für Jojos Tod.«

»Was lässt Sie denken, sie wäre schuld?«

»Die tut nichts für mich, Trixi hat nur sich selber im Blick. Ich, ich, ich, das ist ihre Methode. Die will mir gar nicht helfen. Mit allem, was die mir aus der Hand nimmt, stellt die mich weiter in den Hintergrund. Das mit Adrian ist nur der Anfang. Vor einer halben Stunde wollte sie Einfluss auf die Gestaltung der nächsten Abendkarten nehmen und hat mit dem Koch telefoniert. Der hat sich bei mir erkundigt, ob das seine Richtigkeit hat. Blanker Konkurrenzkampf. Verstehen Sie? Ab jetzt scheint sie die Dinge telefonisch zu regeln, statt herzukommen und einen Rauswurf zu riskieren. Das ist doch krank!«

»Ich kann Ihnen nur raten, das über eine Anzeige und eine einstweilige Verfügung zu regeln. Ich unterstütze Sie da gerne, denn das geht wirklich zu weit. Und ich nehme Ihren Gedanken sehr ernst. Ich werde gleich mal hinfahren und mit Ihrer Stiefmutter reden.«

»Und bitte sagen Sie ihr, niemand im ›Schwan‹ will sie sehen. Vielleicht glaubt sie einer Hauptkommissarin mehr als mir.«

Das Gespräch hinterließ Nachdenklichkeit bei Karin, sie dachte an die Frage, die am Morgen in der Lagebesprechung aufgekommen war. Konnte sich das K1 sicher sein, dass niemand von der Hochzeitsgesellschaft etwas mit dem Mord zu tun hatte?

Ein besseres Alibi als die Anwesenheit im Konvoi konnte es nicht geben. Nicht für jemanden, der kaltblütig einen tödlichen Auftrag erteilt hatte. Trixis Motiv konnte purer Machthunger sein, die Besessenheit, selbst Chefin dieses schicken Restaurants zu werden. Führte der Weg zu ihrem Traum über die Tochter ihres Ehemannes?

Karin informierte Jerry, dass er Stallwache halten sollte, und nahm Tom mit, dem sie auf dem Weg zum Auto von dem Gespräch mit Marisa berichtete.

\*\*\*

Gerd Kleinschmidt war erbost, wieder stand der Kripomann in seiner Küche, der schon beim letzten Mal für Aufsehen auf dem Hof gesorgt hatte, als er ein Kollegenteam mit einem Tatortwagen anrollen ließ, um sein Wohnmobil zu untersuchen. »Was wollen Sie schon wieder? Andauernd ist die Kripo hier, das spricht sich herum, ich habe einen Ruf zu verlieren.«

»Vielleicht ist Ihr Kaffee einfach zu gut.«

»Reden Sie keinen Müll. Worum geht es dieses Mal?«

»Das würde ich Ihnen sehr gerne erklären, denn bevor ich wieder mit einem Mannschaftswagen und einem Durchsuchungsbeschluss auftauche, könnten wir das zu zweit in Angriff nehmen. Natürlich nur, wenn Sie sich kooperativ zeigen. Sie haben die Wahl zwischen einem unauffälligen Beamten mit Kaffeedurst oder zehn in Uniform.«

»Das ist Erpressung.«

Von Aha griff sich unaufgefordert eine Tasse und bediente sich an dem dampfenden Heißgetränk. Er schnupperte genießerisch daran. »Und? Wie lautet Ihr Entschluss?«

Kleinschmidt stand auf und füllte seinen Becher, der bestimmt schon seit Tagen nicht gespült worden war und lauter Tropfenverläufe aufwies. Er blickte abwesend in den Kaffee, als könnte er am Boden der Tasse eine wichtige Erkenntnis finden, wirkte nachdenklich, hob den Kopf, dann schaute er von Aha in die Augen. »In Ordnung. Ein Kripomann reicht. Was wollen Sie wissen?«

»Ich brauche eine Liste mit allen Namen der Leute, die am 12. Mai oder auch Tage zuvor Zugang zu Ihrer Küche und somit zu den Fahrzeugschlüsseln hatten.«

»Ui, das sind viele. Hier stehen im Moment zehn Großpferde, zwei Kleinpferde und drei Ponys, zu allen gehören die Besitzer, Reiter und Reiterinnen, deren Eltern und so weiter.«

Von Aha sah Widerstand in den Augen des Mannes aufblitzen, der sich wieder an den Tisch setzte. »Ich weiß, lassen Sie uns einfach anfangen. Vom Gehilfen, der die Ställe mistet, bis zum Tierarzt brauche ich alle Namen. Herr Kleinschmidt, aus Ihrem Wohnmobil heraus wurde jemand brutal ermordet. Ich glaube, wenn das an die Öffentlichkeit kommt, dann könnte das Ihrem Ruf schaden. Jedenfalls wesentlich mehr, als wenn wir uns hier in der Küche über Listen beugen, ich mir Notizen mache, Fotos aufnehme und sie zur Auswertung an meine Kollegen in Wesel weiterleite.«

»Ist ja schon okay, ich habe Sie verstanden. Manches ist abgeheftet, anderes steht in Dateien, fangen wir mit den Pferdebesitzern an. Zu jedem Tier gibt es Papiere und Verträge, kommen Sie mit, das hier ist ja eigentlich nur die Küche. Mein Büro ist nebenan, da darf nicht jeder rein.«

Kleinschmidt schloss eine Tür neben der Garderobe auf. Dort sah es anders aus, das Büro war aufgeräumt und sauber, ein mächtiger Schreibtisch verlieh diesem Raum den Stil eines alten Gutshofes. Dahinter standen in einem teiloffenen Sideboard ordentlich beschriftet zwei Reihen von Aktenordnern. Von Aha verkniff sich ein Aufstöhnen. Eine Menge Arbeit.

Dann sah er auf eine Reihe säuberlich gerahmter Fotos. Kleinschmidt auf dem Pferd, neben dem Pferd, Pferd mit umgehängtem Siegerkranz, Kinder mit Pferden, Frauen mit Pferden, alle Fotos waren am unteren Rand des Passepartouts mit Datum versehen. Eine Frau glaubte er zu kennen, trat näher an das Bild. Doch, das war sie. Juni 2015, der Gesichtsausdruck war unverkennbar.

Kleinschmidt hatte die ersten Ordner aus dem Schrank gezogen, öffnete die Deckseite mit dem Inhaltsverzeichnis, als von Aha sich umdrehte und auf das Foto wies. »Sagen Sie, wer ist das?«

Der Pferdewirt schaute an ihm vorbei. »Das ist meine Schwester. Die ist lange nicht mehr hier gewesen, wir haben schon seit Jahren keinen Kontakt mehr. Ihr Pferd wird jetzt durch Reitbeteiligungen gepflegt und bewegt, ist auch nicht mehr jung.«

»Wie heißt Ihre Schwester?«

»Beatrix.«

»Wird sie zufällig Trixi gerufen?«

»Ja, Trixi Kleinschmidt, wieso fragen Sie?«

»Hat sie geheiratet?«

»Das weiß ich nicht. Die war immer auf der Suche nach einem

reichen Mann, dachte, mit einem Pferd in der Box lernt sie bestimmt einen kennen. Das Pferd diente nur als Statussymbol. Westwind, so heißt der Hengst, hatte das nicht verdient. Wir haben uns deswegen verkracht. Die braucht hier nicht mehr herkommen. Woher kennen Sie sie? Und ist ihr Gatte wohlhabend? Dann hätte sie ja erreicht, was sie wollte.«

»Ich muss mal eben telefonieren.«

Karin hatte ihr Telefon auf Jerry umgeleitet, der teilte ihm mit, sie sei unterwegs zu Trixi Tauber. Passt, dachte von Aha und erreichte sie unterwegs.

»Was gibt's?«

»Neuigkeiten, Karin, interessante Neuigkeiten.«

»Ja, komm, erzähl ohne Umschweife. Wo bist du, bei Kleinschmidt auf dem Hof?«

»Ja, der zeigt sich sehr kooperativ. Da hängen Fotos in seinem Büro, eines zeigt eine stolze Reiterin, und weißt du, wer da zu bewundern ist?«

»Mensch, Gero, sag schon!«

»Beatrix Kleinschmidt, genannt Trixi, die Schwester des Pferdewirtes.«

»Was? Echt?«

»Ja, er hat sich mit ihr verkracht und fragte mich, ob sie endlich einen reichen Mann geheiratet hat. Der Wunsch ging auf dem Hof mit einem Pferd als Statussymbol nämlich nicht in Erfüllung.«

»Ja, da wird sie uns etwas zu erzählen haben. Die ist auf das Restaurant scharf, das ist auch eine Aufwertung ihres Status. Ich bin gleich bei ihr.«

»Ich schaue mir die Namen derer, die hier ein und aus gehen, noch einmal genauer an. Nicht hierherzukommen heißt ja nicht automatisch, dass Trixi keine Kontakte mehr zum Hof pflegt. Und jemand muss den Schuss abgefeuert haben.«

Er ging zurück zu Kleinschmidt. »Dann mal los.«

✳✳✳

In einem Telefonat vor dem Haus – Burmeester hörte im Hintergrund lautes Wiehern und leises Schnauben – hatte von Aha eine Vielzahl von Fotos angekündigt, auch, dass er sie auf mehrere E-Mails verteilt senden würde, da sein Smartphone mit den größeren Fotodateien sonst überfordert sei. Gleichzeitig und nicht ohne eine Art Entdeckerstolz hatte er von der Fotowand und dem verwandtschaftlichen Verhältnis zwischen Kleinschmidt und Beatrix berichtet.

Burmeester war erstaunt. »Die Frau ist zwar unmöglich, aber als mögliche Täterin beziehungsweise Drahtzieherin im Hintergrund hatte ich sie nicht auf dem Schirm. Karin ist zu ihr gefahren, sagst du?«

»Ja, ich bin gespannt, was dabei herauskommt.«

»Soll ich dennoch die Listen weiter durchsehen?«

»Natürlich, noch ist nichts dingfest.«

Eine Pause entstand.

»He, Nikolas, vielleicht bist du doch zu krank, um das alles zu sichten. Du kannst die Auswertung auch mir überlassen, ich komme, sobald wir hier fertig sind«, bot von Aha an.

»Äh, nö, ist schon okay.«

Eine E-Mail nach der anderen erreichte Burmeesters Rechner, er hatte eine Datei angelegt, in der er die gesendeten Fotos speicherte, die sein Kollege auf dem Pferdehof reihenweise machte. Er würde sie danach am Stück auswerten.

Anscheinend war die Arbeitsküche des Pferdehofes, wie von Aha sie beschrieben hatte, der rüselige Treffpunkt für die Kaffeepause, das andere waren ordentlich geführte Akten, aus denen die Namenslisten von festen Mitarbeitern, Honorarkräften, Saisonkräften, Pferdebesitzern und ihren Pferden, von Reitbeteiligungen und Käufern, Verkäufern, Lieferanten und so weiter stammten, es nahm kein Ende. Alles hatte der emsige Kollege vor Ort fotografiert, zum Schluss noch Infos aus der Pressemappe, über Turniersiege, Neuerungen im Stall, die Wolfsattacken.

Irgendwann, nachdem Burmeester sich in der Küche selbst einen Kaffee mit Geros Hightech-Maschine gebraut hatte, versiegte der Informationsstrom. Er setzte sich, so bequem es ging, an den Bildschirm und ließ die Fotos einzeln durchlaufen.

\*\*\*

»Bullshit, Frau Tauber, Sie wissen so gut wie ich, dass das nicht stimmt.«

Die Hauptkommissarin konnte das Geblubber von Trixi Tauber über ihre Fürsorglichkeit, die immer falsch interpretiert wurde, über ihr mitmenschliches Herz, mit dem sie ihrer Nenn-Tochter begegnete, über die nicht erwiderte Emotionalität, die mangelnde Dankbarkeit nicht mehr ertragen. Marisas Vater saß neben Karin, und sie spürte förmlich, wie auch er an die Grenze seiner Geduld gelangte.

»Lass gut sein, Trixi. Ich sage dir seit Tagen, dass du sie nicht vereinnahmen sollst. Marisa kann ihre Entscheidungen alleine treffen, sie will nicht, dass man ihr reinredet, das konnte sie schon als Kind nicht leiden.«

Trixi Tauber ließ nicht locker. »Du würdest zuschauen, wie sie offenen Auges in ihr Verderben stolpert und alles aufs Spiel setzt. Du bist der Papa, dem nie ein kritisches Wort über die Lippen kommt, das hilft ihr doch nicht weiter in diesem Betrieb. Da muss jemand die Hand draufhalten, da muss Führung rein, dazu bist du ja leider nicht in der Lage.«

Tauber schaute sie an, als sehe er sie zum ersten Mal. Mit einer Spur Misstrauen im Blick lehnte er sich zurück, verschränkte die Arme. Ob der Mann gerade darüber nachdachte, wen er da geheiratet hatte? Karin fielen von Ahas Worte über Trixi Taubers angestrebten Status ein, und sie brachte ihr neues Wissen ins Spiel.

»Kann es sein, dass Ihnen die Aufmerksamkeit fehlt, die Sie auf dem Pferdehof Ihres Bruders genossen haben? War Ihr Pferd nicht das schönste, beste, siegessicherste im Stall?«

Tauber schaute seine Frau an. »Du hast einen Bruder? Und ein Pferd? Was hast du mir noch alles verschwiegen, leben deine Eltern zufällig auch noch?«

Schweigen folgte, es herrschte eine Stille, die vibrierte. Das konnte jetzt interessant werden. Karin lehnte sich mit einem inneren Lächeln zurück, blieb äußerlich interessiert und aufmerksam. Zoff inne Bude.

»Ja, ich habe einen Bruder, der hat einen Pferdehof. Das war der Hof meiner Eltern, und die sind wirklich tot. Sie haben ihm den Hof vermacht, weil er sie bis zuletzt gepflegt hat, ich erhielt einen kleinen Erbteil. Dabei hätte ich so viel mehr daraus gemacht. Er hat alles abgelehnt, meine Vorschläge, die Pläne, die ich anfertigen ließ, er wollte von alldem nichts wissen, und irgendwann habe ich ihm das Pferd geschenkt und bin weggegangen. Es war ein radikaler Schnitt. So etwas hältst du doch nicht aus, wenn jemand sein eigenes Glück nicht erkennt und alles bleiben soll, wie es ist.«

Das war es also. Sie wollte das Glück der anderen, indem sie sich einbrachte, um letztlich Geschäft und Glück zu übernehmen.

»Ich gehe davon aus, dass Sie auch für den ›Schwan‹ einen genauen Plan haben und wissen, wie der erfüllt werden soll. Stand Jojo Schwan Ihren Plänen im Weg?«

Erbost erhob Trixi Tauber sich und ging in die Küche. »Was wollen Sie mir da unterstellen?«

Karin ließ nicht locker. »Kommt es Ihnen gelegen, dass Herrn Taubers Tochter das Restaurant nun leitet? Wollten Sie heute von Adrian Deventer erfahren, ob sie Alleinerbin ist?«

Tauber platzte und lief ihr nach. »Was hast du gemacht? Hinter Marisas Rücken telefoniert? Trixi, was hast du vor? So kenne ich dich gar nicht.«

Wie sagte Karins Mutter aus Bislich immer? Trau, schau, wem. Das fiel ihr zu dieser Situation ein. Den nächsten Gedanken sprach sie direkt aus. »Vielleicht haben Sie ja Herrn Tauber geheiratet, weil im Raum stand, dass seine Tochter den berühmten Jojo Schwan heiraten wird. War es so, Frau Tauber?«

Jetzt, in der Küche und in die Enge getrieben, wechselte Trixi die Strategie und vergoss Tränen, weil sie ungerecht behandelt würde und ihr Mann sich nicht dazu veranlasst sah, ihr beizustehen. Er verließ den Raum mit den Worten: »Heul nicht, das nehme ich dir sowieso nicht ab.«

Sie lief ihm nach. Immer hitziger, immer verletzender ging es hin und her. Bevor die Situation weiter eskalieren konnte, rief Karin eine Streife. Sie gab sich hart und demonstrativ unbeugsam. »Festnahme einer verdächtigen Person im Mordfall Schwan.«

Trixi schrie auf. »Ich habe ihn doch nicht erschossen, ich saß im Wagen dahinter, das wissen Sie doch. Warum bin ich verdächtig?«

»Weil Sie von dem Wohnmobil Ihres Bruders wussten. Und wer den Schuss abgegeben hat, werden Sie uns hoffentlich im Kommissariat erzählen.«

»Ich weiß das doch nicht, ich bin unschuldig. Und wer kümmert sich um meinen Mann, wer schaut bei Marisa nach dem Rechten? Sie können mich doch nicht einfach mitnehmen.«

»Doch, ich kann und werde Sie abholen lassen.«

Was war das? Ein tiefes Durchatmen von Herrn Tauber? Beherrschte er sich, um Karin nicht dazwischenzufunken?

Sie schaute ihn an, er wirkte nicht aufgeregt oder verstört. Im Gegenteil, er erwiderte ihren Blick völlig entspannt.

*\*\**

Im Vernehmungsraum blieb Trixi Tauber bei ihrer Aussage, sie wisse von nichts, gar nichts, und es sei reiner Zufall, dass es ein Wohnmobil in der Remise ihres Bruders gab, das bei dem Fall eine Rolle spielte.

Mitten in die Vernehmung platzte Burmeester hinein, er betrat den Raum für seine Verhältnisse sehr schnell und sehr euphorisch gestimmt. »Entschuldigung. Karin? Es ist wichtig.« Er wies mit dem Kopf vor die Tür, ein nonverbales »Kommst du eben mal raus«.

Ungern, aber Karin ließ die Tauber sitzen. Als ihr klar war, dass sie Burmeester in sein Büro folgen sollte, bat sie eine uniformierte Kollegin, nach oben zu kommen und bei Trixi Tauber zu warten.

Im Büro schloss sie die Tür hinter sich. Burmeester bat sie zu einem Bild auf seinem Laptop.

»Ich habe stundenlang Fotos und Unterlagen ausgewertet. Beatrix Kleinschmidt steht noch als Pferdebesitzerin in den Papieren, sonst kam mir niemand bekannt vor.«

»Um mir das zu sagen, holst du mich aus der Vernehmung?«

»Nein, warte, schau her.«

Karin starrte auf einen Zeitungsartikel, der sich vor zwei Jahren mit dem Riss eines Kleinpferdes auf dem Hof beschäftigte. Das Wichtigste hatte Burmeester eingekreist, sie las:

»Ein zweites Mal steht Wölfin Gloria unter Verdacht, ein Nutztier getötet zu haben, dieses Mal das Kleinpferd Püppi. Der Pferdewirt Gerd Kleinschmidt im Schermbecker Ortsteil Gahlen fordert den sofortigen Schutz für seine Tiere, erhebt schwere Vorwürfe gegen die Landesregierung von Nordrhein-Westfalen, die seiner Ansicht nach eher den Wolf als die Nutztiere schützt und die Menschen darüber vergisst. Wir haben mit Marius Hirtel gesprochen, dessen Nichte das Kleinpferd gehörte: ›Sie liebte Püppi über alles und ist sehr traurig‹, sagt er zu dem Vorfall, der die betroffenen Bewohner in der Region erneut über den Zuzug geschützter Wölfe kontrovers diskutieren lässt.«

Sie schaute auf. »Nein! Der Hirtel?«

»Ja, der Hirtel. Den hatten wir noch nicht im Blick.«

»Und? Hat der nicht auch ein Alibi? Der hat doch mit den anderen zusammen in der Küche gestanden und das Festmahl vorbereitet.«

»Ich habe mir das Protokoll von der Befragung der Angestellten noch einmal vorgenommen. Alle sagen aus, dass niemand zur Tatzeit das Restaurant verlassen hat. Aber eine Kellnerin gab zu Protokoll, Hirtel sei fast zwei Stunden in seinem Büro gewesen. Das reicht, um über die Weseler Brücke und dann linksrheinisch nach Marienbaum zu fahren, später über die Reeser Rheinbrücke die Flussseite zu wechseln und rechtsrheinisch über die Landstraße zurück nach Wesel zu gelangen. Er muss das Wohnmobil ja nicht am gleichen Tag abgeholt haben.

Vielleicht hat er es erst später wieder zurückgebracht. Wenn er auf der Bundesstraße vor Mehrhoog nicht zu schnell gefahren wäre …«

»Dann wäre das ein nahezu perfektes Verbrechen gewesen.«

*:*:*

Trixi Tauber konnte gehen, wartete vergebens auf ihren Mann und nahm sich ein Taxi.

Marius Hirtel wurde aus der Küche geholt. Bei seinen Sachen fand man ein zweites Smartphone und darauf eine Nummer, die unter dem Namen Marisa abgespeichert war.

Am gleichen Abend blieben die Türen des »Schwan« geschlossen, denn auch Marisa Tauber-Schwan wurde im Kommissariat vorgeführt. In unterschiedlichen Räumen im Kreispolizeigebäude wurden beide befragt, und es stellte sich heraus, dass sie sich schon lange kannten, ein Paar waren und diese spektakuläre Tat gemeinsam geplant hatten.

Marisa Tauber-Schwan war froh und erleichtert, in der Vernehmung durch KHK Krafft und KHK Weber ihre Geschichte loszuwerden.

»Er ist meine große Liebe, aber mittellos. Das war nicht einfach für mich, glauben Sie mir. Die Verlobte von Jojo zu sein, mit ihm ins Bett zu gehen, leidenschaftlich zu sein. Und genau zu wissen, dass wir nur so lange zusammen sein müssten, bis ich seinen Namen trage. Marius ins Team zu kriegen war relativ einfach, schließlich musste ich mich um die Bewerbungen kümmern. So waren wir uns wenigstens näher als vorher. Er war so geduldig. Also zunächst war er geduldig. Und dann konnte er es nicht mehr abwarten. Ich hatte keine Ahnung, wann und wie es passieren würde. Ich solle alles auf mich zukommen lassen, hat er gesagt. Alles wird gut, mein Schatz.«

Hirtel wusste, wie er ungesehen an das Wohnmobil kam, das zwei Nächte lang auf dem Platz hinter dem Welcome Hotel an der Weseler Rheinpromenade abgestellt war. Er war ehemaliger Sportschütze und hatte seine Waffe wieder zum Vorschein geholt, im Dämmerwald bei Schermbeck getestet und brauchte nur noch den richtigen Ort für den gezielten Schuss zu finden.

Marius Hirtel stellte es in der Vernehmung durch KHK Weber und KHK von Aha so dar:

»Es war ein Traum, Marisa mit dem geerbten Restaurant und ich als Chef der Küche. Wir haben uns vor fünf Jahren kennengelernt und gleich unsterblich ineinander verliebt. Verstehen Sie? Haben Sie schon einmal so intensiv geliebt, dass Sie zu allem fähig waren? Die erste Herausforderung war, dass Jojo Schwan sich in sie verlieben musste. Von Kollegen hatte ich gehört, dass er sein eigenes Restaurant bauen wollte. Sie sollte seine bessere Hälfte werden. Und dann das Restaurant erben. Es war so schwer, zuzuschauen … Ihr gelang das falsche Spiel perfekt. Sie hielt mich auf dem Laufenden über die Planungen, und während er den ›Schwan‹ baute, hatte ich Zeit genug, seinen Tod zu planen.«

Marisa hatte als trauernde Witwe den Traum ihres Gatten verwirklichen wollen, indem sie das Aufsehen und gesteigerte Interesse nutzte. Und bald schon, wenn alles in geordneten Bahnen verlaufen wäre, hätten sie und Hirtel mit dem Restaurant ihr gemeinsames Leben aufgebaut.

»Ich habe gelitten und durfte niemandem davon erzählen. Meine Freundin Mika, die tut mir leid, die hat immer an Jojo und mich geglaubt. Ich habe sie alle betrogen, nicht nur Jojo. Der war so rührig. Und als der ›Schwan‹ fertig und eingerichtet war und die Bewerbung von Marius auf meinem Tisch lag, da wäre ich fast eingeknickt. Irgendwie habe ich Jojo schließlich auch geliebt. Wenn man oft mit jemandem Sex hat, dann ist irgendwann das Herz dabei. Verstehen Sie? Ich hatte aber diesen Pakt mit Marius. Ich hatte keine Ahnung, wann es passieren sollte, ich wusste nur, sobald ich Tauber-Schwan hieß, würde Jojo nicht mehr lange leben. Ich wusste auch von seinem Geschenk, er hatte beim Junggesellenabschied damit geprahlt, dass er seiner Frau dieses Traumauto schenken würde. So erfuhr Marius von dem edlen Zweisitzer.«

Hirtel im anderen Raum schwieg, er wirkte verstockt, dann

sprudelte es aus ihm heraus, als wollte er etwas loswerden. Seine Geschichte der Tat, seine Idee dazu, seine geniale Strategie:

»Nicht mehr ganz nüchtern erzählte Jojo von dem alten Cabrio und prahlte damit, dass er es bar bezahlt hätte. Danach habe ich mir den Plan zurechtgelegt. Dreimal habe ich mir das Wohnmobil probeweise ausgeliehen, immer ging alles glatt. Es sollte schnell gehen. Ich wollte mir nicht vorstellen, wie er sie zur Hochzeitsnacht über die Türschwelle trug. Ich fuhr mit dem Wagen die Strecke von Schloss Moyland nach Xanten ab und fand den für das Vorhaben optimalen Standort in Marienbaum. Ich beschwor Marisa, sich gleich hinter das Steuer zu setzen und nicht zuzulassen, dass er sie während der Fahrt küsst oder umarmt. Ich bin ein guter Schütze, das habe ich beim Bund gelernt und später kurz bei den Sportschützen auf dem Fürstenberg in Xanten. Und ich habe vorher noch im Wald geübt.«

Marisa Tauber-Schwan berichtete von ihren Gefühlen bei der Tat und blieb seltsam kühl:

»Ich hatte keine Ahnung, dass es so geschehen würde, das müssen Sie mir glauben. Ich war wirklich so schockiert, als Jojo neben mir im Wagen zusammenbrach. Das war echt. Das war plötzlich so real. Marius hatte es getan. Im Nachhinein erkannte ich, warum er mir seinen Plan nicht verraten hatte. Ich hätte vielleicht anders reagiert. Und ständig hatte ich diese Trixi am Bein. Ich hatte schon darüber nachgedacht, ob Marius noch einmal …«

Marius Hirtel konnte es selbst kaum fassen, wie gut er gewesen war:

»Scheiße, es war so einfach. Alles lief nach Plan. Mein Zeitplan erwies sich als perfekt, Marisa saß hinter dem Steuer, ich konnte gut und sicher zielen. Ich musste danach nur schnell starten und mit dem Fahrzeug den Ort verlassen. Alles kein Problem. Als ich vor Mehrhoog das Blitzlicht vom Starenkasten bemerkte, glaubte ich immer noch daran, dass alles gut laufen würde, ich würde nicht zu erkennen sein. Das Auto würde grundgesäubert in den nächsten Tagen wieder in der Remise in Gahlen stehen. Meine Marisa als trauernde Witwe zu erleben tat mir echt weh. Lassen Sie sie gehen. Sie wusste nicht, wann und wo es passiert. … Wie bitte? Das geht nicht? … Ach so, stimmt. Ja, sie hat gewusst, dass er sterben würde.«

Das Präzisionsgewehr hatte Hirtel in einer Mauerlücke der alten Eisenbahnbrücke in Wesel deponiert, am Wall des einst im Zweiten Weltkrieg zerbombten Rheinübergangs, der Richtung Innenstadt führte und zu einer Kleingartenanlage hin eine dicht bewachsene Böschung mit vielen kleinen Versteckmöglichkeiten aufwies. Hier konnte er seine Ortskenntnis ausnutzen. Das Gestrüpp dort war wie gemacht für ein unauffälliges Versteck, so verborgen, dass sich niemand kümmern würde. Die Waffe blieb unentdeckt, und er musste nur den richtigen Zeitpunkt abpassen, um sie unerkannt hervorzuholen. Nun führte er die Ermittler zu dem Ort und warf dabei einen letzten Blick auf den nur wenige Meter entfernten »Schwan«.

Aus der Traum.

Eine Stunde später war alles geregelt, die beiden Haftbefehle waren ausgestellt, der zuständige Haftrichter ließ beide wegen Fluchtgefahr hinter Gittern.

Das K1 feierte einen glänzenden Erfolg. Burmeester wurde hoch gelobt – ohne dass man ihm auf die Schulter klopfte.

∗∗∗

Am Abend wollte Karin Krafft den Erfolg mit ihrer Familie feiern. Maarten konnte kaum glauben, was seine Frau ihm berichtete. So viel Hinterhältigkeit, so ein perfider Plan und die Verlogenheit machten ihn fassungslos.

»Die hat den Mann geheiratet und genau gewusst, dass er in absehbarer Zeit sterben würde? Unglaublich, das ist an Brutalität nicht zu übertreffen. Die wirkte so tough am Tag der Eröffnung, als nehme sie all ihre Kraft zusammen, um den Traum ihres so plötzlich verstorbenen Mannes zu verwirklichen. Niemand hätte ihr das zugetraut. Also ich auf keinen Fall. Ich traue Frauen ja immer nur Gutes zu.«

Karin gab ihm einen Kuss. »Und gleich kommt unsere Tochter bestimmt wieder geschminkt und bauchfrei die Treppe herunter. Ich habe da eine Idee.«

Sie zog Maarten hinter sich her, gemeinsam verschwanden sie in der Abstellkammer, standen nach wenigen Minuten und mit unterdrücktem Gelächter nebeneinander in der Diele, als Hannah, wie erwartet, fröhlich pfeifend die Treppe herunterkam.

»Wo seid ihr, echt, immer muss ich euch suchen.«

»Wir sind hier und können gleich los«, rief Karin.

Hannah schaute in die Diele, starrte abwechselnd zu Mom und Dad, war sprachlos, bis es aus ihr herausbrach: »Ihr seid echt so bekloppt!«

In abgeschnittenen T-Shirts standen Karin und Maarten bauchfrei da und grinsten breit. Karins Bauch konnte sich durchaus sehen lassen, bei Maarten spannte der fransige T-Shirt-Rand leicht am Oberbauch.

Er konnte in dieser schallend lachenden Runde als Erster wieder sprechen. »Wir dachten, wir tragen heute mal einheitlichen Familienlook. Los geht's.«

Hannah fischte ihr Smartphone aus der Hosentasche und schoss mehrere Fotos von den beiden. »Nein, echt nicht, ihr seht so uncool aus.«

Es dauerte nicht lange, und Hannahs Shirts wurden ohne weiteren Kommentar wieder länger.

Mancher Fall lässt sich so einfach lösen.

# Die Kriminalromane der Erfolgsautoren Thomas Hesse und Renate Wirth im Überblick

*Alle Titel sind auch als eBook erhältlich.*

*Bücher mit KHK Karin Krafft:*

**Die Elster**
ISBN 978-3-89705-629-9

**Die Eule**
ISBN 978-3-89705-769-2

**Eulenblues**
ISBN 978-3-89705-930-6

**Die Spinne**
ISBN 978-3-95451-152-5

**Der Käfer**
ISBN 978-3-95451-553-0

**Das schwarze Schaf**
ISBN 978-3-95451-990-3

**Der Storch**
ISBN 978-3-7408-0182-3

**Der Hahn**
ISBN 978-3-7408-0446-6

**Das Alpaka**
ISBN 978-3-7408-0793-1

www.emons-verlag.de

**Der Stier**
ISBN 978-3-7408-1127-3

**Hasenfuß**
ISBN 978-3-7408-1504-2


*Weitere Titel von Thomas Hesse:*

**Blutsgeschwister**
ISBN 978-3-95451-820-3

www.emons-verlag.de